堂場瞬一

ザ・ウォール

堂場瞬一スポーツ小説コレクション

実業之日本社

実業之日本社文庫

ザ・ウォール　目次

左中間――。

樋口孝明《ひぐちたかあき》は、ダグアウトの定位置で思わず腰を浮かした。あのポイントはまさに……。

「回せ！」隣に座るヘッドコーチの沢崎鉄人《さわざきてつと》が立ち上がり、大歓声を突き抜けるような鋭い声で怒鳴った。樋口は二塁を蹴る今泉《いまいずみ》の背中を凝視した。今泉の走力を考えれば、三塁でストップさせるところだ。しかし――三塁ベースコーチの須永《すなが》が、ベンチの意図を読み取ったのか、迷わず右手を回す。

「よし」

樋口は一人納得してつぶやき、ダグアウトの手すりに両手をかけた。「二壁」の窓ガラスに反射した初秋の陽射《ひざ》しが目を眩《くら》ませる。しかし打球がフェンスに当たる場面ははっきりと見えた。スタンドを満たす歓声が、大波のように球場全体を洗う。あそこは――。

第一部　手探りの秋

1

何だよ、これは。

樋口は呆然《ぼうぜん》として、ホームプレート――まだホームプレートはないが、球場が完成したらこの辺りになるらしい――付近で立ち尽くした。

異形の球場だ。樋口はスターズでの現役時代、国内の十五の球場でプレーしたことがあるが、こんな球場は――似たような球場すら一つもなかった。

「どうですか」スターズ広報部長の富川《とみかわ》が遠慮がちに訊《たず》ねた。

「いや、まあ……設計した人は、ずいぶん独創的な考えの持ち主のようですね」

「新進気鋭の建築家ですよ。でも実際には、オーナーの意向が強く働いています。この球場はオーナーの夢ですからね」

「そうですか……」

オーナーは、悪い夢でも見たのか？

樋口は後ろ――バックネットが作られる予定の辺りを確認した。スタンドのすぐ後方に、スタンドよりもはるかに高いビルがそびえ立っている。左中間、右中間の外野席にも、同じようにビルが食いこんでいた。まるで外野席のすぐ上にビルが生えているようにも見えた。球場が三つのビルに組みこまれているというか……この球場――「スターズ・パーク」は、ビルの下層階部分が、球場の「支柱」を担う構造なのだ。そして一塁側は、地下鉄の新宿西駅A１出口に直結。駅徒歩０分、日本で一番交通の便がいい球場になるのは間違いない。

それにしても変わっている……どんなに都会の真ん中にあっても、球場はあくまで球場として独立しているものだ。他の建物と一体化したような球場を、樋口は一度たりとも見たことがなかった。

この構造は、プレーにも影響を及ぼしそうだ。現段階で一番気になるのはビル風である。三つのビルはいずれも地上二十階を超え、最も高い建物では高さは百メートルに達する。不規則なビル風が吹き、フライが上がる度に外野手が右往左往する可能性は高い。

さらなる問題は、球場そのものの形だ。

スターズ・パークは、微妙な変形球場として設計されている。ライトは百メートル、センター百二十メートルは標準的なサイズだが、レフトは九十二メートルと狭く、さらに左中間、右中間には膨らみがない。フェンスの形状も異様だ。両サイドのポール際は低く、そこからセンターに向かって一直線に高くなり、センターでは緩く弧を描いている。レフト、ライトのポール際にホームランが出やすい球場なのは間違いない。

ところが今のスターズの打力では、ホームラン量産は期待できそうにない——ホームチームのアドバンテージがない。

グラウンドにはまだ芝が張られておらず、現在は全面に青いシートがかけられている。樋口は一塁方向へゆっくりと歩き出した。ファウルエリアの途中から内野席が大きく張り出し、そこは極端に狭くなっている。一塁ベースがあるべき場所からライトのポールまでは、細い通路のようだ。

ポールの前に立ってフェンス沿いに視線を這《は》わせると、右中間、左中間は完全な直線だと分かる。日本の球場は、綺麗《きれい》に湾曲して膨らみができているのが普通なのだが。

大リーグでは、変形球場は少なくない。ボストンのフェンウェイ・パークはレフトが異常に近いため、ホームラン乱発を防ぐ目的で設置された高さ約十一メートルのフェンス「グリーン・モンスター」が球場名物になっている。ニューヨークのヤンキー・スタジアムは、逆に右中間が左中間に比べて四メートル以上浅く、左のプルヒッターに有利な構造だ。左打ちのベーブ・ルースがホームランを量産するための設計だ、とも言われている。ベーブ・ルースが活躍したのは何十年も前なのに、建て替えても同じような構造をキープしているのは、ある種の「伝統」か。

マイアミ・マーリンズがかつて本拠地にしていた現在のハードロック・スタジアムは、

アメフトと兼用だったために、センターが百三十メートルを超える変則的な造りだった。しかも左中間には「バミューダ・トライアングル」と呼ばれるフェンスの凸部分があって、打球の処理が極めて厄介になっていた。

最も異様だったのは、ニューヨーク時代のジャイアンツが本拠地にしていたポロ・グラウンズだろう。元々ポロ競技場だったのを野球場に流用したために、レフトが八十五メートル、ライトに至っては八十メートルを切っており、逆にセンターは百四十七メートルもあった。

こういう「個性」を愛するファンもいるが、選手としてはたまったものではない。どこでもほとんど同じように造られている日本の球場の方が、はるかにプレーしやすいのだ。ところが――。

おそらく「スターズ・パーク」は、オリオールズの本拠地、「オリオール・パーク・アット・カムデン・ヤーズ」辺りをモデルにしたのだろう。あの球場も、ライトの外野席後方にレンガ造りの倉庫がそびえ立っているし、右中間・左中間に膨らみがない。鉄道駅に隣接しているのも、スターズ・パークと同じだ。レフトが広くライトが狭い――スターズ・パークとは逆だ――のは、街中に造られた昔の球場を復刻させる狙いもあったのだろう。こういうスタイルは「ネオ・クラシカル様式」と呼ばれ、一九九〇年代以降に建設されたアメリカの球場に大きな影響を与えた。スターズ・パークも「モダン・クラシック」を標榜《ひょうぼう》している。

前回スターズの監督を退き、スポーツ紙の専属評論家をやっていた時に、樋口もこの球場を訪れたことがあった。確かに雰囲気は悪くない。レンガと鉄骨を多用し、茶色と緑で統一されたデザインは、一九三〇年代の球場はこんな風だっただろうと思わせる。スターズ・パークにも、カムデン・ヤーズと共通した雰囲気はある。ただし周囲に視線を向けると、目に入るのは近代的デザインのビルだ。地下鉄新宿西駅前の再開発に組みこまれる形で計画され、これまで誰も見たことのない球場が出現したわけだ。

これこそ、スターズのオーナー、沖真也《おきしんや》の夢の実現……彼は、大の大リーグ好きとして知られている。まだ四十歳、学生時代に起業したネット系広告会社を総合IT企業に育て上げ、五年前にスターズを買収した。ことあるごとに大リーグと日本の野球を比較し、理想の野球はアメリカにしかないという子どもっぽい意見をよく口にする。

ウォーニングトラックを歩き始めた。ライトポール付近はフェンスが低い……立ち止まって右手を差し上げてみると、指先がちょうどフェンスの上部に触れるぐらいだった。少しだけ背伸びすると、中指と人差し指の第一関節が引っかかる。

「えらく低いですね」

「いい外野手なら、フェンス際の打球を見せ場にできますよ」富川がさらりと答えた。

「これもオーナーの好みで？」

「そう聞いています。ちなみにオーナーは、このフェンスを『ザ・ウォール』と呼んでいます」

アメリカかぶれの愛称か。流行《はや》りそうにない。外野手の活躍はいいが、ここまで極端なヒッターズ・パークだったとは……今のスターズは、打力のチームではない。かといって、投手力のチームでもないのだが……樋口が前回監督を辞めた後の五シーズン、チームはずっとBクラスに低迷した。打率は五年連続リーグ最下位。今やスターズを語る時には、「かつての名門」と枕詞《まくらことば》をつけるのがお約束になっている。

オーナーがチームの現状を知らないはずもなく、彼がどういう意図でこの球場の全体図を描いたか、意味不明だった。形だけアメリカっぽくすれば満足だったのか？

「監督、そろそろお時間です」富川が指摘する。

「ああ……」いつもの癖で上を見上げる。バックスクリーンに大時計——はまだ設置されていなかったが、富川が「時間だ」というならそうなのだろう。

グラウンドを後にし、球場内の通路から直接、バックネット裏に位置するオフィスビル棟に入る。球場新設に伴い、スターズの球団事務所も、今年までの本拠地である東京スタジアムからこのビルに移転していた。球場に組みこまれた三つのビル——オフィスビル、ショッピングビル、ホテル——のうち、このオフィスビルだけが先行してこの秋にオープンしている。

オフィスビルのエレベーターホールに入るまで、富川はセキュリティカードを三回使った。球団事務所に行く時は、毎回こんな面倒なことをするのだろうかと考え、樋口は早くも重苦しい気分になってきた。

球団事務所は十一階にある。中途半端な階数なのは、そこが「特別席」だからだ。事務所、特にオーナー室からは、ダイヤモンドをホームプレートの斜め上から見下ろすことができる。

オーナー室に入ると、沖は全面ガラス張りの窓の前に置いたソファに座っていた。立ち上がって軽く一礼し、樋口を迎えると、隣に座るように促す。

指示に従った途端に、樋口は落ち着かない気分になった。高所恐怖症というわけではないが、この場所は心臓にあまりよくない。天井から床までガラス張りで、しかも眼下に遮るものがなく、バックネット裏のシートが直接見下ろせるのだ。まるでダイヤモンド上に浮いているよう……樋口はそっと視線を上に上げた。そうすると、残る二つのビルが嫌でも目に入る。そちらのビルにも「特別席」が用意されているそうだが、高所恐怖症の人に観戦は無理だろう。

「お忙しいところ、すみませんね」沖が愛想よく言った。

「とんでもありません」オーナーとのやり取りには気をつけないと……五年前、自分を馘《くび》にしたのはこの男なのだ。それが突然、監督への返り咲き要請——他に人がいなかったのかもしれないが、まったく躊躇《ためら》わなかったのだろうか。受けた自分もどうかと思うが。

「球場はどうでしたか」

「まだ工事中ですから、ここで試合をするイメージが湧きません」

「三月には確実に完成しますよ。シーズンが始まる前の一週間は、ここで調整して馴染《なじ》む時間を作ります」

「そうですね……」

これもまた、厄介な話だ。キャンプは、入念な計画によってスケジュールが決められる。基本は四勤一休で二月のキャンプをこなし、三月からのオープン戦では次第に北上していく。しかし樋口は、三月最終週にはオープン戦を終え、スターズ・パークで「キャンプの仕上げ」を行うように指示されていた。冗談じゃない、他チームが試合をしている時に自分たちだけ練習なんて——と思ったが、これは樋口が監督に就任する前から決まっていた予定で、これに合わせて他のスケジュールも全部埋まっている。

オーナーの指示で。

「打者有利の球場ですね。レフト側は狭いし、左中間、右中間の膨らみがないから、ホームランが出やすいでしょう。しかし残念ながら今、うちのチームには、そういう長距離打者はいませんが」

「ドラフトで長岡《ながおか》を外したのが痛かったですねえ」

その一言にはかちんときた。監督になって最初の仕事であるドラフトで、「交渉権あり」くじを外したのは、まさに樋口だったからだ。樋口は横に座る沖をちらりと見たが、本気で困っているのか冗談なのか、表情からは分からない。

「長岡は欲しかった……六大学の通算本塁打記録を塗り替えるところでしたからね」

その長岡は、六球団が競合した末、イーグルスが獲得に成功した。樋口が見た限り、体は完全にできあがっている。間違いなく一年目からレギュラーの座を奪うだろう。怪我さえなければ、今後十年以上、イーグルスの主軸打者として活躍するはずだ。くじ運のことを言われてもどうにもならないが。

「とにかく、打って勝つチーム作りを目指して下さい」

「今の戦力では、ちょっときついですね。投手陣を底上げする方が現実味があります」樋口は監督就任を受諾した時から考えていた結論を口にした。「今のうちには長距離打者がいません。補強も上手くいきませんでしたし」

「まだトレードのチャンスはありますよ」

口だけだろう、と樋口は内心思った。新球場建設で資金が逼迫《ひっぱく》しているという噂《うわさ》が流れ、古株の球団職員に話を聞くと、実際、ここ一年ほどは締めつけが厳しくなっているらしい。ドラフトの目玉を取り逃がしたのも、沖にとっては不幸中の幸いだったのではないか？　いい選手ほど金はかかる。

「トレード候補については、前に提示した通りです。話は進めていますが、既に出遅れていますからね」

「そうですか」沖が溜息《ためいき》をついた。「まあ、一年目は無理することはないでしょう。来年はスターズ新生の年です。まずは球場に人を集めるのが大事……戦力については、長期計画でじっくり考えましょう」

「とはいえ、勝つことを目指さないのはプロ野球のチームとしていかがなものかと思いますが」まるで勝つ必要はないとでも言いたげな沖の台詞《せりふ》に、樋口はやんわりと抗議した。

「プロスポーツは、客を集めてこその商売です。我々は、これまでとはまったく違うビジネススタイルを目指していくのですから、まずはそれを軌道に乗せることが大事ですよ。アスレチックスのケースは反面教師です」

「はあ」樋口もそれには同意した。アスレチックスのビリー・ビーンGMは、データ至上主義で全米を席巻した。しかしチームを一度もワールドシリーズに出場させていない。長期的に「傾向」がはっきり出るレギュラーシーズンでの戦い方は、数字で分析できない「勢い」や「流れ」が趨勢《すうせい》を決める短期決戦では役に立たないのだろう。

「九〇年代後半以降のチーム作りは、確かに参考になります。しかしチームの強さが、観客動員数に結びついていない。これは、プロスポーツチームとしては検討すべき課題ですね。そもそもあそこは、球場がよろしくない。周辺環境も悪いし、球場自体も古いから、客足が伸びないんです。楽しい場所ではないんですよ」

こういう考えはおかしくない。プロ野球のチームは、確かに儲《もう》けることが一番なのだ。「ファンに夢を与える」と言っても、球場がガラガラでは洒落《しゃれ》にならない。強いチームなら、何もせずとも観客は集まるだろうが、今のスターズの場合はそうもいかない。ではどうやって客を集めるか——そこから樋口と沖の考えは逆の方向を向く。

樋口は選手出身、そして一度はスターズの監督を経験した立場から、チームの強化が最優先と確信している。しかし沖は、「ガワ」に着目した。これまでにない球場を造ることでファンの目を引き、スタンドを埋めたい——樋口に言わせれば本末転倒である。建設条件、あるいはオーナーの好みから球場のスタイルが決まり、それがチームの特色と合致しないなど、馬鹿馬鹿しい限りではないか。

いったい、どう戦えと？

「選手のトレードもそうですが、もう一つ、ヘッドコーチの件についてもお考えいただいていますか？」

「もちろん」

樋口は、チームの後輩の沢崎鉄人をヘッドコーチとして招聘《しょうへい》するよう、沖に頼みこんでいた。沢崎は、スターズが「強豪」だった最後の時代の選手で、全盛期に大リーグに移籍し、引退までアメリカで活躍した。引退後は帰国して、衛星放送で解説者として野球にかかわっている。現役時代の成績からいえば、樋口など足元にも及ばないのだが——樋口はいわゆる「一軍半」の選手だった——この世界では先輩の言うことは絶対である。樋口は既に沢崎に、非公式にヘッドコーチ就任を依頼し、受けてもらえる手応えは得ていた。

「その件は前向きに検討します」沖の口調は微妙に素っ気ない。「まあ、年俸の問題もあるので」

「とにかく、ご検討下さい」樋口は頭を下げた。「チームを一つにまとめるのに、沢崎はどうしても必要な人材なんです」

返事はなかった。

このオーナーは、最終的に何を目指しているのだろう？　腹を割って話してみたいとは思うが、それも怖い。何を考えているか分からない人間と対決するのは、ノックアウト寸前のピッチャーが、青息吐息の状態で相手チームの四番打者を迎えるより恐ろしいのだ。

〈プレスリリース〉
新宿西駅再開発構想　新宿スポーツコンプレックス（ＳＣ）スターズ新球場を再開発区域に内包
東広《とうこう》鉄道株式会社（本社：東京都渋谷区、代表取締役社長：町田泰樹《まちだやすき》）、東広不動産（本社：東京都新宿区、代表取締役社長：大高圭《おおたかけい》）、ＴＫジャパン（本社：東京都港区、代表取締役社長：沖真也）の３社は、新宿西駅再開発構想の概要を固めました。
「新宿スポーツコンプレックス（ＳＣ）」は、オフィスビル、ショッピングビル、ホテルの三つの高層ビル（二十一二十五階建て）と東京スターズの新本拠地球場「スターズ・パーク」（収容人員四万一千人）から構成され、地下鉄新宿西駅に直結となります。

単に新しいビルと球場を建てるだけでなく、三つのビルは球場に完全に組みこまれる形で建設され、これまでになかったスタイルを目指します。各ビルの七階部分までは球場本体と一体になり、八階以上は、スタンドから上に出る形になります。また、各ビルの十四階部分には特殊なLED照明を設置し、グラウンドを照らし出します。球場自体は古き良き野球場のスタイルを踏襲し、「モダン・クラシック」をコンセプトに、新旧のミックスで新たな空間創出を目指します。

設計を担当するイシムラ・システムズ（本社：神奈川県横浜市、代表取締役社長：石《いし》村《むら》瑛《えい》太《た》）では、「単なる球場でもビル街でもなく、野球を中心とした小さな街を新たに誕生させます」と目的を説明しています。

最大の特徴は、それぞれのビルの八階部分から上では、一部のエリアを除き、いつでも試合が観戦可能なことで、特に見晴らしがいい階には「特別観覧席」を設け、格安の価格で球場外からの観戦を提供します。特別観覧席はスタンド最上段とほぼ同じ高さで、グラウンド全体を見渡せ、迫力あるプレーを楽しめるようになっています。本格的なレ

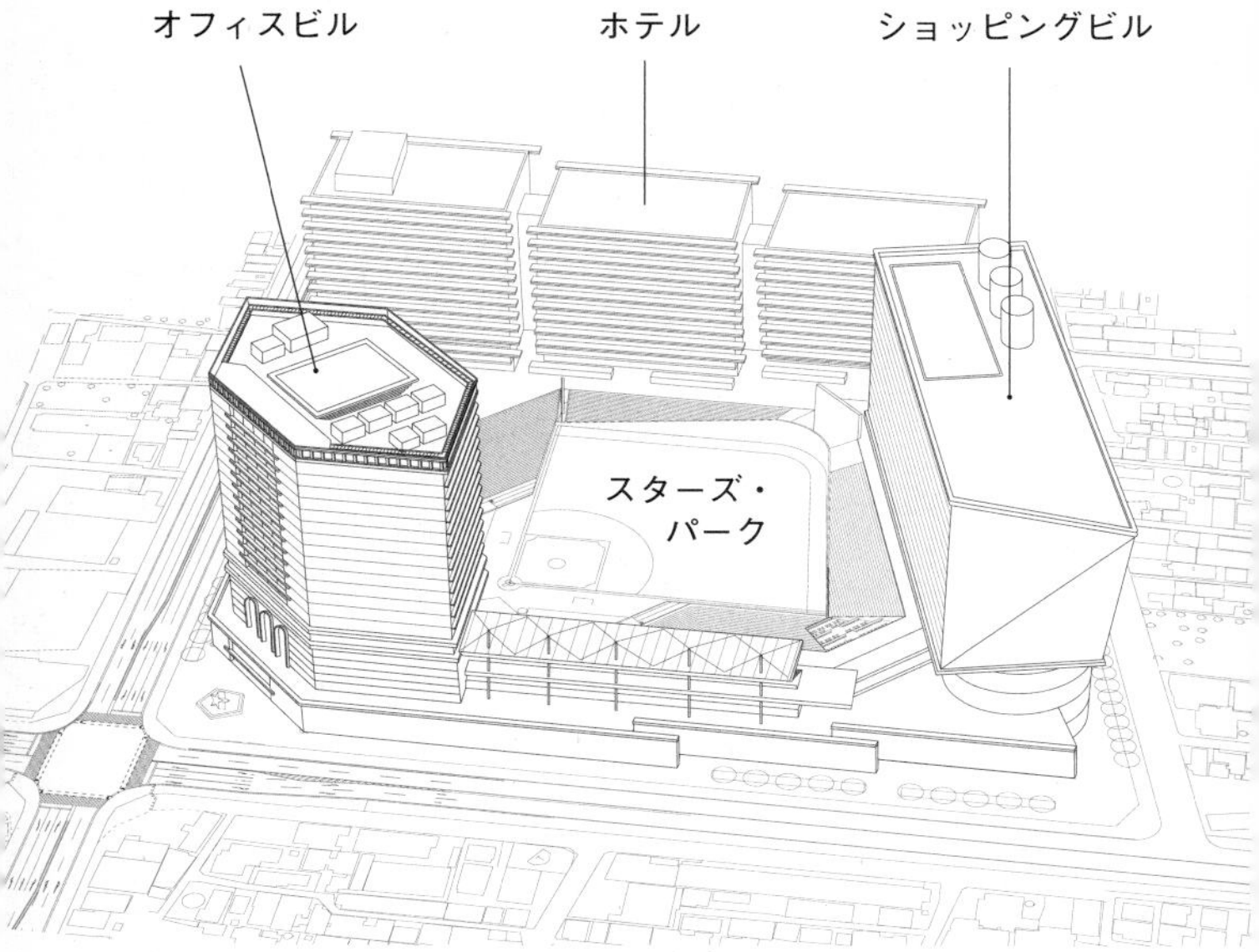

「新宿スポーツコンプレックス」完成予想図

ストランで食事しながら、あるいはホテルの部屋にいながらの観戦を想定しており、これまでになかった野球の楽しみ方を提案します。

2

沢崎は、アメリカですっかり変わったようだ。性格も、体格も。

昔から樋口より一回り大きかったのだが、向こうで積極的に筋トレに取り組んだ結果だろう、さらにサイズアップした。そして性格は……明らかに積極的になった。久しぶりに話した時に、声が一段高くなっているのに驚かされたものだが、単に先輩との再会に興奮していたわけではなく、そもそも普段のテンションが高くなったのだとすぐに分かった。アメリカで、大リーガーに互してプレーするために気持ちで負けてはいけない、ということだったのだろう。

樋口がオーナーと会見した直後、二人は、昔からスターズの選手が行きつけにしていた西麻布のバーで落ち合った。ここには個室があるので、他の客の目を気にせず話ができる。ただし樋口は、現役時代にはこの店を使ったことがなかった。一軍半の選手だった樋口には、少し敷居が高過ぎたのだ。一方沢崎は、大リーグ移籍をきっかけに完全に酒をやめていたから、こういう店でなくてもよかったのだが、他に話ができる適当な店がなかった。今夜はどうしても話に集中したい。

「最初に言っておくけど……申し訳ない、オーナーがまだイエスと言わないんだ」

「俺は別に構いませんけど」沢崎が苦笑しながら首を傾《かし》げる。「でも、そんなに難しい話じゃないでしょう。駄目なら駄目、いいならいいで二つに一つじゃないですか。条件闘争はないですよ」

「他のコーチ陣は動かしていないからな……ヘッドコーチが増えればその分年俸総額が上がる。それを嫌がってるんだろう。基本、ケチな人だから」

「球場で金がかかり過ぎてるんじゃないんですか？」

「それはあるだろうな」新宿スポーツコンプレックス全体の事業費のうち、スターズが負担したのは球場建設にかかる部分、約百億円である。今シーズンの選手の年俸総額十五億円と比較して、高いのかどうか。「申し訳ないな。はっきりしないと、来年の仕事にもさし障るだろう」

「年明けまでに決まれば大丈夫です」沢崎はさほど気にしていない様子だった。「テレビ局の契約は、毎年一月に更新ですから」

「しかし、来年は契約しないとなったら、早めに向こうに通告する必要があるんじゃないか？」

「テレビ局には、俺の代わりに真田《さなだ》さんでも推薦しておきますよ」

「真田は無理だろう。あいつは忙しいよ」

かつてのスターズのエース——引退試合で樋口とバッテリーを組んで完全試合を達成

した真田は、翌年からピッチングコーチを務めていたが、樋口が監督を辞めると同時に身を引いた。以降は、スポーツキャスターとして活躍している。元々如才ないし弁も立つうえにルックスもいいから、まったく違和感のない転身だったのだが、最近はワイドショーのコメンテーターまで務めている。沢崎の後釜として、わざわざ衛星放送の解説者になろうとは思わないだろう。

「まあ、そんなに焦ってるわけでもないですけど、余裕たっぷりという感じでもないですね」

今日は十一月二日。今月中には結論を出さないと、沢崎にも申し訳ない。大リーグでも散々稼いできた彼が金に困ることはないだろうが、義理や礼儀の問題もある。彼の「イエス、ノー」で影響を受ける人間もたくさんいるはずだ。

「ところで球場、見てきたよ」

「どうでした?」

「今のスターズには合わないな」

苦笑しながら、沢崎がグラスを手にした。中身は、ライムの薄切りを入れただけのトニックウォーター。

樋口は、ジャケットのポケットから、折り畳んだ紙を取り出し、広げた。球場の完成予想図——上から見た平面図である。

「ああ、なるほど」一目見た瞬間、沢崎がうなずいた。「実際に見ると、これより膨ら

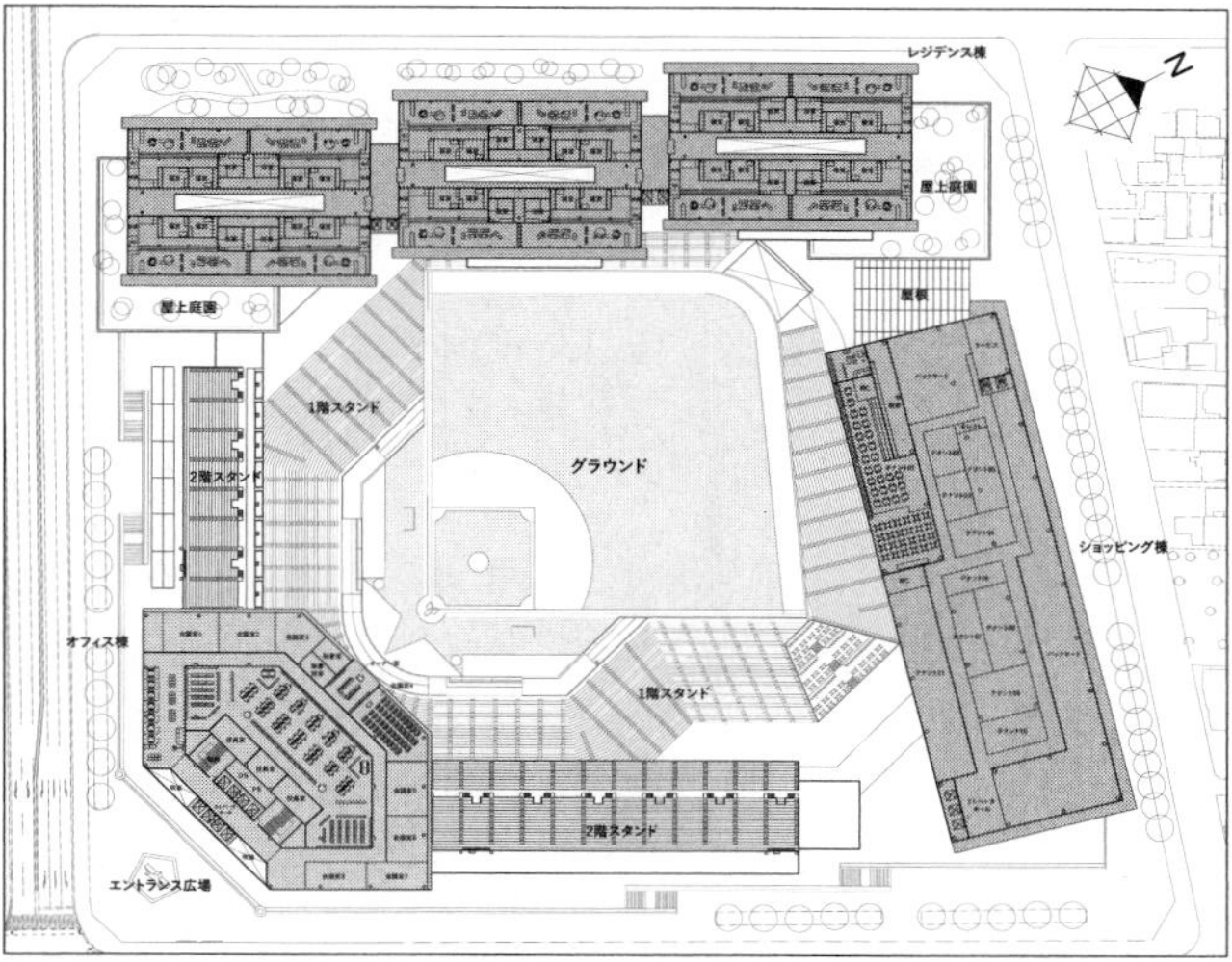

みがない感じでしょう?」

「そうなんだよ。ポール際に立つと、本当にフェンスが一直線なんだ」

「これは、放りこみたくなりますよね」沢崎が図面を指先で突いた。「レフトもちょっと短いんですね」

「ライトより十メートル近く短い」

「ホームプレート付近から見て、フェンスは近い感じでしたか?」

「近いけど、無理矢理ホームランを狙いたくなるほどじゃない」

　言ってから、急に気恥ずかしくなる。通算本塁打数が沢崎の十分の一にもならない自分が、ホームランバッターのような台詞を口にしてしまった。

「打ち上げると、左中間、右中間は簡単にスタンドインですね」

「そうなんだよ」樋口はうなずいた。「ところがスターズには大物打ちがいない、来季に向けて補強できる当てもない……例の新外国人選手はどうなんですか？」

「未知数だな。お前、知らないか？」

沢崎が無言で首を横に振った。

新外国人選手のオーランド・バティスタは、来年三十五歳。いわゆる「ジャーニーマン」で、大リーグ生活十二年の間に八球団を転々としている。大リーガーらしい長打力を期待されて、オーナーの沖が自ら指名して獲得したのだが、樋口は今一つ不安だった。それほど実績もないし、これだけトレードが多いのは、性格に難があるからかもしれない。いわゆる「扱いにくい選手」ではないか？

「お前の目から見てどうなんだ？」

「データを見ましたけど、明らかに中距離バッターですよ。十二年間でホームラン百八十五本は、全然長距離打者じゃない。むしろ二塁打四百五本に注目すべきですね。年平均三十四本は、かなり優秀な証拠です」

「あの球場に合うかね」

「何とも言えません」沢崎が左中間のフェンスを指先で叩いた。「ギャップゾーンがこの程度だと……中距離打者は、まずこのゾーンを狙いますからね。持ち味は発揮できないかもしれない」

「そうか……」新戦力が戦力にならない可能性もあるわけだ。

「基本的には、転がすバッティングをした方がいいですよ。無理に打ち上げようとして大振りになると、調子を崩す選手が続出しますから」

「大リーグでは、フライボールが大流行だけど……」

「打ち上げた方がヒットになる確率が高いというのは、統計的には正しいんですが、そういうバッティングにアジャストできる選手は、今のスターズには少ないでしょう」

「となると、やはり昔ながらのスモールベースボールだな」

「そうですね。足のある選手はそれなりにいるでしょう」

「まあな」

「あとはピッチャー次第でしょうね」

「実は、そこが一番困ったところなんだ」

樋口は頭の後ろで両手を組んだ。現在、スターズのエース格は、右の本格派、有原秀《ありはらひで》だ。ルーキーイヤーの初先発でノーヒットノーランを達成し——樋口は前回監督を務めていた時にそれを見守った——その後も先発ローテーションを守ってはいるが、成績は今一つである。打線の援護がないせいもあるが、六シーズンで通算四十二勝四十四敗と負け越しているのが食い足りない。このところ三年連続で二桁勝利を上げてはいるが、最高でも十二勝止まり。しかも今年は、十勝十三敗と負けが先行した。貯金を作れないピッチャーをエースと呼ぶのには無理がある。

「有原の球質は、軽いんじゃないですかね」沢崎が指摘した。「とにかく、よくホームランを打たれてる。今年の被本塁打率、どれぐらいでしたっけ？」

「一・五五」樋口は覚えている数字をすっと口にした。百八十イニング投げて被本塁打数は三十一——確かに打たれ過ぎだ。特に肝心なところで一発を食らって撃沈、という場面が多い。

「ピッチングを全面的に変えないと、スターズ・パークでは被本塁打率がうなぎ登りになりますよ」

「そうなんだよな……」

有原のピッチングは、とにかく力強い。調子に乗っている時には手に負えないが、コントロールに不安があり、カウントを整えにいった棒球を打たれる悪い癖があった。樋口が前回監督をやっていたルーキー時代から、何ら変わっていない。

「球種は何ですか？」

「基本はフォーシームにスライダーだな。スプリットも投げるけど、イマイチだ。カーブも武器とは言えない。絶対的な武器はフォーシームだ」

「単調になりがちですね。せめてツーシームとチェンジアップを取り入れないと、ゴロを打たせるピッチングはできませんよ」

「マックス百五十五キロのストレートがあったら、変化球に熱心に取り組む気にはなれないだろうよ」

「若いですねえ」沢崎が苦笑した。「でもそういうのは、ただの『投げ手』で『投手』じゃないんだよな」

「ああ」野球の世界ではよく言われることだ。百六十キロの球を投げられても、それだけではプロのピッチャーとして通用しない。ストレートにも「質」の問題があるし、変化球、コントロールなど課題は多い。有原は未《いま》だに、才能だけで投げている感じだった。来年のキャンプではきっちり課題を決めて、徹底して絞り上げてやろう。

「余計なことを言いました」沢崎は苦笑した。「まだ決まったわけでもないのに」

「いや、お前には絶対に来てもらうから。今のコーチ陣とは、あまり面識がないんだよ。一人ぐらいは昔から知っている奴《やつ》がいないと、やりにくくてしょうがない」

「これも変な話ですよね」沢崎が首を傾げる。「監督が代われば、チームのスタッフ全員も代わるのが普通じゃないですか。コーチ陣は全員据え置きっていうのは、どういうつもりなんでしょう」

「人を動かせば金がかかるんだよ」

「そこまでケチですか？」

「会う度に、まず金の話なんだ」

「無駄な金も使いましたよね」

　特に監督については……五年前、樋口の後を継いだ神宮《じんぐう》寺光《じひかる》は、スターズ史上初めての「生え抜きではない監督」として注目を集めた。現役時代に一時スターズに在籍していた——沢崎と三、四番コンビを組んでいた——ものの、チームとの縁はそれだけだった。神宮寺監督時代のスターズは、五位、四位……前年より順位を上げたということで、二年契約は一年延長されたのだが、最後の一年は最下位に終わって、あっさり辞任してしまった。その後、去年と今年監督を務めたのが、アメリカでも日本でもプレー経験のあるジョージ・ダグラスだった。理論派として期待されたのだが、実際に指揮を任せてみると極端な「激情型」で、二年連続で五回も退場処分を食らっていた。選手とのコミュニケーションも上手く取れず、結局は三年契約の二年目が終わったところでチームを去ることになった。そこで慌ててチームが——沖が白羽の矢を立てたのが樋口、というわけである。

この二人には相当の年俸を払っていた。樋口の年俸がぐっと安いのは間違いないだろう。ある意味自分も、沖の「倹約趣味」で選ばれたのかもしれない。

「しかしお前……変わったな」

「そうですか?」

「スターズにいる頃は本音を話さなかった。自分の殻に閉じこもってたよな」

「実際そうでした」うなずいて沢崎が認めた。「あの頃は、自分のことで精一杯でしたから。特に大リーグに移籍する直前はやることが多くて、人づき合いは二の次でしたね」

「そうだよな。あの頃、お前と酒を吞《の》んだ記憶は全然ない」

「でしたね……まあ、アメリカでずいぶん揉まれましたから。向こうは、コミュニケーションが取れない人間は、それだけでアウトなんですよ。言葉の問題もそうですけど、意思の疎通をしようという気持ちがないと。あまり喋《しゃべ》らなくても、喋ろうという気持ちを分かってもらえれば、何とかなるんです」

　こいつも重いものを背負っていたのだな、と樋口は悟った。プロ野球選手であるということは、それだけで日々重圧との戦いである。さらに海外へ勇躍した沢崎が受けたプレッシャーは、樋口が想像するよりもはるかに激烈だっただろう。そこから解き放たれて、急に性格が明るくなっても不思議ではない。

「とにかく、お前のヘッドコーチ就任は、俺が首をかけても何とかする」

「無理しないで下さいよ。オーナーとは上手くいってないんでしょう？」

「というか、会話がちゃんと成立しないんだ」樋口は愚痴を零《こぼ》した。「普通に話してはいるんだけど、どこか嚙《か》み合わない。向こうも心を開かないというか、本音を話さないというか……どこかで急に気が変わるような予感もするんだ。そもそも、自分で馘にした俺を、平然ともう一度監督にしようとする気持ちも理解できない。もしかしたら、覚えていないのかもしれないけど」

「そんなことはないでしょう……しかし樋口さん、どうして今回、就任要請を受けたんですか？」

「それは……まあ、現場に戻ってもいい頃だと思ったんだ」評論家の仕事は肌に合わなかった。それに前回の監督時代、やり残したことがたくさんあった。何より、スターズが低迷を続けているのが口惜しい。前回、沖に解雇されたことは嫌な記憶として残っているが、そこにこだわり過ぎては仕事はできない。プロ野球の世界には人情も絡むが、感情を殺して——プロに徹する必要もある。それに、再度巡《めぐ》ってきたチャンスは活かしたかった。

「監督もきついですよね」

「そうだな」

「相談したり愚痴を零したりする相手が、周りにいないんじゃないですか?」

「そんなこともないけど……」実際には、沢崎の指摘する通りだった。樋口が馘になった五年前は、まさにスターズのオーナー企業がTKジャパンに変わったタイミングだった。選手、コーチ、球団職員の顔ぶれは当時とかなり変わり、特に今の一軍コーチ陣には、気安く話ができる相手がいない。

「俺がヘッドコーチになったら、愚痴の聞き役に徹しますよ。大リーグがそうですから」

「そうなのか?」

「ヘッドコーチの仕事は、試合中に適当なタイミングで監督に胃薬を出すことと、試合の後に酒をつき合って愚痴を聞くことだけ、なんて言われてますからね」

「お前にそんな仕事は押しつけないよ」

「じゃあ、全体を見るということで……」沢崎がバッグからタブレット端末を取り出した。「スターズの現有勢力は、一応分析しています。今年のドラフトで取った連中は、来年の計算には入れなくていいでしょうね」

「悪かったな」樋口は頰杖《ほおづえ》をついた。「俺はどうやら、くじ運がないようだ」前回監督をやっていた時もそうだった。何度か指名が競合して、結局一人も引き当てられなかった。

「それはしょうがないですよ。ほぼ現有勢力でいくとして……バティスタは未知数にしておきます。日本の野球にアジャストできるかどうかは分からない」

「そうだな」

「打線は、足のある選手を中心にスモールベースボールの路線でいくしかないでしょう。問題は投手陣です」

「俺も、そっちの方が気がかりだ」

「……ですね」沢崎がタブレット端末を使った。「先発にもう一人、柱が欲しいですね。二桁勝利が有原一人というのは厳しいですよ。これからトレードでも、何とか先発の柱を確保しないと」

「今からだと厳しいぞ」樋口は指摘した。「トレードはだいたい終わっている。現在残っているピッチャーで、軸になりそうな――うちに来てくれそうな選手はいない」

「パイレーツの大島《おおしま》。どうですか？」沢崎がズバリ名前を挙げた。

「大島？　もうピークは過ぎてるぞ」

「スターズ・パークにはフィクスするかもしれませんよ」

「大島ねえ……」ピンとこないまま、樋口は思わず腕組みした。

大島正志《まさし》、三十三歳。来年でプロ入り十六年目になる。コントロール重視の左ピッチャーで、通算勝利数は百四十ぐらいになるはずだ。実績は十分だが……。

「大島のデータです」

沢崎がタブレット端末を渡してくれた。年度別の大島の成績が表示されている。最多勝二回、最優秀防御率一回、通算百四十勝百四敗。奪三振は少ないものの、四死球も少ない。与四球率一・三二は歴代三位、現役では一位を誇る。典型的な打たせて取るピッチャーで、スライダーが特に厄介だ。スピードが速球とあまり変わらず、右打者の手元でわずかに落ちるので、引っかけさせられてしまう。さらに外角低めにシンカーが決まれば、ジャストミートはほぼ不可能だった。

常にセットポジションで、何だか面倒臭そうに始動する。踏み出す足の幅は狭く、ほとんど立ち投げという感じだ。省エネというか、大リーグのピッチャーによくいるタイプ。

「しかし、そろそろ限界じゃないか」樋口はタブレットの画面を指先で叩《たた》いた。「ここ三年、二桁勝利が途切れて負け越してる」

「登板数と投球回数を見て下さいよ」沢崎が指摘した。「全盛期とあまり変わってないんです。防御率も極端に悪化はしていない。あいつが投げる時は味方打線が打たない――悪いスパイラルに入ってるだけですね」

確かに、そういうことはままある。自分は悪くない――実力を発揮できているのに、何故か他の要因で勝利に恵まれない時が。その要因は天候であることもあるし、仲間に足を引っ張られることもある。「勝ち運に見放された」と同情されることしきりだが、逆に勝ち運のないピッチャーを嫌うチームもいる。これだけ科学的なトレーニングが発達し、データ重視主義になっているのに、「運」という非科学的な要素を信じる人間が未だに多いのが野球の世界だ。

「悪くないですよ。二桁勝てる力はあると思います。それに打たせて取るピッチングは、若手の参考になるんじゃないですか？」

「――有原の教育係か」

「あいつ、言うことを聞かないそうじゃないですか」

「多少、お山の大将的な感じにはなってるようだな」

初先発でノーヒットノーラン――これで鼻が高くならない選手はいない。華々しいデビューが原因で潰れてしまう選手も少なくないのだが、有原の場合、そこそこの成績を残しているので、高くなった鼻はまだ叩き潰されていない。

「いろいろ話しましたけど、あくまで仮定の話です。呑み屋でのファンの会話みたいなものですね」沢崎が声を上げて笑った。

「いや、参考になる——俺も考えてないわけじゃないんだぜ？　ただ、人の意見を聞いて初めて考えが固まることもあるだろう」

「分かります。答えは分かってるんだけど、誰かに裏打ちしてもらいたい感じ、ですか？」

「そんなものだな」

「本当にヘッドコーチになれたら、もっとはっきりと言いますから」

「だけど、いいのか？」樋口は沢崎にタブレットを返した。

「何がですか？」

「古巣のスターズのコーチになることに抵抗はないのか？」

「育ててもらったチームですからね」沢崎が真顔で言った。「恩返ししたい気持ちはありますよ。それより今日は、遅くならない方がいいんじゃないですか？」

「ああ、そうだな」樋口は腕時計を見た。

「明日から秋季キャンプですからね」

「現場は久しぶりだから、緊張するよ」樋口は肩を上下させた。

「野球の本質は、ちょっとぐらい時間が経《た》っても変わりませんよ」

沢崎が言うと、妙に説得力がある。日本ではスターズ一筋だった沢崎だが、大リーグへ行ってからは三球団でプレーしている。チームが変わることに抵抗感はないだろう。しかし、途中でオーナーが代わった経験はあるか？　沢崎は、今のスターズの実情を本当には知らないだろう。

王座から転落した者の変化は、そこを離れていた人間には実感できないはずだ。

3

「既に伝わっていると思うが、この秋季キャンプでは去年の一・五倍の練習をしてもらう」

秋季キャンプ初日、樋口は選手を前にして第一声を発した。「一・五倍」は、マスコミ向けのサービスでもあり、既に就任会見でも喋っている。こういうのはマスコミを利用した方がいい、と経験で分かっていたのだ。人事——トレードや自由契約については、外に漏れる前に本人に通告しなければ禍根を残すが、キャンプなどの話題はとにかく大きく書いてもらえればいい。練習に関しては、選手はどんなにハードでも淡々とこなす。

「野手陣は、一日千五百スウィング。投手陣は、毎日最低十キロの走り込み。さらに新しい球種を一つは身につけること。他にもそれぞれしっかり課題を持って、取り組んでもらいたい。これについてこられない者は、来年のキャンプで自動的に二軍スタートにする。じゃあ、いこう！」

円陣の中で「オウ」と声が上がったが、元気は感じられない。染みつき始めた負け犬根性のせいか……。

スターズが秋季キャンプを行う「宮崎サンパーク」は、フルサイズの球場、屋内練習場などを備えた総合スポーツ施設である。もう何十年もここでキャンプを張り続けているので、樋口にも馴染みの場所だった。

樋口はダグアウトに引っこみ、アップする選手たちの様子を見守った。今日は少し冷える――ベンチコートを脱ぐことはないだろう。

それにしても、記者が少ない。昔の半分とは言わないが、三分の二という感じだった。弱いチームは、担当記者も減らされるのか……新鮮味もないから、仕方ないのかもしれない。新外国人のバティスタが合流するのは年明けの予定だし、ドラフトでも目立つ新戦力を取れなかった。

そして監督は「出戻り」。

樋口は、しばらくは口出しせず、じっくり選手を観察することにした。といっても、やはり投手中心になる。現役時代、打つ方がさっぱりだったせいか、あるいはキャッチャーという職業柄か、投手の方が気にかかるのだ。

昼食休憩を挟んで、投手陣は屋内練習場のブルペンに入った。まず、有原のピッチングを見守る。秋季キャンプは若手中心で、二年目、三年目のピッチャーが多い中で、六年目のシーズンを終えた有原は、完全にエース格である。それ故、五人が並んで投げられるブルペンの一番左端を使っていた――昔からエースはこの場所を使うのがスターズの慣例であり、樋口の現役時代は、真田が常にここを独占し続けていた。

有原は飛ばしていた。フルシーズン投げ続けた疲れもなく、持ち味である高めの速球にはやはり伸びがある。キャッチャーの後ろに立ち、昔と同じように低い目線で見守ってみると、一年目よりずっとよくなっているのが分かった。ノーヒットノーランを達成した試合では四球を連発し、いつ崩れてもおかしくなかった。しかし今は、ボールはきちんとコントロールされている。その分、ルーキー時代の荒々しい迫力は消えていたが、迫力があればいいというものではない。

「向井《むかい》」

樋口はブルペンキャッチャーに声をかけた。ボールを有原に投げ返した向井が、立ち上がって振り返る。

「変化球はいけるか？」

「大丈夫ですよ」

「一通り投げさせてくれ」

「分かりました」

向井が、「有原」と声をかけて、右腕を振り下ろして見せる。その際、軽く手首を捻《ひね》った——変化球を投げろという、野球の国共通のジェスチャー。有原が、一瞬表情を硬くしたのを樋口は見逃さなかった。面倒臭がってるな……秋季キャンプだから、取り敢えずストレートだけを投げておけばいいと思っているのだろう。

まずカーブ。これは相変わらず使えない。どろんと大きく曲がるが、ブレーキが利《き》いていない――最初からボールになるコースに投げて、バッターの目先を誤魔化すためだけのボールだ。これを三球。続いて、一番の武器であるスライダー。デビュー当時は、スピードが落ちずに鋭く小さく変化するスライダーを武器にしていたが、その後でもう一種類、少しスピードは落ちるが縦に変化が大きいタイプを身につけたようだ。右打者には見切られるかもしれないが、左打者はこれを膝元に投げこまれたら厄介だろう。コントロールも悪くない。最後はスプリット。こちらもそれほどスピードは落ちず、小さく落ちるタイプだ。空振りさせるよりも、ゴロを打たせる球種。しかし、変化の始動が早過ぎる気がする。少しでも低いコースにきたら、打者はボールだと見極めてバットを動かさないだろう。

「向井、ＯＫだ」

樋口はマウンドに背を向けた。すぐ後ろに控えていた投手コーチの秦光治《はたみつはる》に声をかける。

「有原はいつもあんな感じか？」

「そうですね」秦は現役時代は横柄で態度の大きい選手だったが、コーチになって人が変わったと言われている。「チームに尻尾《しっぽ》を振っている」と馬鹿にする者もいるが、樋口は気にしてもいなかった。投手の出来を見極める目は確かなようだ。

「このキャンプで、新しい球種を一つ、絶対に身につけさせないと」

「あいつは不器用ですけどね」

「それは分かってる」

「本人は、あくまでストレートに磨きをかけてバッターをねじ伏せたいと思ってますよ」

「それが通用するのは、二十代のうちだけだぞ。長く活躍したいなら、少しずつ球種を増やさないと。ツーシームは？」今や必須の変化球と言ってもいい。

「やらせたことがありますけど、コントロールがつかないんですよね」

「相変わらずか」有原が不器用なのは間違いない。「とにかく来シーズンに向けて、何とか新しい変化球を身につけさせるように考えてくれ」

「分かりました」

有原の今日のリミットは六十球。秋季キャンプの初日としてはこんなものだろう。規定の球数を投げ終えたところで、樋口はマウンドに足を運んだ。荒れた土をスパイクで均《なら》していた有原が、樋口に気づいてさっとキャップを取る。

「久しぶりだな」

「はい」

「コントロール、だいぶよくなったじゃないか」実際、数字の裏づけもある。与四球率は、毎年改善しているのだ。それでも、リーグ平均よりはまだずっと悪いのだが……。

「最近、何か新しい球種は試してるか？」

「取り敢えず、ストレートに磨きをかけたいです」

「落ちる球種をもう一つ、絶対に身につけろよ」樋口は指示した。

「はあ」有原は露骨に不満そうだった。

「新しい球場はピッチャー不利だぞ。高めのボールが少しでも甘く入ったら、フェンスオーバーだ」

　有原が無言でうなずく。納得していないな、とすぐに分かった。俺の高めのストレートを打てるものなら打ってみろ、と言わんばかりの態度。確かに、ツボにはまった時の有原の高めのストレートは強烈だが、そこを狙われて一発長打を食らうことも少なくない。

「ゴロを打たせる球種を覚えれば、ピッチングの幅も広がって、来年は勝ち越せるよ。その辺、今から意識しておけ。お前はエースなんだから、どれだけ勝ち越せるかで価値が決まるんだぞ」

「はい」

　肩を一つ、ぽんと叩こうかと思ったがやめにしておいた。自分がいない五年の間に、有原のプライドはさらに強くなったはずだ。気楽に肩など叩かれたくもないだろう。

　練習終わりのマスコミ対応も監督の仕事だ。樋口は昔からこれが苦手だったが、恒例なので避けるわけにもいかない。年俸のうちだと自分に言い聞かせてダグアウトに座り、記者に囲まれる形で一問一答が始まった。

　樋口はキャップを取り、髪を撫《な》でつけた。最近、髪が寂しくなってきた感じがするな……加齢のせいではなく、ストレスが原因かもしれない。

「初日の手応えはどうですか？」

「まずまず――選手はだいぶへばってますけど、これぐらいでダウンされたら困るよ」

厳しい顔を見せておかないと。前回の監督時代は、少し甘くし過ぎたと反省している。遠慮もあったのだ……一軍半の選手が監督になると、選手との関係はぎくしゃくする。一流の選手たちは「あんな人に監督ができるわけがない」と軽く見るのだ。選手としての能力と監督としての能力は関係ないと頭では分かっていたが、樋口の方では遠慮が働いた。その結果、チームとしての一体感は最後まで生まれなかった……あの苦い記憶は、しっかり残っている。だから今回は、スパルタというわけではないが、遠慮せずに行くつもりだった。かつての強豪が落ちこんだ深い穴から這い上がるためには、ちょっとやそっとの努力では上手くいかない。

「かなり厳しく攻めてますね」

「五年前と同じ失敗はしたくないからね」

ダグアウトの中に軽い笑いが広がった。記者たちからは矢継ぎ早に質問が飛んだが、どことなくよそよそしいというか、遠慮がちな雰囲気が漂っている。年齢差のせいだな、と何となく悟った。スポーツの現場を取材する記者は、基本的に二十代から三十代である。前回の監督時代は、担当記者との年齢差もそれほど開いていなかったが、樋口も来年は五十歳になる。若手の記者は自分の子どもと言ってもいい年齢で、やりにくさは増していた。

「初日で目についた選手はいますか？」

「今のところは、全員平等に目を配っていますよ。今年も一年頑張った選手たちで、それぞれ既に自分の立場を持っているからね。でも、それに安住しないようにと脅しておきました。来年は、まったく新しいチームになっているかもしれない」

「それは、球場も含めてということですか？」

「心機一転という意味ではね」

「もう球場は視察しましたか？」

「見たけど、工事中だから。完成した姿はまだイメージできませんよ」

「かなり革新的な球場ですが……」

「確かに斬新——変わった球場ではあるね。ピッチャーは大変だろうな。左中間、右中間に膨らみがほとんどないから、外野手もよくよく考えて守らないと。風の具合がまだ読めないのが心配だ」

「他の球場とは変わった戦い方を強いられるということですか？」

「そうなるだろうね」樋口は認めた。「球場のサイズ的な条件は、公認野球規則できちんと決まっているけど、それ以外の部分では個性が出るからね」

「スターズ・パークはどうなると予想しますか？」

「ヒッターズ・パークになるのは間違いないけど、その条件でどう戦うか、ですね。ま、その辺もおいおい考えていきますよ」

「じゃあ、今日はこの辺で」若手の広報部員が割って入った。

おいおい——まだ五分ぐらいしか喋ってないけど、これでいいのか？　もうちょっとサービスしてやってもいいのに。何かまずいことを言ったか？　ふと広報部員の顔を見ると、何だか難しそうな表情を浮かべている。

記者たちがダグアウトを去り、樋口は広報部員と二人きりで残った。

「俺、何かまずいこと言ったか？」

「いえ……」何だか含みのある言葉。「それより、オーナーがお待ちですよ」

秋季キャンプ初日ということで、沖も顔を出していた。本業は大丈夫なのかと心配になるが、実際、スターズを買収してからの沖は、ＴＫジャパンのＣＥＯとしての顔より、スターズオーナーとしての顔を強く打ち出している。若くして成功した起業家にとって、球団というおもちゃはそんなに大事なのだろうか……。

「ホテルで？」

「ええ」

樋口は立ち上がった。練習終了後のグラウンドにはスプリンクラーで水がまかれ、土の匂いが強く立ち上っている。

「オーナーも、囲み取材には応じたのかな？」

「練習中に、スタンドで」

「ご機嫌は？」

「普通でしたよ」

「そうか」沖の「普通」が未だによく分からないのだが……とにかく、面倒な面会はさっさと終わらせよう。キャンプ初日の今日だけ顔を出して、沖はこのまま東京へ帰るはずである。取り敢えずご機嫌取りをしておけばいい——もっとも、こちらには大事な話もあるのだが。

沖は、スターズが宿舎にしているホテルのスイートルームで待っていた。元々リゾートホテルとして開発されたので、普通のビジネスホテルとは違う豪華な雰囲気がある。スイートルームは広く、窓からはサンパークの球場が一望できた。

「監督、コーヒーでも？」今日の沖は愛想がよかった。

「いただきます」

二人はテーブルについた。食事も会議もできる大きなテーブルに二人だけ。広報部員がポットからコーヒーを注いで出してくれたが、何となく居心地が悪い……時間が押してシャワーを浴びている暇もなく、ホテルの自室で、シャツとジャケットに着替えただけだった。

「初日の手応えはどうですか」沖が切り出した。

「まだ選手には疲れが残ってますね」

「シーズンが終わってから一ヶ月以上経ちますけどね……今年は終わりが早かった」

沖が皮肉っぽく言った。実際、スターズのシーズンは七月には実質的に終わっていたと言っていいだろう。もちろん、試合は十月の頭まであったのだが、順位争いという意味では、シーズンは早々と終幕を迎えていた。

「課題は厳しくしましたけど、ついて来られる選手がどれだけいるか」

「例年の一・五倍ですか……ジョージは、そういう数値目標を立てなかったですね。練習のやり過ぎは選手のダメージを大きくする、と」

「それは、ある程度完成された選手の場合です。今のスターズは若い選手が多いから、個々の底上げが大事ですよ」

何となく、契約破棄になった前監督を懐かしんでいるような……皺にしたのも沖自身なのに。

「オーナー、それよりヘッドコーチのことなんですが……沢崎の招聘をぜひお願いできませんか？　改めてのお願いで申し訳ありませんが」

「いやいや……考えてみるとスターズは、ずっとヘッドコーチを置いてきませんでしたよね。今更必要なんですか？」

「沢崎が来るとまずいことがありますか？」樋口は慎重に訊ねた。もしかしたら沖は、沢崎に個人的な恨みでも持っているのか？

「そんなことはないですけどね……」沖がふっと目を逸《そ》らす。「彼は、一度はスターズを捨てた人間ですから」

「大リーグ挑戦のためですよ？　オーナーのお好きな大リーグじゃないですか」十数年も前のことが気に食わないのか？　沢崎は別にわがままを言ったわけではなく、正当な権利として大リーグ移籍を選んだだけなのに。

「まあ、そうですけどね」沖が静かに言ってコーヒーを一口啜《すす》った。「本来なら、秋季キャンプの段階で、来季のスタッフは完全に決まっているものでしょう」

「そうですね」少しむっとしながら樋口は答えた。決まっていないのはオーナーのせいではないか……。「始動が遅かったのは間違いありません」

前監督のジョージ・ダグラスが辞めるらしい、という噂が流れたのは、八月だった。チームはBクラスがほぼ確定し、オーナーからは辞任を迫られ、本人は指揮を執る情熱をなくしている——スポーツメディアの中で仕事をしていると、そういう情報は自然に耳に入ってくるものだ。「激情型」は確かにエキサイトしやすいが、逆にいえばすぐに醒める。

しかしダグラスは、すぐには辞意を表明しなかった。アメリカ人なので契約には代理人も絡み、本人に直接意図を確認するのも難しかったのだろう。フロント陣が「どうするつもりだ」と直接確認しても、ダグラス本人は「代理人に聞いてくれ」とはぐらかし、代理人に接触すれば「調整中」としか答えが返ってこなかった。

結局、ダグラスが残りの契約を一年破棄して辞める——実質的にはオーナーに切られた——と表明したのは、全試合が終了してからだった。というわけで、樋口に監督就任要請があったのは、十月になってからである。あれからわずか一ヶ月——チームを立て直すどころか、状態も把握できていない。故にコーチ陣は全員残留。樋口の希望で、一軍、二軍間での入れ替えは少しあったが。

「全体を統括するヘッドコーチの存在は必要ですよ。チームが変わったことをアピールするにもいい方法です」

「まあ……そうかもしれませんね」沖は乗って来なかった。

もしかしたら、コーチのサラリーキャップ制でも考えているのだろうか。球場に巨額の資金を注ぎこんでしまったので、もう資金が回らなくなっているとか。

「グッズの話は聞いていますか？」沖がいきなり話題を変えた。

「ええ……全面リニューアルして、点数も増やすとか」

「業者を替えました。これまでのグッズは、全体的に子どもっぽかったと思いませんか？」

「デザインについては素人なので、何とも言えませんが……」

「アメリカだと、チームのキャップやTシャツを、大人が普通に身につけているでしょう。スターズのグッズもああなるべきだと思いますね。それに、グッズの売り上げはもっと重視すべきです。大リーグと違って、放映権料で大きな収入を得ることはできませんから、他のところで少しでも稼がないと」

「大事なことですね」仕方なく、樋口は相槌《あいづち》を打った。沖の考えに乗って説得するしかないか……「ホームの全試合を満員にするためには、沢崎を人寄せパンダにすればいいんじゃないですか」

「沢崎で客を呼べますか？」沖は疑わしげだった。

「沢崎は引退後、特定のチームに所属していません。スターズファンにとっては、未だに『スターズの沢崎』なんですよ。キャンプで臨時コーチに来た時には、マスコミも大きく取り上げた。これは馬鹿にできませんよ。沢崎が古巣のコーチに就任したとなれば、大きな話題になりますよ」

「確かに、そうですね」

沖がわずかに身を乗り出した。ようやく俺の話に興味をもったようだと、樋口はさらに説得を続けた。

「五年前、神宮寺が監督になった初年度は、ホームゲームの年間観客数が七パーセント増えたはずです。馬鹿にできない数字ですよね？　神宮寺は、スターズにとっては外様《とざま》だったのに、この数字です。沢崎の場合は、もっと話題になるでしょう。それに沢崎のグッズも、売り上げが見こめるはずですよ」

「分かりました。取り敢えず、GMとも話して下さい。前向きに検討します」

ほっとして、樋口はコーヒーを一口飲んだ。話はまだ終わっていない――。

「それと、欲しい選手がいます。スターズ・パークに合ったピッチャーを一人」

「ピッチャー？」

「パイレーツの大島です」

「大島は、もういい歳でしょう」沖が目を細めた。「ここ数年は、成績もイマイチですよ？　金を出すだけの価値がありますか？」

「彼のピッチングは、スターズ・パークの特性に合っています。若手の手本にもなると思います」

「大島、ねえ……」沖の返事は上の空だった。

「ご検討いただけませんか？　それなりに計算できるピッチャーが有原一人というのは、いかにも頼りない」

「補強だったら、ホームランバッターをもう一人、の方がいいな」沖が急に気さくな口調になって言った。「ホームランが出やすいように、あの球場を造ったんですから」

「ただ、今なら安く買えます」

「落ちめの選手なら安いのは当然でしょう。金は、どう稼ぐかではなく使い方が大事なんですよ」

「そうかもしれませんが……」むっとしながら樋口は言った。「この件も、GMと話してもいいですかね」

「もちろんですよ」沖が薄い笑みを浮かべた。「GMはそのために存在しているんですから」

「では、トレード話については相談します……沢崎の件については、進むものと考えてよろしいですね？」

「私からGMに言っておきましょう。ただあなたも、監督として金のこともよく考えて下さい。支出は少なく、収入は最大に——球団を独立採算で黒字にするためには、それが基本です。これまで五年間、まだ親会社からの補塡《ほてん》で何とかしてきましたが、それは健全ではない。私の理想は、スターズがきちんと利益を出して、独立することですから」沖が自分の言葉にうなずく。

「分かりました。よろしくお願いします」

立ち上がって一礼し、樋口は部屋を出た。ドアを閉めた瞬間に、深く溜息をついてしまう。まったく、このオーナーと話すのは疲れる……気を取り直し、すぐに同じホテルに泊まっているGMの松下《まつした》の部屋を訪ねた。

松下は、編成部長の鳥越《とりごえ》と何か相談中だった。遠慮しようかと思ったが、鉄は熱いうちに打て、だ。

「何だい、自分も練習したみたいに疲れた顔じゃないか」

松下に指摘され、樋口は両手で顔を擦《こす》った。シャワーも浴びていないので、顔が少し埃《ほこり》っぽくなっているかもしれない。

「ちょっとよろしいですか？　ご相談が」

「いいよ。編成部長も一緒の方がいいか？」

「お願いします。一度で話が済みますから」

「あいよ。じゃあ、鳥越も残ってくれ」

松下は元々、一九七〇年代から八〇年代にかけてイーグルスで活躍した外野手で、引退後もイーグルスで長くコーチやスカウトを務めた。六十歳になって球団組織から身を引いたところで、沖が直接声をかけてスターズのGMとして引っ張ってきたのである。その時樋口はチームにいなかったので詳しい経緯は分からないのだが、球界では驚きの声が上がった。あるチーム一筋の人間が、突然ライバルチームの編成の最高責任者に就任するのは、ほとんど例がない。

樋口も松下を頼りにしている。ライバルチームにいた人間とはいえ、同じ球界で長く飯を食っていた、いわば仲間である。すぐに大島の名前を出して、獲得を要請する。

「確かに、ピッチャーは一枚……いや、二枚か三枚足りないな」

「現段階ではゼロと言っていいですよ」

「有原は？」

「あいつはまだ、一本立ちしたとは言えません」

「あんたは、有原に対して当たりが強過ぎるよ」松下が苦笑する。「だいたい、あんたが育てた選手じゃないか。目の前でノーヒットノーランを達成したんだし、もっと評価してやれよ」

「あの時はあの時、今は今ですよ。あいつ、ちょっと天狗《てんぐ》になってますよね」

「エースってのはそういうもんだろう」

「エースという割には、実力が伴っていない。一枚皮が剝《む》けて成長するためには、刺激が必要なんです」

「大島を踏み台にするつもりか？」

「いや、もちろん、戦力としても期待しているから欲しいんです」

「取るのは難しくないだろうな。二軍の選手二人か三人と交換でいける」松下がうなずく。「余計な金を出さずに済めば、オーナーも了承するだろう」

「しかしオーナーは、聞きしに勝るケチですね」樋口は苦笑した。

「オーナーにはオーナーの目標がある。スターズを独立採算の取れるチームにすることだ」

「分かりますけど、肝心なところでケチるのはどうかと思います」

「ま、喧嘩《けんか》するなよ」

「とにかく大島のこと、よろしくお願いします」樋口は頭を下げた。

「監督の希望とあらば、頑張りましょうかね」松下がニヤリと笑った。皺《しわ》の多い顔の中で、目は埋もれてしまう。いかにも長年、現場で陽を浴びて来た、野球関係者らしい顔――少なくとも松下には味方でいて欲しい、と樋口は祈った。

翌日の朝刊を見て、樋口は啞然《あぜん》とした。東日《とうにち》スポーツの裏一面の見出し……。

新球場に不安　スターズ樋口

おいおい、何言ってるんだ。これじゃまるで、俺がスターズ・パークを批判しているみたいじゃないか。

慌てて記事を読むと、羊頭狗肉の見出しだと分かった。スポーツ紙ではよくあることだが、大した内容でもないのに、見出しはおどろおどろしくつける。駅売りのスポーツ紙では、売り上げは見出し次第なのだ。

「ちょっと変わった球場ではある」「ピッチャーは大変だ」「外野手もよくよく考えないと」「ヒッターズ・パークという条件でどう戦うか」記事に載っているコメントは、全て話した記憶がある。別に危ない発言ではない——だからこそ、オフレコ指定もしなかった。見出しだけの詐欺のような記事だが、関係者が見たらどう思うだろう。

樋口は急いで全ての新聞に目を通した。ホテルの部屋には、一般紙、スポーツ紙全紙を届けるように頼んであるのだ。他のスポーツ紙もキャンプの様子は書いているが、こんな風に取り上げたのは東日スポーツだけだった。これは、きちんと抗議しておかないと……何とか怒りを鎮めようと深呼吸していると、部屋の電話が鳴った。広報部長の富川だった。

「オーナーとちょっと話してもらえますか」前置き抜きでいきなり切り出す。

「東日スポーツの記事のことか？　俺も今読んだけど、あれは見出し詐欺みたいなものじゃないか。俺は別に、球場批判をしたわけじゃない。特徴と戦い方を説明しただけだ」

我ながら言い訳じみている……富川も納得しなかった。

「とにかく、オーナーが説明を求めているんです」

「東京で記事を読んだのか？」

「ええ」

「こんな早くに？」

「オーナーは、朝が早いんですよ」

早起きして、新聞各紙を読んでいるのだろうか。ＩＴ系企業のＣＥＯが新聞を広げている様子は、あまり想像できなかったが。

「よろしくお願いしますよ」富川が懇願した。

「怒りのゲージはどれぐらい？」

「七、ですかね。マックスが十で」

受話器を置き、樋口は溜息をついた。朝から何なんだ……沖というのは、こんなに細かい男なのか？

現場の人間からすると、プロスポーツチームのオーナーは、「金は出すが口は出さない」タイプが理想である。沖は「金を出しているから口を出す権利がある」とでも考えているのだろう。

間違いなく厄介な男だ。

〈スターズ経営会議（十月二日）〉

沖は、新宿にあるＴＫジャパン本社の会議室に集まった面々の顔をぐるりと見回した。頭が沸騰しそうだ。監督の辞任は寝耳に水……というほど急ではないが、今日まで確証が得られなかったのはこいつらのせいだ。

「契約は来年まで残っている。違約金は取れるか？」沖はＧＭの松下に確認した。

「いえ……今回のケースでは無理ですね」松下がさらりと言った。「契約書を精査しましたが、向こうが違約金を支払う状況ではありません。こちらも、来年分の報酬は払いませんが」

「まったく……」沖は音を立てて、椅子に背中を預けた。「契約の時に、もっと厳しく条件を詰められなかったのか？　途中で投げ出しそうな人間だという情報は入っていたんじゃないか」

白けた雰囲気が漂う。まあ、当たり前か……沖は咳払《せきばら》いした。そもそもダグラスの名前を挙げたのは自分なのだから。しかし誰も反対しなかった。少しは抵抗する――異議を唱えるのも、経営会議に参加する人間の役目ではないか？　何も俺は、イエスマンだけを求めているわけじゃない。

「それで、次期監督ですが……OB含め、何人かピックアップしてあります」

ペーパーが配られた。今時ペーパー？　沖は目を剝いた。親会社がIT系企業なのに、スターズのフロント陣はあまりにも時代遅れではないか？　怒りを堪《こら》えながら、沖は候補者のリストに視線を落とした。興味を引かれるのは、イーグルスとパイレーツを優勝させた経験のある船越《ふなこし》ぐらいである。監督としてプロ中のプロ。「優勝請負人」の異名を取っている。

「船越はいくらで雇える？」

「三年前にパイレーツの監督を辞めた時の年俸は、一億五千万円でした。表向きは一億円ですが、諸々オプションつきで」松下が答える。

「高いな……ディスカウントできないか？」

「無理ですね。金にはうるさい人です」

「まあ、わざわざ爺さんに頼まなくてもいいか」六十八歳は、プロ野球の一線で指揮を執るには歳を取り過ぎている。顔をしかめたままリストをさらに見ていくと、ふと樋口の名前が目に留まった。

樋口か……TKジャパンがスターズを買収する直前まで監督を務めていた男だ。選手としてはB級だったが、現役時代からコーチングの能力を買われ、引退後に監督に抜擢《ばってき》されたのだ。しかし結局は期待外れの成績に終わり、沖がオーナーになって初めての仕事が、彼を切ることだった。当時は何の感慨もなかった——単なる人事異動のようなものだった。そもそも樋口がどんな人間なのかも知らない。

「樋口は？」

「オーナーがお好きなタイプではないですよ」松下が忠告する。

「というと？」

「地味です」

軽い笑いが広がった。地味か……それはよくない。プロ野球は夢を売る商売だから、選手だけでなく監督にも強い個性を持って欲しい。包み込むような父性でもいいし、データ重視の冷徹さでもいい。審判への抗議・退場も辞さない熱血漢——ダグラスはやり過ぎだったが——も悪くない。しかし「地味」というのはどうも……。

「ただし、樋口なら年俸は安く抑えられます」松下が、いきなり大きな材料を持ち出した。

「どれぐらいで？」

「五千万で十分でしょう」

「前回辞めた時は？」

「五年前は七千万でしたね」

「それは払い過ぎだったな」沖は思わず舌打ちした。「五千万か……それで受けると思うか？」

「基本的に、あまり金にこだわらない男ですから……ただし、イエスと言わせるためには、オーナーにも動いていただかないと」

「俺が？」

「取り敢えず、チームとして誠意を見せている証拠としての、オーナーの出馬ですね」

「誠意ねえ」馬鹿馬鹿しい。そんな、数値化できないものが当てになるのか？ しかし、そこそこ安い年俸は魅力的だった。何しろ、新球場の建設費が重くのしかかっている。締められるところは締めていかないと。

「——分かった。まず、そちらで接触してみてくれないか？ 感触によって、俺もすぐに交渉の席に座る」

何となく話をまとめてしまったが、これでいいのだろうか……まあ、監督など、いればいいのだ。プロスポーツチームとして大事なのは、ファンに夢を売ること。超人的な選手たちの活躍、そして球場という非日常的な空間を提供する——球場に関しては自信がある。

五年前の樋口がどういう監督だったか、もう一度きちんと調べてみよう。つまらない野球をやりたがる監督だったら、この話は流してしまえばいい。

監督候補など、いくらでもいる。誘えば尻尾を振って喜ぶ人間ばかりだろう。

4

樋口は、密かにスターズ・パークに忍びこんだ——いや、もちろん工事現場の警備員に鍵を開けてもらったのだが、暗くなってから建設中の球場に入りこんだので、違法行為をしているような気分だった。午後七時でも、まだ工事は行われている。スタンドでは、シートの設置中。確かシートの座面が他の球場より少し広く、足元にも余裕がある、という話だった。その分、客席数は少なくなるのだが……この件を得々と説明する沖の口調は、航空会社の役員のようだった。弊社のプレミアムエコノミークラスは、シートピッチを従来より二〇パーセント広くして云々《うんぬん》——ただしこの球場には「ビジネスクラス」がない。多くの球場では、バックネット裏の高い位置などに企業向けのボックスシートを設けているのだが、沖の持論の一つが、「野球は接待ではない」。観客は皆平等で、場所の違いはあっても同じシートで観《み》るべし、と言うのだ。

何が何だか。

「建設途中の球場に入ったのは初めてですよ」大島が感心したように言って、球場を見回した。すぐに目を細め、顔をしかめる。

「ここ、外野手には地獄かもしれませんね」

「フェンスが近いから？」

「いや、風が」

確かに。先日、球場を見学した時は昼間で、風はほとんどなかった。しかし今は、はっきりと風の流れを感じられる。しかもかなり強い。

「ビル風でしょうね」大島が左中間、右中間にあるビルを順番に指差した。「この球場、ビルの谷間にあるようなものじゃないですか。外野手は大変だろうな」

「海辺の球場も、風の影響は受けるけど」

「それより大変だと思いますよ。こっちの方が、風の向きが簡単に変わりそうだから。でも、試合でどうなるかは分かりませんけど」

「……取り敢えず、座ろうか」

樋口は、大島を一塁側のダグアウトに誘った。かすかに塗料の臭いが漂う中、既にベンチが二列、設置されている。二人は前列のベンチに並んで腰かけた。ちらりと見ると、大島は背筋をピンと伸ばし、真っ直《す》ぐマウンドを見つめている。身長はそれほど高くない――百七十八センチのはずだ――が、何故か堂々として大きく見える。いいピッチャーとはこういうものだ。

編成部がパイレーツに接触し、大島のトレードを打診した。スターズにとって幸運だったのは、パイレーツの新監督・鹿屋《かのや》が投手陣の若返りを求めて、大島を構想から外したがっていることだった。自由契約にはせずとも、来季は取り敢えず二軍スタートで様子を見るつもりかもしれない。いわゆる「干す」状態だ。

それでも大島本人は、パイレーツにこだわりがあるようで、移籍を渋っているという。プロ入り以来ずっと同じチームで過ごしてきたから、本拠地の横浜にも愛着があるのだろう。三年前には家を購入し、二人の子どもも地元の学校に通っている。東京に本拠地を置くスターズに移籍すると、引っ越しはしなくとも、家族と過ごす時間が少なくなる、とでも考えているのかもしれない。

そういう諸々の情報とともに、「一度監督から直接話してくれませんか」という要望が、編成部から上がってきた。それで大島と接触することにしたのだが、敢えてホテルやレストランではなく、この球場を見せながら話すことにした。

「この球場をどう思う？」樋口は率直に訊ねた。

「長距離バッターにとっては、天国みたいな球場ですね。力のある選手なら、左中間か右中間に打ち上げれば、すぐスタンドインでしょう。レフトも近いし」

「ところがうちのエース様は、馬鹿の一つ覚えみたいに内角高めの直球で勝負したがる。あれだけ被本塁打率が高いのに、分かってないんだな」

「有原は単調ですからね」大島が端的に指摘する。

「今のスターズに必要なのは、君みたいに緻密なピッチングができるベテランなんだ。ゴロを打たせる極意を、うちの若い連中にも教えてやってくれよ」

「まさかコーチ兼任じゃないでしょうね」硬い声で大島が訊ねる。

「いや、あくまで主力として期待してる」

「ご期待に添えるかどうかは……」

「別に、怪我してるわけじゃないだろう？」樋口は念押しした。

「ええ……ただ、この二、三年、なかなか思うように勝てないのは事実です。衰えを実感していますよ」

「俺の目から見ると、まったく衰えてないけどね。勝てないのは打線のせいだ」

「いやあ……」

横を見ると、大島が苦笑を浮かべたままうなずき、指先を弄《いじ》っていた。

「自信がないのか？」

「パイレーツに対する気持ちもありますしね」

「鹿屋監督は、今までみたいに君を使ってくれないかもしれないぞ」

大島の顔が引き攣《つ》った。鹿屋とは本当に上手くいっていないのだな、と樋口は悟った。事情を聞き出すには時間がかかるだろう。しかも無駄だ――人の悪口を聞いても、何も生まれない。

「君だったら、この球場でどう攻める？　ノーアウトランナー一塁で、相手の右の四番打者が打席に入って、としようか」

「パワーヒッターですか？」大島はすぐに、この架空のゲームに乗ってきた。

「去年ホームラン三十五本を打った助っ人選手」

「身長は？」

「百九十二センチ、百十キロ」

「足は遅いだろうな……軽くゲッツーに仕留めたいですね。決め球は、アウトコースに沈むツーシームといきましょうか」

「セカンドゴロでゲッツーだな」

「そうです」大島がうなずく。「初球は膝元へのカーブ、二球目に内角高めにストレートを投げて仰《の》け反らせておいて、三球目は変化の大きなシンカーを外角低めに落とします。そこを意識させておいてから、四球目で変化の小さいツーシームで引っかけさせますよ」

「俺が受けても、そういう組み立てだな」内角、外角に厳しくコースを攻められる大島ならではの投球術だ。「だけど、有原には無理だ。あいつにはゴロを打たせる球種がない」

「バッターの思う壺《つぼ》ですね。左中間と右中間はセンターに向かってフェンスが高くなるけど、そんなに大きな障害にはならないでしょう……だけど、変な球場ですよね。どういう狙いの設計なんですか？」

「オーナーの趣味。球場を売りにしたいらしいんだ」

「そういう商売の仕方もあるんですかねえ……」呆《あき》れたように大島が言った。

　会話は上手く転がっているが、大島は移籍の話に積極的に乗っているわけではない。ここで樋口は切り札を出すことにした。

「まだ秘密にして欲しいんだけど、沢崎がヘッドコーチに就任する予定なんだ」

「沢崎さんが?」大島の声のトーンが少しだけ高くなった。「沢崎さんは、コーチとかにはならないのかと思ってましたよ」

「実際、一度断られてるんだよ」

それは、樋口の前回の監督時、最後の年だった。現役を引退したばかりの沢崎に接触し、打撃コーチへの就任を要請したのだが、やんわりと、しかし即座に断られてしまった。理由は——疲れているから。そう言われると、ゴリ押しはできなかった。日米での現役生活を終えたばかりの沢崎が、表には出ない疲れを抱えこんでいたのは間違いなさそうだったから。

「今回は受けてもらえた。その沢崎が、君をどうしても欲しがっている」

「そうなんですか……」

最初に大島の名前を挙げた時には言わなかったのだが、後になって沢崎が明かしてくれた。この二人には、奇妙な因縁があったのだ。

「沢崎の日本での最後の年、君たちは対決している。君の一軍デビューの年だね」

「ええ。あの頃の沢崎さんはすごかったですよね。まさに全盛期でした」

「キャリアハイは、あの前の年だけどな。ところが君は初先発の試合で、あいつを四打席、完璧に抑えきった」

樋口は、球団が持っている映像アーカイブから、その試合の様子を抜き出して見せてもらっていた。

　スターズの当時の本拠地、東京スタジアムが、大島の先発デビューの場所だった。この試合、大島は0対2で敗れて初黒星を喫したのだが、七回までスターズ打線を0点に抑える見事なピッチングを見せた。特に沢崎は完全に抑えこんでいた。相性の問題もあるのだろうが、シンカーが冴え、沢崎は四打席中三打席でシンカーを引っかけて内野ゴロに倒れていた。最後の打席は膝元に滑り落ちるスライダーで空振り三振。あの年、沢崎と大島は十回対戦したが、結局沢崎は一本もヒットを打てなかった。出塁は、フォアボールによる一回だけ。沢崎は、あの年の対決を鮮烈に覚えていて、大島を推してきたのだ。「あいつは厄介なピッチャーになる」という読みは、その後の成績を見れば見事に証明されたことになる。

「沢崎が、今度はお前と一緒にやってみたいって言うんだ。どうかな？　あいつのたっての願いだぜ」

「沢崎さんには、お世話になった感覚があるんですよね」

「ライバルとして？」

「ライバルなんて言ったらおこがましいですけど……でも、沢崎さんを抑えて、何とかプロでやっていける自信がついたんです。ある意味、恩人ですよ」

「じゃあ――」

「即答はできません」大島が急いで言った。「一日、二日、待ってもらえますか？　家族とも相談したいので」

「もちろん。もしも必要なら、俺が直接ご家族を説得してもいいよ」

「いや、そこまでは……」大島が苦笑した。「とにかく、もう少し時間を下さい」

「いい返事を待ってる」

大島がさっと頭を下げ、立ち上がった。グラウンドを凝視したまま、「しかし、変な球場ですね」と繰り返した。

「平均的な日本の球場とは、面構えが違うよな」

「見ている方は面白いかもしれませんけど、選手の事を考えた球場じゃないですね。ここを自分のものにするのは大変ですよ。ちゃんとコントロールできるようになりますかね」

樋口は返事しなかった。そんな自信はなかった。


〈大島に対する取材テープ起こし　東日スポーツ・花山泰司《はなやまやすし》〉

スターズ移籍の決め手は何だったんですか？
大島：チャレンジ精神かな。新しい球場もできるし、何か新しいことができるんじゃないかと思ってね。俺ぐらいの歳になると、毎年大きな変化もなく、淡々とシーズンが過ぎて行く。あと何年投げられるか分からないけど、この辺で環境を変えてみたくなったんだ。

　新球場は、バッター有利と言われていますけど。

大島：あそこで一球も投げていないから分からないけど、球場にはそれぞれ顔——特徴があるもんだよ。そういうのは、プレーしているうちに慣れる。

　不安はないですか？

大島：不安になるような歳じゃない（笑）。

　樋口監督とは話しましたか？

大島：軽くね。

　どうですか？

大島：樋口さんは頭がいい人——おっと、こんなこと言ったら怒られるけど、野球脳がしっかりした人だから、これからたくさん勉強させてもらうよ。

　沢崎さんがヘッドコーチで来られますね。

大島：一シーズンだけ被ってるんだ。奇跡的に俺が全部抑えて、あれでプロでやっていける自信がついた。ちゃんと話すのは今回が初めてなんだよね。まだ顔を合わせてないけど、楽しみです。

　スターズの他の選手に関してはどうですか？

大島：対戦を通じてしか知らないけど、まあ、キャンプでじっくり仲良くなりますよ。でも、あのチームも大変だと思うよ。

弱いですからね。

大島：というより、上層部に本気でチームを強くする気があるかどうか……。

どういう意味ですか？

大島：今のは本当にオフレコで。気になるなら、取材してみればいいだろう。もしかしたら、オーナーが代わっても全然強くならない理由が分かるかもしれないぞ。

オーナーの沖さんに何か問題でもあるんですか？

大島：俺の口からは言えねえな。その辺はじっくり取材してみてよ。でも、取材して損はないんじゃないかな。記事になるかどうかは分からないけど。

気になりますねえ。

大島：記者なんだからさ、それぐらいは自分で探り出さないと。まあ、後はキャンプでお会いしましょう。間違えてパイレーツのキャンプへ行かないように。

5

「来シーズンからスターズにお世話になる大島です。新しい球場で心機一転、ルーキーのつもりで頑張りたいと思います」

こいつ、えらく硬くなってるな……隣に座る樋口は、彼の緊張をひしひしと感じ取った。先ほど、背番号「19」の新ユニフォームを着せたばかりだが、その時にも笑顔はなかった。

今年のトレードはこれで終わりだろう。ということは、長年の本拠地・東京スタジアムでの会見もこれが最後だ。もう抜け殻っぽい感じ……球団事務所も、既にスターズ・パークに隣接するオフィスビル棟に移転しているのだ。

今日は、久しぶりに記者の数が多い。百四十勝——現役では上から四番目だ——を挙げているピッチャーの移籍ということで、注目を浴びているのだ。矢継ぎ早に質問が続いたが、意地悪な内容は一切ない。このところ、三年連続で二桁勝利が途切れ、負け越しが続いていることを指摘する記者は一人もいなかった。スポーツ紙の記者は、基本的にインサイダーのようなものである。よほどの不祥事でもない限り、担当チームのマイナスになる記事は書かない。こういうのが、スポーツ報道として正しいかどうかは分からないが、そもそもスポーツが世の中に与える影響など微々たるものだから、こんなものだろう。

「監督、大島選手に期待することは何ですか」

質問を発したのは、東日スポーツの記者だった。あの野郎……秋季キャンプで俺の言葉尻を捉えて適当な記事をでっち上げた記者ではないか。むっとしたが、樋口は怒りを呑みこんだ。若い記者を脅すのは簡単だが、あまりにも大人げない。

「戦力としては当然ですが、若手の手本にもなって欲しいですね。おそらく、チーム最年長のピッチャーになるでしょうから」

隣で大島が苦笑するのが分かった。これは失礼だったか……しかし、そもそもそれも狙いなのだし、敢えて隠す必要もない。

「新球場ができるタイミングで、新戦力を受け入れることができて、ラッキーですよ」

こんな談話で記者連中は納得するかどうか。しかし質問は続かない。スターズはネタにならないということか……。

会見は淡々と終わり、樋口は監督室に向かった。試合前、試合後に過ごす場所だが、プライベートな空間というわけではない。プロ野球チームの監督をやっていると、一人きりになれることなどほとんどないのだ。それに、どうせ新しい球場に移転するのだからと、樋口は私物をまったく持ちこんでいなかった。

五年前に監督をやっていた時と比べて、椅子だけが立派になっていた。あちこちに用途不明のバネやクッション、つまみがついていて、座り心地は極めていい。たぶん、前任者のダグラスが入れさせたのだろう。

今日はこれで、他に特にやることもない。さっさと家に帰るべきなのだが、何だかその気になれなかった。

椅子をぐるりと回して、グラウンドに視線を投げる。監督室は一塁側、ホームチームのロッカールームのすぐ横にある。ホームプレートのほぼ真後ろのいい位置だ。半地下なので、座っているとグラウンドと視線の高さが同じになる。

静かだった。完全なオフシーズンで、グラウンドには人っ子一人いない。ここでは実に多くのことが起きたが、それも全て過去の話である。これからは、スターズ・パークで新しい歴史が刻まれていくのだ。一方東京スタジアムはすぐに閉鎖されるわけではなく、当面は他の試合——高校野球など——で使われる。

スマートフォンが鳴る。ちらりと画面を見ると、「オーナー」と浮かんでいた。あまり話したくはないのだが、無視するわけにはいかない。溜息を一つついて電話に出た。

「樋口です」

「大島選手の入団会見、見てましたよ」スターズ関係の会見は、常にリアルタイムで配信される。

「いかがでしたか？」

「本当に、彼にコーチの役割を期待しているわけではないですよね？」

「あれは言葉の綾《あや》です。ベテランに対しては、だいたいああいう風に言いますよ」何を言い出すつもりだ、と樋口は警戒した。

「それならいいんですが、本人にその気はないんでしょうね」沖が念押しした。

「彼は現役にこだわってます。コーチ兼任などは、まったく考えていないでしょう」

「結構です——ところで来シーズンの開幕投手はどうするんですか？」

「さすがに、まだそこまでは考えていません」樋口は苦笑した。

「有原でいきましょう。新球場の開幕戦のマウンドに立つのは、やはりエースでなければ」沖が明るく言い切った。

「それは、キャンプでの様子を見てから考えます」樋口はやんわりと反発した。「一番調子のいい選手をマウンドに送ります」

「しかし、格というものがあるでしょう」

樋口は黙りこんだ。格——確かに。マウンドに立っているだけで相手をビビらせてしまうのが、本当のエースというものであり、開幕戦のマウンドにはそういう投手を送りたい。ただ、樋口の目から見ると、有原にはまだこの「格」がなかった。

「監督は、大島選手をずいぶん買っておられる。それは構いませんが、やはりチームの顔は有原ですよ」

「ご意見、確かに伺いました」

「大島選手では客を呼べません」

なるほど……監督に復帰してから沖と話すうちに、樋口はこのオーナーの考え方がようやく分かってきた。勝ち負けは二の次、いかに球場に人を呼ぶかが最優先事項なのだ。今はまだ、この件で衝突するには至っていない。しかし樋口は、どうにも嫌な予感を抱いていた。

・

横浜の自宅に帰り、樋口はほっと一息ついた。今日は自分で車を運転してきていたのだが、シーズンに入るとハンドルを握ることはなくなるだろう。スターズの伝統として、監督には運転手つきの専用車が用意される。

二階のリビングルームに上がると、真新しいスーツケースが目についた。

「ああ、タカさん……スーツケース、買っておいたわよ」妻の尚美《なおみ》が笑みを浮かべた。

「ありがとう」

結婚して二十四年も経つのに、未だに「タカさん」と呼ばれるのは、何だかくすぐったい。「そろそろやめてくれよ」と何回か言ったのだが、いつも一笑に付されていた。だってタカさんはタカさんでしょう……このマイペースぶりには結構助けられたんだよな、と感謝している。なかなか浮上できなかった現役時代、満足のいく成績を収められなかった監督時代、いつも変わらぬ尚美の態度は、樋口にとって最高の精神安定剤だった。

「前のスーツケース、いい加減ぼろぼろだったもんね」

「十五年も使ってたんだから、そうなるさ」一ヶ月も続くキャンプなどに持っていくスーツケースは、容量百三十五リットルの大型だった。長年愛用していたものにガタがきて、いい機会だから買い換えることにしたのだ。この他に、シーズン中の遠征用に一回り小さいスーツケースが必需品だが、これもシーズン前には買い換えるつもりでいた。物にはあまりこだわらない樋口だが、さすがに今回は、身の回りの物を一新してシーズンに臨む心算《しんさん》だった。

「大輝《だいき》は？」

「上で勉強中」尚美が人差し指を天井に向けた。

「来年は就職活動だから、いろいろやることもあるんでしょう」

「頑張るなあ」

大学三年生になった大輝は、スポーツ紙の記者になると宣言している。昔から野球好きではあったのだが、自分でプレーするのではなく、観戦したり分析したりする方に喜びを見出したのだ。少しでも自分の仕事に関係ある職業を息子が選ぼうとしているのは嬉《うれ》しい限りだったが、複雑な気分でもある。もしも、スターズ担当にでもなったらどうするつもりだ？

「あと、何か用意しておくもの、ある？」

「まだ早いよ」樋口は思わず苦笑した。キャンプインは二月一日……もちろんそれまでにもやることは山積みだが、長い間家を留守にすることはない。

樋口はダイニングテーブルについた。テーブルが小さめの四人がけなのは、ダイニングルームがそれほど広くないからだ。家を建てたのは現役時代で、当時の年俸ではこの広さが限界……ここを選んだ理由は、横浜の外れでそれほど地価が高くなかったこと、自分の実家に近かったこと、車での移動に便利だったことである。第三京浜の都築インターチェンジの近くなので、スターズの本拠地・東京スタジアム、二軍の本拠地・湘南球場のどちらへも行きやすかった。二軍の球場への交通アクセスなどを考えていたから、一軍半の選手で終わってしまったのかもしれないが……大輝の学校のこともあり、結局この地から離れることはできなかった。

「家なんだけど、どうする？」尚美が用意してくれたお茶を飲みながら、樋口は切り出した。

「どうしようか？　私は、タカさんが便利な方でいいけど」

「四月までに引っ越しできるかな」

「それは大丈夫だと思うけど……」

尚美が言い淀む。ああ、いつもマイペースの尚美でもさすがに心配しているのだな、と樋口は申し訳なく思った。

前回の監督時代、樋口の帰りはいつも遅かった。選手は試合が終われば、シャワーを浴びてさっさと帰れる。中にはクールダウンを兼ねて軽くトレーニングする選手もいたが、監督はそうもいかない。試合後にはすぐにコーチ陣とのミーティングがあり、それはしばしば一時間にも及んだ。自分でも細かい性格なのは分かっていたが、試合の直後にデータをまとめて目を通しておかないと納得できなかったのだ。その結果、ホームゲームの時は、横浜の自宅へ帰るのは日付が変わってから、というのも珍しくなかった。選手時代とは違う精神的ダメージを受けていたのを、尚美は目の当たりにしていたわけで、今回の監督就任が決まってから、急に引っ越しの話を持ち出したのだ。この家はそのままで、新球場の近くにマンションでも借りれば、時間に余裕ができるはず——理に適《かな》ってはいる。

大輝のこともある。大学生活もあと一年ほどだが、そもそも都心の大学なので、この家から通うのは面倒そうだった。自分も大輝も都心に住んだ方が便利なのは間違いないが、踏ん切れないままだった。この家には愛着があるし、引っ越しの手間を考えると、二の足を踏んでしまう。

「ちょっとマンションを当たってみたのよ」尚美が打ち明ける。

「いい物件、あったか?」

「もちろん、お金を出せばいくらでもあるけど」尚美の表情がわずかに暗くなる。

「後々のことも考えておかないとね」

この話を持ち出されると、樋口は何も言えなくなってしまう。現役時代の最高年俸は二千万円。もちろん、普通のサラリーマンよりはずっと恵まれていたのだが、プロ野球選手は何かと金がかかるものだ。自分への投資——個人的にトレーナーを頼んだりしていたので、それほど貯金もできなかった。監督になって年俸はぐっと上がったものの、長く務めたわけではない。そして来年は五十歳。いつまで監督を続けられるか分からないし、その後はどうするか考えると、不安にもなる。そこそこの貯金はあるものの、夫婦二人で悠々自適の老後というわけにもいかない。

こんなことなら、契約を交わす時に、球場近くに家を借りてもらうよう、一文を入れればよかったと思う。外国人選手などは、家の用意も含めて契約しているのだし。

「今月一杯、考えようか。年が明けてから動き出しても、まだ大丈夫だと思うよ」先送り——悪い癖だと思いながら樋口は言った。野球では常に即断即決なのに、私生活では決められないことが多過ぎる。

「じゃあ、一応球場の近くに絞って物件を調べておくわね」

「頼むよ」

尚美がダイニングテーブルを離れてキッチンに向かった瞬間、スマートフォンが鳴った。広報部長の富川……マスコミ対応で何か仕事でもあるのだろうか。

富川は、予想もしていなかったことを言い出した。

「監督、引っ越すつもりはないですか」

「何だい、いきなり」

「TKジャパン本社の方からの提案なんですが……ホテル棟の上階です」

「何の話だ？」樋口は眉間に皺が寄るのを感じた。

「あそこ、十七階から上が分譲マンションになっているの、ご存じですよね」

「ああ、まあ」最初に球場について説明を受けた時に、そんな話を聞いた記憶がある。自分には――野球には関係ない話だから、聞き流していたが。

「二十階――最上階の二百平米の部屋が空いてるんですよ」

「だから？」

「ええと」富川が言い淀んだ。「要するにサクラですね」

「サクラ？」

「実は、売れてないんです」

意味が分からない。余計なことを言うと面倒なことになりそうだと思い、樋口は口をつぐんだままでいた。しばしの沈黙の後、富川が話を再開する。

「都心の物件はよく動くんですけど、あそこはちょっと……さすがに高過ぎるんでしょうね」

「中国資本が億ションを買い漁《あさ》っている、みたいな話を聞いたけど」

「それはちょっと前の話です。で、本社の方で、監督に人寄せパンダになって欲しいと」

「するとなにか？　俺は毎朝、マンションの入り口に立って挨拶でもしなくちゃいけないのか？　あるいは購入希望者に愛想を振りまきながら説明する？　俺はそんなことで給料をもらってるわけじゃないぞ」

「いや、まさか」富川が慌てて言った。「監督が住んでいる、という情報があるだけで、興味を引かれる人もいるんですよ。でも、噂じゃ意味ないでしょう？　実際に住んでいないと」

「意味が分からない。そんなことで、部屋を買う人がいるのかね」

「部屋のステータスが上がりますから」

「俺にはステータスなんかないよ」

「とんでもない。スターズの監督は、日本に一人しかいないんですよ……事業主体の東広不動産とも話がついています。もちろん、家賃は必要ありません。間取りは、四十畳のリビングルームをメーンにした４ＬＤＫです。リビングルームからは、グラウンド全体を見渡せますよ」

「俺は観客じゃないよ」

「グラウンドが見えて、悪いことはないでしょう。それに、家を出てから監督室まで十分もかかりません。通勤時間は短い方がいいと思いますが」

「それは、まあ……」

「検討していただけますね？」富川はいきなり強引に押しつけてきた。「悪い話じゃないでしょう？」

「いや、いきなり言われても」

「部屋の資料、お送りしておきますよ。ご覧いただければ、絶対気にいると思います。部屋は十二月末には完成して、一月には入居できますから。絶対お勧めの物件です」

「君は不動産屋か？」

「そうです」富川があっさり認めた。

「ああ？」

「ＴＫジャパンに入る前に、大手ディベロッパーにいましたから、こういう話には慣れています」

何の話だよ……富川はＴＫジャパンからの出向組だが、四十歳にして様々なキャリアを積んできているわけか――しかし、何となく気にくわない。

電話を切ると、尚美がすっと近づいて来た。

「何の話？」目が輝いている。会話の内容が漏れて、聞きつけたのだろう。

「都心部の４ＬＤＫのマンションにタダで住める話があるんだけど」

事情を説明すると、尚美の目の輝きが増した。

「いい話じゃない。そんなところに住む機会なんて、滅多にないわよ」

「でも、面倒臭そうだぞ。球団から押しつけられた話だし、そんなクソ高い家に住んでいる人と隣人になるのも……そんなマンションに住むのは、本当の金持ちだぞ。近所づき合いだって厄介だろう」

「マンションだったら、そんなに近所づき合いがあるわけじゃないでしょう？　年俸いくらって額に貼って歩いてるわけじゃないんだから、気にしてもしょうがないじゃない。それに、向こうが勧めてくれている話なんだから……広告塔って言っても、あなたが何かするわけじゃないでしょう」

「それはそう――そうだと思うけど」

「それに、私も試合の様子を見ながら、あなたのご飯の準備ができるじゃない」

「そうかねえ」樋口は首を捻った。

「スターズ・パークからこの家まで、車で一時間はかかるでしょう？　それが全部カットできるのよ」

ああ……これは受けざるを得ないだろうな。尚美が乗り気になっている以上、自分がいくら反対しても無駄だ。家のことでは、常に尚美が主導権を取る――これは結婚した二十四年前からまったく変わっていない。これから変わることもないだろう。

自分は何もしていないのに、周りがどんどん変化していく。

海で大渦に巻きこまれたら、こんな感じになるのだろうか。個人でできることなど、何もない。

6

有原の動きがよくない……キャンプ初日、樋口はすぐに気づいた。秋季キャンプではシーズンの疲れも見せず、ボールはよく走っていたが、肝心の二月になるとイマイチだった。短いオフの間にサボっていたのか、それとも怪我でもしたのか。

キャンプが進んでも、なかなかペースが上がらない。投手コーチの秦の判断で、有原は遅いペースでの調整になった。それ故、実戦での登板も遅れ、ようやくオープン戦のマウンドに上がったのは、他の投手に比べて一巡遅れ。開幕に間に合うかどうか、微妙になってきた。

初登板の初回、先頭打者に対して二球投げたのを見ただけで、樋口は不安で胸がざわついた。サンパーク球場にクリッパーズを迎えての試合、有原はボールを二球、先行させてしまったのだ。もちろんプロは、意図的にストライク、ボールを投げ分けるものだが、この二球は明らかにすっぽ抜けた感じである。二球目など、相手打者の頭を直撃しそうなひどい球で、シーズン中だったら乱闘騒ぎが起きてもおかしくなかった。

マウンドで有原がキャップを取り、前腕で額を拭《ぬぐ》う。急に汗をかくほどの陽気ではないのだが……短い髪が汗に濡《ぬ》れて煌《きら》めいている。何だか妙に投げにくそうだった。

三球目、ストレートが高めに上ずる。左打席に入ったクリッパーズの外国人選手、フランコがバットを出すと、綺麗な流し打ちになった打球は、鋭いライナーであっという間に左中間を割った。フランコは外国人選手にしては珍しく「足」を売りにした選手で、「ベース一周十三秒三二」という数字が樋口の頭に残っている。確かに速い──一塁を蹴る時も膨らみはなく、ロスなしで二塁へ向かう。二塁直前でもスピードを落とさず、打球の行方をちらりと見ただけで、迷いなく二塁を蹴った。

外野の枯れた芝の上でワンバウンドした打球は、フェンスに向かって勢いなく転がって行く。これもフランコには幸いして、三塁には滑りこまずに楽々セーフになった。

三塁ベース後方でバックアップしていた有原が、露骨に嫌そうな表情を浮かべる。マウンドに戻ってからも、むっとしたままだった。いきなり打たれて苦しいのは分かるが、それが顔に出るようでは駄目だ……こういうメンタルの弱さは、ルーキーの年からほとんど改善されていないんじゃないか、と樋口は不安になった。

二番の水田《みずた》はじっくりボールを見て、フルカウントになって初めてバットを振った。打球が高く舞い上がる──センターの石井《いしい》が定位置から二、三歩下がったが、犠牲フライになるには十分だった。石井が捕球すると同時に走り出したフランコは、最後はゆっくりと、歩くようにホームインする。

あっという間の失点だった。

樋口は、隣に座る秦に「どうだ？」と訊ねた。

「悪い時の有原ですね」

「球が抜けてるな」

「そうですね。高めに勢いがないです」

「投げこみ不足か……冬の間、奴は何をしてたんだ？」

「調整は例年通りと聞いてますけどね」秦が首を傾げる。「一月は、グアムで自主トレをしてますし。順調だったと聞いてますよ」

他のチームの選手たちも一緒だったはずだ。いつの間に、こういう感じになってしまったのだろう。いかに「自主」トレとは言え、昔はライバルチームの選手と一緒にトレーニングすることなど考えられなかった。

「今日は予定の七十球、いけるか？」

「様子見ですね」秦は自信なさげだった。

結局有原は、三回で降板させざるを得なかった。確かに「悪い時の有原」で、コントロールが定まらず、無駄に球数が多くなるだけだった。三回で六十三球。四球四つ、ヒット四本、３失点――開幕に赤信号が灯《とも》る。

マウンドを降りた有原に、樋口はすかさず声をかけた。

「今日はボールが浮いてたな」

「すみません」

「投げこみ不足だ。次の登板は一回飛ばして調整しよう」

「――はい」

うなだれたまま、有原がロッカールームに向かう。まったく自信なさげ――ルーキー時代と何ら変わっていないようだった。ノーヒットノーランを達成した試合では、ローテーションが崩れて先発投手がいなくなってしまったので、樋口は仕方なく先発に送り出したのだが、それを告げた時に有原の目が泳いだのを思い出した。まったく、あれから三回も二桁勝利を挙げたんだから、もっと堂々としていないと駄目じゃないか。

有原の後を、大島が引き継いだ。大島も調整が遅れ気味なのだが、「最初は中継ぎでいいから、登板間隔を短くして投げさせて欲しい」という本人の希望で、今日は有原の後に持ってきた。

本当に調整不足なのかね、と樋口は呆れた。いつもと――全盛期とまったく変わらぬ大島がマウンドにいる。立ち気味の投球フォームから、いかにも楽々と投げこんでくる。ストレートのマックスは百四十キロを少し超えるぐらいなのだが、バッターは妙に打ちにくそうだ。とにかくコントロールがいい。キャッチャーの仲本が構えたミットはほとんど動かない。ああいうピッチャーが投げていると、キャッチャーも疲れないいんだよな、と樋口は懐かしい感覚を思い出した。荒れ球のピッチャーだと、ボールをキャッチするだけでも一球ごとに動かねばならず、試合終盤には確実に疲れが溜まってくる。俺が現役時代には、真田がまさにキャッチャーに楽をさせてくれるピッチャーだった――一軍の試合でバッテリーを組んだことは、二回しかないのだが。

今日も、丁寧にコーナーを突いていく。ストレートも微妙に変化させる投球は、バッターにとっては厄介だ。クリッパーズ打線は、ストライクゾーンぎりぎりのボールに手を出し、微妙な変化に引っかかって凡打の山を築いた。予定の三回を投げて、内野ゴロ五つ、外野フライ二つ、ヒットなしと完璧なピッチング。予定よりも球数が少なかったので、秦はさらに一イニング延長させようとしたのだが、大島はさらりと笑って「今日はこの辺で」と切り上げた。傲慢ではなくベテランの余裕を感じさせる態度だった。

試合が終わり、樋口は監督室――この球場にも小さな監督室がある――に籠《こも》って、沢崎と今日の試合を振り返った。

「大島は、取って正解でしょう？」沢崎が嬉しそうに言った。自分が推薦した選手が、予想通り――予想以上と言っていい――の活躍を見せているのが嬉しそうだった。

「そうだな。調整遅れって言ってるけど、あれは三味線だろう」

「問題は有原ですね」沢崎がタブレット端末を覗《のぞ》きこんだ。今日の有原のピッチングチャートが整理されている。「とにかく全体にボールが高いです。走りこみ不足、投げこみ不足でしょう」

「そうだな」

「開幕、どうするんですか？　有原が開幕投手でいいんですか」

「……実は、オーナーからプレッシャーをかけられてる」

「有原を開幕投手に使えって？」

「ああ」

樋口はユニフォームの上だけを脱ぎ、ミネラルウォーターを一口飲んだ。このまま調子が上がらないと、とても開幕戦は任せられないよ……。

「オーナーは、ずいぶん有原をお気に入りみたいですけど、何なんですか？」

「例のノーヒットノーランを球場で観ていたらしい。その時の印象が、よほど強烈だったんだろうな」

「あれももう、六年前ですけどねえ……俺もあの試合は球場で観てましたけど、ひどいノーヒットノーランだったじゃないですか」

「お前、スポーツ紙に『史上最低のノーヒットノーラン』ってコメントしてなかったか？」

沢崎が苦笑しながらうなずいた。

「あれだけ四球を連発して点を取られなかったのは、奇跡ですよ。俺が守ってたら、試合の後でぶん殴ってます。もうちょっと、守備のリズムも考えろって」

「そうだよなあ」

「まだ様子見ですけど、有原の開幕投手は無理がありそうですね」

「無理に投げさせても、本人のためにならないしな」

「元々、そんなに自信たっぷりのタイプでもないですからね。天狗になってるのも、かなり無理をしている感じです。開幕戦で滅多打ちにでもあったら、今シーズンは立ち直れないかもしれませんよ」

「もっともオーナーは、勝ち負けにはあまりこだわっていないようなんだ。客が集まればそれでいいと思ってる」

「確かに」沢崎が苦笑した。「キャンプ初日の挨拶は異常でしたね」

あれを思い出すと、今でも困惑してしまう。沖は、チームの話ではなく球場の話を延々とぶち上げたのだ。いわく、スターズ・パークは「これまでにないモダン・クラシックなコンセプト」で、「スポーツエンターテインメントの常識を変える」目的で造られた「観客ファーストで新たな野球の楽しみを提供する」場所……選手ファーストじゃないのかよ、と樋口は嫌な気分になった。選手の間にも微妙な雰囲気が流れていた。

あの話がクラブハウスで出たことだけが幸いだった。キャンプ初日の練習が始まる前、グラウンドで演説していたら、記者にも聞かれて、何か書かれていただろう。クラブハウスは、球団関係者だけのものだ。

「まあ、経営者としては間違った考えじゃないんだろうけど……大リーグの場合はどうなんだ？」

「いろいろですね。ただ、一つの球団だけじゃなくて、大リーグ全体で盛り上がっていこうという意識も強いですし……金持ち球団にとっては、それがむしろ足かせになることもありますけどね」

「日本はあくまで球団中心だからな……とにかく、何だか釈然としない」樋口は首を横に振った。

「ま、こっちから余計なことは言わないのが賢い手ですね」

「まあな」

「それより、引っ越し、もう終わったんですか？」

「もうすぐだ」樋口は結局、富川の頼みを受け入れて、球場に組みこまれたマンションに引っ越すことになった。とはいえ、引っ越しは二月――キャンプ中の予定なので、樋口はノータッチである。まあ、それほど大した引っ越しではないのだが。横浜の元の家は残したままで、家具も家電製品も必要最低限のものしか持って行かない予定だった。

「客寄せパンダらしいじゃないですか」

「俺が引っ越したからって、あそこに部屋を買う人が増えるとは思えないけどな」

沢崎に比べれば人気は雲泥の差――新デザインのグッズでは、沢崎の背番号「88」入りのTシャツやユニフォームも発売され、選手をしのぐほどの売り上げだという。スーパースターの人気は、引退しても衰えない。

さて――考えること、やることは山積みなのだが、今夜は少しだけ気を抜けるだろう。

解説者としてキャンプ地回りをしている真田と食事をすることになっているのだ。現役時代は気が合わない――向こうに無視されていた間柄なのだが、その後、監督とピッチングコーチとして共に戦い、距離は縮まったと思っている。今回の監督就任に当たっても、樋口は本当は真田をスタッフに迎えたかった。あいつなら、新球場で活躍できる投手陣を整備してくれるだろう。しかし、コーチ陣は動かさないという方針が、自分が就任する前から決まってしまっていたから、どうしようもなかった。真田自身は今の仕事を気に入っている様子で、現場に戻る気はないようだが。

まあ、愚痴を零す相手としては真田がベストだろう。就任からわずか数ヶ月で、こんなに愚痴が溜まるとは思ってもいなかったが。

「よう」待ち合わせた居酒屋に先着していた真田は、樋口が個室に入ると、嬉しそうに右手を挙げた。

現役時代さながらによく日焼けしている。そう言えば今年は、アリゾナで大リーグのキャンプを取材してきた、と言っていた。さすがに顔に皺は増えたが、この日焼けのせいで、若々しさの名残も感じられる。

ビールで乾杯して、地鶏《じどり》の炭火焼き、チキン南蛮、冷汁と宮崎料理の数々に舌鼓を打つ。現役時代からずっとキャンプを張っているので、この店も行きつけなのだが、味に飽きることはない。毎年春の楽しみにしていたぐらいだった。

焼酎に切り替えた頃には、真田はすっかり饒舌《じょうぜつ》になっていた。

「今日、有原を見たけど、よくないな」

「ああ」

「怪我でもしてるのか？」

「そういうわけじゃない。調整が遅れているだけだ」

「冬の間、遊んでたんじゃないか？」

「そうかもしれないけど、シーズンオフの過ごし方まで口は挟めないからな」

「何だか手探りだな。いろいろ遠慮してるみたいだ」

「別に遠慮はしてないけど……」

「だったら、どうしてチームの改造に手をつけなかったんだ？　普通、新監督は、必ずどこかを変えたがるもんだぜ」

「今回はスタートが遅かった。それに、まだ計算できない要素がある」

「――新球場か」

「ああ」樋口はうなずき、焼酎のお湯割りを啜った。

「とんでもないヒッターズ・パークになるみたいだな」

「実際のところは、何とも言えないんだ。まだあそこで試合をしたチームはないんだから」

「手探りだな」

「そうなる」

「お前も苦労を拾うねえ」真田が同情の目で樋口を見た。「何かやばいことがあると、皆お前に押しつけてくる」

　それは否定できない。真田の完全試合でマスクをかぶったのも、レギュラーの仲本が怪我したからだった。前回監督を引き受けた時は、低迷するチームでは監督のなり手がなかったからだと揶揄《やゆ》されたものだ。これからどうなるか分からないチームなのだから、取り敢えず年俸を安く抑えられる人間に任せておけ、と。今回だってそうだ。ダグラスが突然残りの契約を破棄したから、暇そうにしていた自分に声がかかった——試合終盤の守備固めのような人生である。

「今年は厳しいかもしれない」樋口はつい弱音を漏らした。

「何で」

「うちの打線が、あの球場にフィットできるとは思えないんだ」

「大物打ちがいないからな……バティスタも怪しいもんだ」

　期待の長距離砲は、オープン戦で不振を極めていた。打率は一割台、ホームランはまだ一本も出ていない。

「外国人選手は、シーズンが始まると大化けすることも多いから」せめて自分の中だけでも希望を持とうと樋口は言った。

「始まった途端に、まったく打てないで帰国しちまう奴もいるぞ」

「嫌なこと、言うなよ」

樋口は思わず顔をしかめた。今のところバティスタに関しては、性格が良さそうなのが唯一の救いだ。積極的に日本語を勉強しているし、チームに溶けこむ努力も惜しんでいない。打てないからと言って落ちこむこともなく、練習熱心でもある。

「ピッチャーだな、ピッチャー」真田が呪文を唱えるように言った。「とにかく、点が取れないなら、取られないようにするしかない。大島を取ったのも、投手陣の底上げのためだろう？」

「ああ」

「しかし、大島一人じゃどうしようもない。有原が不調のままシーズンに突入したら、手がないぞ」

「分かってるよ」真田が出身チームを心配して言ってくれているのは分かるが、樋口は少し苛《いら》ついていた。お前が指摘することぐらい、こっちではとうに分かってるんだ……。

「有原は、苛ついてるのかもしれないぞ」

「どうして」

「ピッチャーっていうのは、基本的にお山の大将なんだ」真田が焼酎のグラス越しに樋口の顔を凝視した。「他の八人の選手よりも、自分の方がずっと偉いと思ってる。それぐらい気が強くないとマウンドに上がれないんだけどさ……そういう人間に対して、

『お前が頼りないから助っ人を入れた』と言ってるようなものじゃないか」

「実際そうなんだから、しょうがない」

「有原は、精神的に強い選手じゃない。無理してお山の大将になってる部分もあるんだよ。自分を奮い立たせるためにな……だからちょっとしたきっかけでプライドが崩れて、ピッチングも滅茶苦茶になる」

「ピッチャーは、基本、虚弱児だからな」

「ナイーブと言ってくれ」真田が皮肉っぽい口調で反論した。「とにかく、有原をきちんとフォローしておく必要はある。特に、開幕投手にしないなら、しっかり話し合いをすべきだな。そうしないと、シーズン中ずっと引きずるぜ」

「そこまで気にするものかな。開幕戦っていうのは、百四十五分の一試合に過ぎないだろう」

「ところが有原は、まさにそういうことを気にするタイプなんだよ。それに今年の開幕戦は、普段とは意味が違う」

「……新球場か」ふいに沖の顔が浮かぶ。彼が、この球場にどれだけの金と熱意をかけてきたか。

「そういうこと」真田がうなずく。「慎重に、な。とはいっても、開幕は間近だから、考えている時間はあまりないけど」

　嫌なことを言う……しかし真田の言葉はことごとく的を射ていると思う。長年、絶対的エースとしてスターズのマウンドを守り、コーチとして若手のピッチャーとも多く接してきた男の言葉には説得力があった。

決断のタイミングは、確実に近づいてきている。


〈有原と浅川美菜《あさかわみな》の会話〉


「だから、監督が俺を見る目がヤバイんだって」

「気のせいじゃない？　樋口さんって、そんなに陰湿な人じゃないでしょう？」

「いや、あの人、絶対に俺を嫌ってる」

「前に監督をやってた時の最後の試合でノーヒットノーランをやったピッチャーを嫌う？　意味分からないんですけど」

急に風が吹き抜けて、有原は背筋に冷たいものを感じた。ちらりと部屋の中を見る――キャンプで同室の吉川《よしかわ》は、風呂に入っている。話を聞かれるのが嫌でスマートフォンを持ってベランダに出たのだが、中へ戻ろうか……いくら宮崎とはいえ、二月の夜はまだ冷える。冷たい風の中に身を晒《さら》して風邪でもひいたら馬鹿らしい。

部屋に入って、掃き出し窓を閉めた。聞こえてくるのはシャワーの音だけ……自分のベッドに腰かけ、背筋をすっと伸ばす。

「嫌ってるがおかしいなら、信用してない。だから、もう下り坂の大島さんなんか取ってくるんだよ」

「そんなこと話していて大丈夫なの？　誰かに聞かれたらまずいでしょう」

「今は大丈夫だよ……とにかく、下り坂は下り坂なんだから」

「でも、今日、あなたの後でちゃんとノーヒットに抑えたじゃない」

オープン戦の試合経過までチェックしているのか……有原は思わず舌打ちしそうになった。

美菜は、有原の高校の野球部のマネージャーだった。同級生でもある。無類の野球好き——とにかく近くで、しかもタダでプロ野球の試合を観たいがために、大学時代は東京スタジアムでビールの売り子をしていたほどである。彼女がスタンドでビールを売りまくっていた目の前で、有原はノーヒットノーランを達成した。あれから五年……二人は今年のシーズンオフに結婚する予定だ。

有原は今も、この判断が正しいかどうか、悩むことがある。美菜は野球好きというより、野球に詳しい。自分一人で楽しんでいる分にはいいのだが、とにかくすぐに口を出すのが悪い癖だ。特に、有原が本拠地で投げる試合はほとんど生で観戦していて、試合の後に「あそこがよかった、ここが悪かった」と事細かに指摘してくる。ことごとく当たっているとはいえ、試合で疲れた夜にそれを聞かされる身にもなって欲しい……しかし文句も言えないのだった。美菜は目から鼻へ抜けるタイプで、何か文句を言おうものなら、たちまちその十倍の反論にあう。

まあ……それでも結婚しようと思うのは、それ以外のところでベタ惚れだからだが。

「ねえ、本当にどこか、痛めてない？　球持ちが悪かったわよ」

「大丈夫だよ」

「それならいいけど……開幕に間に合いそう？」

「間に合うように調整するさ。開幕戦に投げるのは俺しかいないんだから」

「大島さんは？」

「冗談じゃない！」有原は思わず声を張り上げた。「トレードで入ってきたばかりの人に、いきなり開幕投手を任せるわけにはいかないよ。こっちは生え抜きなんだぜ」

「自信たっぷりね……いいことだけど。あなた、変わったわね。二年の夏の決勝——あんなにびくびくしていた人とは思えない」

「昔の話はよせよ」

結構昔の試合なのに、未だに昨日のことのように覚えている。夏の県大会の決勝。二年生エースだった有原はワンヒットピッチングを続けながら、四球を連発して試合をぶち壊し、最後は自分のエラーで負けた……あの時の三年生たちとは、今でも顔を合わせないように気をつけている。有原にすれば、絶対に触れられたくない傷なのだ。

「まあ、いいけど……もしも開幕投手にならなくても、いじけないでね。百四十五試合中の一試合に過ぎないんだから」

「開幕戦は大事——特別なんだよ」

「あのね、過去二十年間のスターズの開幕戦の成績は十二勝八敗だけど、開幕戦に勝った年にAクラスに入ったのは四回だけなのよ。特別でも何でもないじゃない」

「マジか」

「そんなの、ちょっと調べればすぐ分かるじゃない」呆れたように美菜が言った。「とにかく、開幕戦をあまり意識しないようにしないと。あなた、すぐいじけるから――」

「そんなことないって」有原は少しだけ声を荒らげた。「あ、吉川が風呂から出てくるから」実際はまだシャワーの音が聞こえているのだが、有原は慌てて電話を切った。

スマートフォンをベッドに放り出し、横になる。後頭部に両手をあてがい、天井を見上げた。

大島に開幕投手の座を明け渡すわけにはいかない。俺は去年までの三年間、連続で開幕投手に抜擢されて三連勝した。しかも今年は、新しいスターズ・パークでの開幕戦だ。初の公式戦のマウンドに上がる資格があるのは、まさに自分ではないか。

……とはいえ、調子が上がってきていないのは事実だ。理由は自分でも分からない。去年はプロ入りして最多のイニングを投げたが、その疲れがまだ残っているのだろうか。実際、シーズン終盤では明らかに失速――結果的に三連敗して、負け越しでシーズンが終わってしまった。秋季キャンプでは何も異常は感じなかったのだが、年が明け、自主トレ以降は明らかに異変を感じている。ボールに力が乗らないのだ。指先の感覚が鈍い。まるで、公式球が去年とは別のものになってしまった感じである。他のピッチャーは、特に何も感じていないようだが……右手の血行障害かもしれない、と不安になった。に、指先に血行障害が出て、ボールを握る感覚が狂ってしまうことがあるという。スマートフォンを取り上げ、血行障害について調べようとして躊躇った。ネットで調べても、本当かどうかは分からない。それこそ、きちんとチームドクターの診察を受けないと。しかし、指先に感覚がないわけではなく、ドクターに相談したら笑われて終わりそうだ。

明確な、はっきり説明できる異常でないから困る。

とにかく大事なのは、開幕戦で投げること。監督に直訴しようかとも考えたが、相手にしてもらえるかどうか分からない。

情で、あるいは自分の好みで動くのは、むしろオーナーだ。

有原のスマートフォンには、オーナーの携帯の番号が登録されている。他にも何人か、オーナーと直接つながっている選手がいた。オーナーお気に入りと言ってしまえばそれまでだが、何というか……別に問題はないだろう。沖は、有原がノーヒットノーランを達成していた試合を生で観ていて、自分を気に入ってくれたらしい。以来、シーズン中でも二、三回は一緒に食事をして、あれこれ野球談義をする。沖は大リーグファンで、日本のプロ野球の事情よりもあちらの情報に詳しいぐらいだ。冗談なのだろうが、「大リーグを目指すならいくらでも応援する」と言ってくれたこともあるぐらいだ。オーナーに言われて初めて、それもありかな、と考えるようになった。美菜は英語が得意だか稀《まれ》ら——大学卒業後はずっと外資系企業で働いている——彼女と一緒なら、アメリカで苦労することもないだろう。

沖の番号を画面に表示させたまましばらく眺めていたが、結局電話するのはやめた。いくら何でも、「開幕戦で投げさせてくれ」とオーナーに直訴するのはやり過ぎだろう。ただし、向こうから「調子はどうだ」と電話してくる可能性もある。いや、その可能性は高い。これまで三年間、毎年開幕前には電話がかかってきたのだから。

そんな時に、不安を相談したら問題だろうか？

7

バティスタが二打席連続で三振すると、樋口はすぐに引っこめた。調子の上がらない新外国人選手を使い続けるより、試してみたい選手は他にもいる。

例えば、足の速さには定評がある四年目の右田《みぎた》。それに高卒三年目の橋本《はしもと》。橋本は内野ならどこでも守れる器用な選手だが、樋口はサードでの起用を考え、オープン戦にも何度か出していた。先発させるだけでなく、試合途中からの出場も——代打や守備固めで、途中から試合に出ることもあるわけで、そういう時にも先発と同じ集中力を発揮できるかどうか、確認したかった。

今のところ、橋本は期待に応えてくれている。これまで八試合に出て、二十打数八安打、打率四割は立派なものだ。打点こそ「1」だが、これは気にする必要はあるまい。二番に置いて、確実にチャンスを広げる役割を果たしてくれればいい。

今日もしっかり結果を出した。まず守備では、三塁線を抜けそうな強烈な打球をダイビングもせずにキャッチし——反射神経がよく、最初の一歩が速い証拠だ——打者走者を一塁で楽々アウトにした。この試合の初打席では、一塁に走者を置いてバントを決めた。しかも結果的に、自分も生きるセーフティバントになる。これはやはり、何とか二番に固定したい。去年まで三塁は、ベテランの池山《いけやま》が守っていたのだが、明らかに衰えが見え始めている。新旧交代のタイミングだ。大リーグでは、二番に強打者を置くラインナップが流行しているが、樋口は昔ながらの器用な二番打者を好んでいる。

第二打席でも、橋本は綺麗にヒットを放った。強振せず、計算したように一、二塁間を抜くバッティング。横に座る沢崎が「上手い」と漏らしたほどだった。

アクシデントは、最終回に起きた。

セネターズの三番打者が右中間にヒットを放つ。フェンスにまでは達しなかったが、ライトの井本《いもと》が大きく回りこんで打球を押さえる間に、一塁走者がすかさず三塁を狙った。井本はリーグ一の強肩で知られる選手で、この時も一塁走者を刺すべく、ワンバウンドでストライクになる送球を試みたのだが——滑りこんだ走者と橋本が交錯する。土埃が収まった時に樋口が見たのは、ベース横に倒れこんだ橋本だった。思わず立ち上がり、ダグアウトを出る。それより早く、トレーナーが飛び出して三塁ベースに向かったが、橋本は依然として立ち上がれない。まずいな……トレーナーの肩を借りてようやく立ち上がったものの、左膝か足首を痛めたようだ。一人では歩けない状態で、左足をひどく引きずっている。

　選手交代を告げてダグアウトに戻ると、橋本は既に医務室に引っこんでしまっていた。慌てて見に行くと、ストッキングを脱いで診察台に座っていた。左の足首は赤く腫れ上がり、出血もしている。強烈なスパイクを受けたのだろうか……。

「蹴られたか？」

「いえ」橋本の顔には苦悶《くもん》の表情が浮かんでいた。相当痛いようだ。「倒れこんだ時に捻ったみたいです」

「ちゃんと治療しておけよ」

「はあ」

　返事も頼りない。痛みと同時に不安も感じているようだ。それはそうだろう。高卒三年目で、ようやく一軍に定着できるチャンスがきたのに、怪我でみすみすそれを手放すようになったら……クソ、冗談じゃない。しかし、今自分がここにいても何にもならないのだと言い聞かせ、樋口はダグアウトに戻った。

「どうでした？」沢崎が訊ねた。

「やばそうだ」

「痛いですね」

「あいつも、俺たちもな」

　実際には、想像していたよりも痛かった。

　病院へ直行した橋本の怪我に関して報告があったのは、試合が終わって一時間ほど経ってからだった。左足首骨折で全治一ヶ月強。開幕には当然間に合わず、リハビリを経てチームに合流できるのは、五月後半から六月になりそうだ。

「クソ」報告を受けた樋口は、右手を広げて額を揉んだ。傍《そば》では沢崎も渋い表情を浮かべている。

「開幕スタメンでいけると思ってましたよ」

「俺もだ。あいつが入ることで、俺たちの作戦がチームに浸透するはずだった」

「あいつの代わりは……いないですよね。取り敢えず、池山を使うしかないでしょう」

「ところが、あいつは絶不調ときている」

出場試合数が少ないせいもあるが、オープン戦の打率は一割を切っている。それに微妙な衰え——去年までだったら追いつけた打球に抜かれたり、厳しいボールのカットに失敗する場面も見られる。

「監督、一年目はしょうがないんですよ」沢崎が慰めた。「特に今回は……このチームの編成に、一から関われたわけではないんですから。手駒を揃《そろ》える余裕もなかった」

「分かってるけど、負けは全部監督の責任になるんだぜ」

「まだ開幕もしてないのに、負けと言われても」沢崎が苦笑する。

「俺は基本的に、超悲観主義者なんだ。知らなかったか？」

暗雲漂う、とはこのことだ。

その暗雲をさらに暗く、厚くするような電話がかかってきた……オーナー。話している暇はないと舌打ちしながら、樋口はスマートフォンを手にした。

「橋本が怪我したと聞きましたけど」

「情報が早いですね」

「チームのことは、何でもすぐに私の耳に入るようになっています……彼を二番に使えないとなると、どうしますか？」

「それはこれから考えます」

「バティスタを二番に入れましょう」提案ではなく明らかに命令だった。「セイバーメトリクスの考え方では、二番に強打者をおいた方が得点の期待値が上がります」

「それは……そういうやり方は、確かに大リーグでは流行っていますね」オーナーは、打順にまで口出しするつもりか？

「いいことはどんどん採用すべきですよ」

「……検討します」

冗談じゃない。大リーグのやり方が全て正しいわけでもないし、バティスタはこの「強打者二番論」に当てはめられるほどのバッターではないのだ。

沖はずれている。そのずれの直し方を、樋口は知らない。

第二部　苦闘の春

1

〈東《とう》テレ　夕方のニュース番組から〉

「それでは、今日開幕戦を迎える新宿のスターズ・パーク前から、荒巻《あらまき》さんに伝えてもらいます。荒巻さん？」

「はい、私は今、地下鉄新宿西駅のA1出口を出たところです。目の前には若者に人気のセレクトショップ、日本初上陸のアメリカのサードウェーブのコーヒー店、人気のイタリアンレストランのお店などが建ち並んでいますが、ここは実は、『モダン・クラシック』をテーマにした新球場、スターズ・パークの一部なのです。球場の外部に多くの店舗を埋めこむ格好で、まさに街と球場が一体化した新しい光景が誕生しました。試合を待つファンが長蛇の列を作っていますが、去年までのスターズの試合と比べて、圧倒的に女性が多いようです。ちょっとお話を聞いてみましょう……」

通常、開幕戦は前年Aクラスになった球団の本拠地で行われる。しかし今年、スターズだけは前年Bクラスながら、新本拠地で開幕を迎えた。スターズ・パークの完成記念として、リーグ側が配慮したようだ。

午後一時。樋口は二十階にあるリビングルームの窓から球場を見下ろしていた。さすがに遠い——外野の最上部の席から見るよりも、はるかに距離がある。それでもグラウンド全体が見渡せるし、ラジオを聴きながら観戦していれば、試合の流れも分かるだろう。果たして、それをメリットと感じてこのマンションを購入する、あるいは借りる人がいるかは疑問だが……自分が客寄せパンダとしての役割を果たしているかどうか、分からない。

それにしても、殺風景なリビングルームである。ここは元々、モデルルームの一つとして公開されていたようで、ソファやダイニングテーブルなど最低限の家具は置いてあるものの、がらんとした雰囲気は否めない。何しろLDKだけで四十畳あるのだ。せめてでかいテレビだけでも買うか——いや、プロジェクターを置いてもいいぐらいだ。

「何だか落ち着かないわ」尚美が不安そうに言った。

「さすがに広過ぎるよな」横浜の自宅のリビングルームは十五畳だった。それでも狭いと感じたことはなく、四十畳は樋口の感覚に合わない。「でも、慣れるよ」

「そうかしら」

「沢崎がロスで借りていた家は、一戸建てで、四百平米ぐらいあったらしい。それに比べれば、大したことはない」

「四百平米って……」尚美が唖然として言葉を濁した。

「完全に持て余していたらしいよ。何しろその頃は独身だったから」

沢崎が結婚したのは、アメリカで現役を引退する一年前だった。相手は日系アメリカ人女性で、当時はかなり話題になったことを覚えている。引退と同時に一緒に日本に帰って来たのだが、樋口は未だに会ったことはない。沢崎の方から、会わせたいという話も出なかった。

「じゃあ、そろそろ」

樋口はネクタイを締め直した。球場へ通う時は必ずスーツというのは、前回監督をやっていた時に決めたルールだった。現役の選手ならもっと気楽なウェアでもいいのだが、指揮官にはけじめも必要だ。現役時代は、スーツなど夏冬二着ずつで済んでいたのだが、引退してからクローゼットはスーツで埋まっている。今日は、濃紺のスーツに金色無地のネクタイを合わせた。金色は勝利の色――。

「先発は有原君なのね」

尚美に指摘され、樋口は顔が歪《ゆが》むのを意識した。俺が決めたわけじゃない――結局、オーナー指令によってその方向に決められてしまったのだった。まだちゃんと投げられる状態ではない、と反発しきれなかったことが悔しい。今日の試合はどうなることか、嫌な予感しかなかった。

金色のネクタイも、勝利を呼びこむ材料になるとは思えない。


自宅のドアを出てから監督室に入るまで、わずか十分。その間、まったく外気に触れることはない。エレベーターで、球場に直結しているホテルの三階に出て、複雑なバックヤードを通り、セキュリティカードを使ってそのまま球場に入る。それから球場内の通路を半周分歩いて行くだけ。妙な気分だった。この、「通勤時間」の短さは、マイナス要因になるかもしれない。球場に行く時に、車の中で今日の作戦をあれこれ考えたり、帰りに反省点をまとめる時間がなくなる。

まあ、それも仕方ないか。一人で考える時間は大事だが、移動だけで往復二時間というのはやはり無駄ではある……。

監督室で着替えると、すぐにミーティングルームに向かう。練習開始一時間前からのミーティングも、いつも通りだった。

六年ぶりに監督としての戦いが始まる……選手たち、コーチやスタッフの顔を見回して、樋口は第一声を考えた。今日はついている——沖はアメリカ出張中で、顔を出していない。新球場での開幕戦なら、当然一席ぶちたいと考えたはずだ。選手の士気もクソもなく、新球場のメリットを喋り続けるに違いない。

普段のミーティングでは、相手チームの戦力分析を行う。しかし開幕戦なので、そもそもデータがない。去年やオープン戦の成績を見ても、あまり参考にならないのだ。選手は――チームは一年ごとに生まれ変わる。

ただし、相手の投手陣に対しては数字以外のデータが開示される。オープン戦での視察結果は重要なのだ。投手コーチの秦が報告する。

「先発の三原《みはら》は、ツーシームを会得したようだ。落差の小さいスプリットのような感じだが、低めのボールは、序盤は見極めることにしよう」

ツーシームは、ここ数年大流行している変化球だが、変化はピッチャーによってずいぶん違う。フォーシームと変わらぬスピードで少し沈んでバットの芯を外させる球もあるし、シンカーのような軌道で空振りを狙う球もある。握りや腕の振り方の違いによって、ボールは様々に変化するのだ。

「抑えの新外国人、ジャクソンだが、カットボールに要注意だ。投球の八割はカットボールと考えてもらっていい。変化は小さいが、鋭い。特に右打者は、内角には要注意だ。バットの手元をぐり抜けるように落ちる。内角は捨てて、外角狙いでいこう」

初戦での注意事項はこれぐらいだ。相手のセネターズは、スターズと同じく、オフシーズンの補強が振るわなかった。投手陣には数人新しい顔ぶれが加わったが、野手陣は昨シーズンとほとんど変わっていない。

打ち合わせが終わったところで、広報部長の富川が声を上げた。

「モニターに注目して下さい」

新しいミーティングルームには五十インチの大モニターがいくつか設置されていて、どこにいても同じ映像を見られるようになっている。

富川が何か操作すると、スターズのロゴが大映しになっていた画面に、いきなり沖が現れた。ノーネクタイ、ジャケットも着ずにシャツ一枚のラフな格好。背景を見ると、ホテルの一室かどこからしい。まさか、出張先のニューヨークで撮影して、わざわざビデオメッセージを送ってきたのか？

「ＯＫ？　喋っていい？」

ちらりと横を見て誰かに確認する。ということは、これは生中継なのか？　日本では間もなく午後三時……あちらは真夜中ではないだろうか。

「選手の皆さん、スターズ・パークでの開幕、おめでとうございます。私は今、ニューヨークに来ています。ヤンキース、メッツのＣＥＯと続けて会談し、今後の協力体制について手応えを得たところです……さて、新球場の具合はどうですか？」

結局この話か……うんざりしながらも、樋口は画面に意識を集中した。オーナーの話を無視するわけにもいかない。

「この球場は、日本の野球界に革命を起こす新しいシステムです。観客ファーストで設計された球場は、皆さんのプレーを楽しむお客さんで埋まるでしょう。その中でベストパフォーマンスを発揮することを期待します」

あとは延々と、球場の自慢。選手たちの間に、ざわついた空気が流れ始める……樋口は目が合った選手たちにうなずきかけ、「余計なことは言うな」と無言で訴えた。一方的に映像が送られてくるだけだが、富川は選手の反応をチェックしているに違いない。声を上げて笑うような選手がいたら、即座にオーナーに報告が上がるはずだ。

結局沖は、十分も独演会を繰り広げ、最後に満面の笑みで親指を立て、「エンジョイ、ベースボール！」と締めくくった。選手たちはどう反応していいのか分からない様子で、重苦しい沈黙が続いている。仕方なく樋口は立ち上がり、口を開いた。

「さあ、オーナーの言葉もいただいたし、初戦は絶対取りに行くぞ！」

それでようやく、「おう！」と声が揃った。走り出そうとした瞬間に滑って転んでしまったようなものだが、何とか選手の気持ちは前向きになっただろう。

選手たちはグラウンドに出て行き、樋口はコーチたちと監督室に籠った。東京スタジアムに比べればはるかに立派——十人で会議ができる広いテーブルもある。そこでさらに詳細な打ち合わせを行い、ようやくグラウンドに出たのは、練習が始まって三十分後だった。

驚いたのは、スタンドにもうかなりの観客が入っていたことだ。「バッティング練習から観るのが本当の野球通」とは昔から言われることだが、それにしても多い。東京スタジアムの頃は、こんなことはなかった。やはり新しい球場は、人を引きつけるのか。オープ
練習を見守りながら、樋口は新しい環境に慣れようとあちこちを歩き回った。オープ

ン戦を一週間早く切り上げ、スターズ・パークで最後の練習を繰り返してはきたのだが、いざ試合、そしてスタンドが観客で埋まる環境はまた違う。

スターズのバッティング練習が始まり、樋口はケージの後ろに立った。ボールを打ち返す度に、独特の反響音がする……ドーム球場でははっきりと「こだま」なのだが、ここでは反響が中途半端だ。三方にビルがあるためだろう。ピッチャーは、この音に慣れるのに時間がかかるな、と思った。ピッチャーは、マウンド上で五感の全てを研ぎ澄ます。打たれた瞬間、打球音と角度で、ボールがどこまで飛ぶか、だいたい分かるのだが、この中途半端な反響音は鋭敏な感覚を狂わせてしまうだろう。外野手も同じだ。フライを追う時に、打球音は重要な手がかりになる。

ケージにはバティスタが入っていた。左打席から、極端なクラウチングスタイルでボールに食らいつく。引っ張り専門——三球続けてボールは右中間のスタンドに消えた。やはり、実際に打席に立つと、フェンスは近く見えるようだ。実に気持ちよさそうに打っている。

「バティスタは調子よさそうじゃないか」

解説の仕事で来ている真田が、すっと近づいて来た。

「これは本番じゃない」

「おいおい——悲観的なのは、お前の悪い癖だよ」真田が呆れたように言った。

「キャッチャーはだいたい悲観的なんだ」

「胃を悪くするぞ」

「とっくに悪くなってる」

前回、監督をやっている時に、慢性的に胃の痛みを覚えるようになった。最初のシーズンオフに生まれて初めて胃カメラを呑んでみたのだが、結果は「荒れている」だけ。胃潰瘍を心配していたのだが……以来、試合中もユニフォームの尻ポケットに常に胃薬を入れておくようになった。

見ているうちに、バティスタはまた右中間スタンドに放りこんだ。「右中間深いところ」というのはよくある表現だが、こう簡単に入ってしまうと、「深い」感じはしない。バティスタが、笑顔を浮かべてバッティング練習を終えた。取り敢えず、機嫌よくさせておこうと、樋口は「ナイスバッティング」と声をかけた。バティスタの笑みが大きくなり、「ドーモ」と軽い調子で言ってさっと頭を下げる。「ドーモ」は誰が教えたのだろう……便利な日本語の単語ではあるが。

セネターズのバッティング練習が始まる。去年、チーム本塁打数はリーグ最低……実際、スターズ以上に非力な選手が多い。注意が必要なのは、四番に座る遠藤《えんどう》だけだろう。高卒からプロ入り七年目、長く「未完の大砲」と言われていたが、去年はついにブレークし、三十二本塁打を放っている。今年も調子がよさそうだ。

バッティング練習中、セネターズの外野手たちはフェンスをチェックしていた。新しい球場——そうでなくても初めてプレーする球場の場合、あちこちチェックして回るのは当然である。特に外野手は、ウォーニングトラックの様子、フェンスの高さや硬さを入念に調べる。見ていると、フェンスにボールをぶつけては跳ね返り具合を確認していた。実際の打球と、あんな風に投げたボールでは勢いも違うのだが、それでも何となく感覚は分かるはずだ。

練習時間はあっという間に終わった。試合開始前、メンバー表の交換でセネターズの監督、白井《しらい》と顔を合わせる。白井はセネターズの組織をゆっくりと上がってきた男で、今年、二軍監督から一軍の監督に就任したばかりだった。

「どうぞ、お手柔らかに」

柔和な笑みを浮かべながら、白井がキャップを取った。相変わらず礼儀正しい奴——選手として活躍した期間は短く、樋口も彼を打席に迎えたことは数回しかないのだが、いつもさっと黙礼して打席に入るような男だった。遠慮がち、弱気なタイプかと舐《な》めてかかると、センター前に目が覚めるようなライナーを飛ばす——怪我がなければ、現役時代はもっと長く続いていただろう。

「こちらこそ」

何か言いたげに、白井が口を開きかけた。しかし結局何も言わず、唇を一文字に結んでしまう。二人とも何も言わず、握手だけして別れた。

その後は、開幕戦らしいイベントが続く。国家斉唱に始球式。その間、今年から登場したマスコットキャラクター「ホシオ」が出ずっぱりだった。これがまた何とも微妙な外見で……まさに星型の着ぐるみで、五つの角がそれぞれ、顔と手足になっている。色は赤。何ともダサいデザインだが、このキャラクターを発表する時に沖が得々とした表情を浮かべていたのを思い出す。彼曰く、「球団マスコットはダサいぐらいがいい」「大リーグのマスコットはだいたいこんなものだ」。確かに大リーグの球団マスコットは、正体不明のデザインだったりするのだが……フィリーズのマスコットで、全米ナンバーワンの人気を誇る「フィリー・ファナティック」など、緑色の怪物としか言いようがない。「人型」だと、メッツの「ミスター・メット」は、顔がそのまま野球のボールである。沖は観客にアピールできるなら何でもやろうという方針のようだ。五回のグラウンド整備の時に「つなぎ」のアトラクションを行うそうだが、こいつがグラウンド内を駆け回るのかと思うとげんなりする。

初回。

マウンドに立った有原は、一見落ち着いて見えた。開幕戦投手はこれで四年連続だから、慣れたものだろう。ただし雰囲気は分かっていても、これまでとの物理的な違いは大きい——投球練習を始めた途端に、有原の顔が不機嫌に歪んだ。「マウンドが固い」。スターズ・パークで練習を始め、実際にマウンドで投げてみて、有原はすぐに文句を言ったのだった。沢崎に確かめてもらうと、「大リーグのマウンドの固さに近い」。

他のベテラン投手に聞いてみると、東京スタジアムに比べれば「土とコンクリートぐらい違う」という。どうしてそんなに固くしたのかは分からないが、投手陣が慣れるには少し時間がかかりそうだ。

投球練習が終わり、ボールが内野を回る。さあ、いよいよプレーボールだ。

樋口は無意識のうちに立ち上がり、ダグアウトの最前、手すりの手前に立って腕組みをした。

セネターズの一番打者、穂村《ほむら》を左打席に迎え、有原が振り被った。いつもと変わらぬ、力感溢《あふ》れるワインドアップ。そこから大きくステップして、低い位置でボールをリリースする——しかし、ボールは高めに浮いた。穂村が思わず仰け反るほど、顔に近いコース。ちらりと見ると、マウンド上の有原は不満げな表情を浮かべ、右手首をぶらぶらと振っている。どこか痛めたような雰囲気……しかしキャッチャーからボールを受け取ると、何事もなかったかのように、二球目に入った。

ところがまた、ボールが浮いてしまう。投げた瞬間にボールと分かる高さで、穂村はぴくりともせずに見送り、すぐに打席を外した。二度、素振りをして打席に戻る。

ストレートを二球続けた後、三球目は膝元に沈むスライダー。穂村が手を出し、簡単にカットした。ぼてぼての当たりになり、ボールが一塁側ダグアウト前まで転がってくる。

「今日はよくないな」樋口は思わず零した。

「まだ三球ですよ」沢崎が慰めるように言った。

「三球投げれば分かる」

穂村はじっくりと有原に対した。低めの変化球は簡単にカットし、高めに浮くストレートはあっさり見送る。ストレートでストライクが入らない——有原には最悪の状況だ。結局、最後の速球も高めに外れ、穂村は四球を選んだ。

これは悪い時の有原だ。コントロールが定まらず、四球を連発して自爆し、一人で試合を壊してしまう。

二番打者はスライダーを上手く流し打ち、一、二塁間を抜いた。これでノーアウト一、二塁。有原が目に見えて苛立ち始め、マウンドをスパイクで乱暴に均す。迎えた三番の岸本《きしもと》は、有原の悪い癖が出ていると見抜いたようで、初球からバットを振る素振りすら見せない。それでまた苛立ったのか、有原はストレートの四球を与えて満塁にしてしまった。

レフトスタンドに陣取ったセネターズファンの声援が大きくなる。四万人以上入るスタンドの九割はスターズファンのはずだが、あまり元気がない。

有原の一番悪いところは、気持ちがすぐに態度に出ることだ。今も、苛立ちがはっきりと伝わってくる。

打席には遠藤。元々、身長百九十センチの堂々たる体躯《たいく》なのだが、オフに筋トレを徹底して行ったのか、体が一回り大きくなっている。何と言うか……打席での立ち姿がいい。堂々としていて、バットを構えただけで相手投手を呑んでしまう感じだった。

満塁だがセットポジションに入った有原が、一球目を投じる。その瞬間、樋口は「ヤバイ」と思わずつぶやいていた。

低く抑えようと投じたストレートに力がない。

遠藤はすかさず反応した。

〈セネターズ戦・有原　四月一日〉

ボールが指先から離れた瞬間、「やめろ！」と叫びたくなる一球がある。もちろんボールを引き戻すことはできないが……有原は、右腕がフォロースルーに入った瞬間、自分にとって最悪のシーズンが始まった、と絶望した。

外角低め。コースは悪くないが、ボールの引っかかりが不十分だった。遠藤がバットを振り出す。上手くミートして、逆方向へ——不自然な反響音を聞いた瞬間、有原は左の頬に強烈なパンチを食らったような勢いで振り向いた。

打球は高々と上がり、レフトポールに向かって飛んでいる。バティスタが懸命にボールを追ってダッシュする。スタンドを、悲鳴と歓声が同時に回った。歓声って何だよ……九割はスターズファンのはずなのに。

バティスタが必死に走り、ウォーニングトラックに達した。それでもスピードを落とさず、フェンスに激突する直前、右手を伸ばしてジャンプする。そのままスタンドの縁に右手をかけ、ぐっと伸び上がってグラブを差し出した。そうか、レフトとライトのポール際は、フェンスが低いのだ。よし、ホームランボールをもぎ取ってくれ——。

打球は、一度バティスタのグラブに入ったように見えた。しかし、小さく跳ねるとグラブから飛び出し、そのまま観客席に飛びこんでしまう。

何なんだ……有原は膝から力が抜けるのを感じた。あれじゃ、ホームランをアシストしたようなものじゃないか。

ざわざわした雰囲気がスタンドを満たす。その中で、レフトスタンドに陣取ったセネターズファンだけが熱狂し、「遠藤！」コールが湧き起こった。

その「遠藤！」コールを打ち消すように、ざわざわとした雰囲気が流れ出す。スターズファンがお怒りか……有原はうつむかないようにわざと空を見上げた。ふと、視界に奇妙なものが入る。巨大な星型のアドバルーン。あれって、各ビルの屋上に設置された「ホシオ」のアドバルーンじゃないか。スターズの選手がホームランを打った時に上がる、と聞いていたが、ミスしやがったな……公式戦第一号ホームランの記念というわけではあるまい。

追い打ちだよ。

4失点。大き過ぎる4点だ。しかし、試合はまだ始まったばかりである。ここで気合いを入れ直さないと、試合は本当にぶち壊しになってしまう。

塁上に走者がいなくなり、有原は新しいボールを受け取ってマウンドをスパイクで均した。やはり、このマウンドがよくない。これまで経験したことのない固さで、踏ん張りが利かないのだ。そのためどうしてもボールが上ずり、特にストレートが高めに浮いてしまう。

キャッチャーの仲本が、のろのろとマウンドにやって来た。去年ぐらいから、何となく動きが鈍くなっている。

「切り替えだぞ、切り替え」

「分かってますよ」

「ここからは大したことがないから。低めに変化球を集めてさっさと終わらせるぞ」

無言でうなずき、有原はまたマウンドを均した。言われなくても相手バッターのデータぐらいは頭に入っているんだよ……ベテランなんだから、もうちょっと上手くリードしてくれ。

五番打者以降に、有原は速球の次に信頼できるスライダーを集中して投げ、何とか打線のつながりを断ち切った。それにしても長かった……ゆっくりとマウンドからダグアウトに戻る途中、レフトから全力疾走して来たバティスタに背中を叩かれる。

「ドンマイ！」

ドンマイ、じゃねえよ……こんな言葉、どこで覚えたんだ？　バティスタが妙に明るい笑顔を浮かべているのが気にくわない。バティスタがホームランをアシストしたのは間違いないのだから。もしも無理に捕りにいかなければ、フェンス最上部に当たるだけでホームランにはならなかったかもしれない。

誰にも文句を言えない。ダグアウトに戻ったものの、有原と目を合わせようとする人間はいなかった。

ベンチに腰を下ろすと、すぐに仲本が脇に座る。

「やっぱり、マウンドが違うのか」

「固いんですよ。踏ん張りが利かない」有原は愚痴を零した。

「それはどうしようもないんだから、低めを意識していくしかない。次の回も変化球主体で行くぞ」

「それしかないっすかね」

言ってみたものの、そういうのは自分のピッチングではない……何だかむかつく。相手に合わせてピッチングを変えるならともかく、球場のせいで調子が崩れるなんて。しかし有原も、もうルーキーではない。一軍で五年間、フルシーズン戦ってきたのだ。何か問題があったら修正できるぐらいの能力と経験はある。

どうにもコントロールが定まらなかったが、二回をノーヒットに抑え、三回も何とかツーアウトまで漕ぎつけた。しかしここで迎えるバッターは遠藤。こいつの佇《たたず》まいというか、打席で発するオーラは異様だ。去年から明らかに変わったのだが、他の打者より重心が一段低い感じ……低い位置で構えているわけではないのだが、どっしりとした雰囲気が感じられる。ちょっとやそっとでは動揺せず、甘い球は絶対に見逃さない感じ。今や、リーグを代表する四番打者と言っていい。

しかしこういうバッターに、二回続けて打たれてはいけない。絶対に抑える――しかも自分の一番いいボールで抑えねばならない。いかに上ずっていても、自分の一番いい球はストレートなのだ。ここは全球ストレート、それも力の入った高めのストレートで、空振り三振を奪わなければ。

仲本は初球、スライダーを要求した。だから、それで逃げたいわけじゃないんだ――首を振ると、仲本はサインをチェンジアップに変えた。違う。初球からチェンジアップで入っても、遠藤なら余裕で見送るだろう。それに、チェンジアップにはまったく自信がないのだ。もう一度、首を振る。マスクの向こうで、仲本の目が不機嫌に細まるのが見えた。

ストレートだよ、ストレート。

結局仲本は、ストレートのサインを出した。背中に回した手の中でボールを回し、縫い目にしっかり指をかける。伸びのあるフォーシームこそが、自分の絶対の武器だ。ひときわ大きく振り被り、初球を投じる。よし――上手く指にかかった。マウンドの固さもようやく気にならなくなって、踏み出した左足ががっちりと土を噛むのを意識する。

高め――遠藤がバットを出した。打ち返す音を聞いた瞬間、有原は5点目を失ったことを悟った。

振り返ると、ライナーになった打球が、浅いレフトスタンドに突き刺さるところだった。

有原は、五回6失点でマウンドを降りた。沖の指示を無視して三番に据えた新外国人選手のバティスタは、三振二つ、ライトフライ二つと、まったく期待外れ——あるいは予想通りの日本デビューだった。視線が、浅い右中間スタンドにばかり向いていたのは明らかだった。

樋口は、試合後に監督室にバティスタを呼んだ。基本、陽気で人懐こい選手なのに、今日はひどく戸惑っている。

樋口は、打ち合わせ用のテーブルにつくよう、バティスタを促した。通訳の小室《こむろ》が横に座る。これも失敗だったな、と樋口は悔いた。まるで取り調べじゃないか。立ったまま喋ればよかった。

「今日の結果はあまり気にするな」樋口は開口一番、慰めた。それをすぐに小室が通訳する。それを受けて、バティスタがものすごい早口で喋り始める。訛りの強い英語で、ほとんど聞き取れない。

小室が、「ビルが邪魔だ、と言っています」と通訳してくれた。

「それだけ？　バティスタはもっと喋ってたじゃないか」

「大事なところだけ……右中間のビルがどうしても目に入って気になる、と」

スターズ・パークと融合したビルのうち、左中間が樋口も住むホテル棟、右中間がシヨッピングビル棟になっている。ショッピングビル棟の上階部分はレストランで、スターズの試合がある時は、観戦料千円を払うと窓際の席を試合開始から終了まで独占できる――樋口も気づいていたのだが、レストランの窓からは煌々と灯《あか》りが漏れていた。

「あれぐらいの灯りが邪魔になるわけないだろう」

小室が樋口の言葉を伝えると、バティスタがまた早口で喋り始める。小室はうなずきながら聞いて、すぐに翻訳した。

「窓が見えて気が散るそうです」

「打席から窓がちゃんと見えるのか？　距離的には百三十メートル――百四十メートル以上離れてるだろう？」実際にはもっとかもしれない。「他の選手は、気にしてないみたいだぞ。慣れてもらうしかない」

小室が説明すると、バティスタは悲しそうな表情を浮かべて肩をすくめた。おいおい、プロなんだから、しっかりしてくれよ。大勢の人に見られながらプレーするのには慣れてるだろう。

結局嚙み合わぬまま会話は終わった。

「ビル風は？」

小室が通訳すると、バティスタは首を横に振った。こちらはそれを気にしていたのだが……。

一人になり、樋口は思わず溜息を漏らした。新球場の初戦で、7対1の完敗。エースが早々とノックアウトされ、期待の大砲は不発。先が思いやられる。

スマートフォンが鳴った。沖？　沖だ。

ニューヨークはいったい何時なんだ？

2

二戦目は落ち着いた展開になった。先発は、移籍後初登板の大島。有原はマウンドの固さにしきりに文句をつけていたが、元々立ち投げに近く、ステップが狭い大島はそれほど気にする様子もなく、淡々と投げていた。

特に、有原から二本のホームランを打った遠藤を、いいようにあしらった。第一打席では、シンカーを引っかけさせてファーストゴロ、第二打席はツーシームでサードフライに打ち取る。遠藤はストレートには滅法強いのだが、小さな変化球をコーナーの四隅にコントロールよく投げこまれると、脆《もろ》い一面を見せる。

大島は七回まで1失点で、リリーフ陣に後を託した。継投した二人の投手がセネターズ打線を抑えこみ、何とか2対1でシーズン初勝利。試合後、ダグアウト裏で囲み取材に応じた樋口は、意識して表情を引き締めた。

「今日は大島に尽きますね」

「打線が湿りがちですが」

「いや、それはまだまだ」樋口は首を横に振った。「二戦目ですからね。この段階では何とも言えませんよ」

「バティスタがまだノーヒットです」

「それもまだまだ。とにかく二戦目だから」あまり上手い答えではないな、と反省した。しかし実際、二試合を終えただけの時点で言えることには限りがある。

「オーナーが、バティスタを二番に、と言っているようですが」

樋口は頭に血が昇るのを感じた。自分と二人だけの会話かと思っていたのに、沖は新聞記者にペラペラ喋っているのだろうか。

「一番合った打順に置いているだけですよ」

「しかしノーヒット――」

「まだ二試合目だから」

囲み取材は盛り上がらずに終わった。何となく、今年のスターズの先行きを象徴するような感じ……ふと、昨日の試合後に沖からかかってきた電話を思い出す。ぼろ負けだったにもかかわらず、彼は上機嫌だった。

「いや、よく入りましたね。予想以上です」

「満員は満員でしたが……」いきなりの一言で樋口は戸惑った。

「特別席も全部埋まっていたそうです。新球場のシステムは上手く機能していますよ」

外のビルに設置された観覧席は、全て「特別席」と呼ばれている。レストランやバーの最前席、それにホテルの部屋も満室だったと樋口も報告を受けていた。こういう「特別席」は千ほどある。

「球場を街に開放する——大リーグにもないこのコンセプトは大成功ですよ」

「はあ」

「とにかく、百四十五試合中の一試合が終わったに過ぎません。結果はあまり気にせず、明日以降も頑張って下さい」

沖はあっさり電話を切ってしまった。気になるのは、試合結果よりも、やはり客の入りか……入場料収入という点では満足の行く結果だっただろうが。

今日はさすがに電話はかかってこないだろう。二戦目も大入り満員、ビルの特別席も全部埋まっていたというから、上機嫌のはずだ。機嫌がいいのはいいことだが、一々電話されたらたまらない。

囲み取材、コーチ陣とのミーティングも終わり、樋口はスーツに着替えて改めてグラウンドに立った。人気がなくなった球場……綺麗なのは間違いない。内野まで総天然芝張りで、半分照明が落とされた状態でも、その鮮やかさは目に染みるようだった。グラウンド全体を見回すと、最初にこの球場に足を踏み入れた時に気づいた特徴を再度意識する。

いつの間にか傍に近づいていた沢崎が、「ファウルエリアが本当に狭いですよね」とポツリと言った。

「ああ」

「粘っこいバッターにとっては、いい球場ですよ」

「そうだな」

相手ピッチャーのボールをしつこくカットして失投を狙うタイプのバッターには、天国だろう。普通ならファウルフライでアウトになる打球も、ここでならスタンドに飛びこんでしまう。

「橋本がいないのが痛いな」

「怪我はしょうがないですけどね」

橋本こそ、まさに沢崎が指摘する「粘っこい」バッターである。決して大物打ちではないが、相手ピッチャーを苛立たせるのは得意だ。二番はやはり、強打者ではなくしつこいタイプがいい。得点圏に走者を送る、あるいは塁を埋める方が得点のチャンスは広がる。

「今の一軍には、あいつみたいなタイプのバッターが他にいないな」

「二軍には何人かいるでしょう」

「入れ替えも考えないといけないか……」

「バティスタとは話しました？」

「ああ」

「落ちこんでませんか？」

「文句を言ってたよ。どうしても、右中間のビルが気になるらしい」

「別に、邪魔にはならないと思いますけどね」沢崎が首を捻った。「意外と神経質なんですかね。ラテン系の選手は、細かいことを気にしない傾向がありますけど」

「大リーグでもそうだったか？」

「概《おおむ》ね」沢崎がうなずく。「人それぞれですけど、人種による特徴はやっぱりありますよ」

「日本人は？」

「謎の無口な存在」

「お前もか？」

「俺は自己改造しました」

今の沢崎は、「コミュニケーションモンスター」だ。大リーグ生活が長く、英語もそこそこなせるようになったから、バティスタともよく会話を交わしている。

「もう少し、バティスタとコミュニケーションを取ってくれないか？」樋口は頼みこんだ。

「いいですよ。気を配っておきます」

「頼む。俺が英語を話せれば、自分できちんと話すんだけど」

「ま、それぞれ得意分野で頑張るということで」

沢崎が笑みを浮かべた。ああ、まったくこいつをヘッドコーチに招聘してよかった。

数少ない明るい材料。しかしその他には、気になることも多い——例えば沖は、どうしてここまで口出しするのだろう。

もちろんオーナーは、チームの全てに責任を負う立場である。金を出すからには、口を出す権利もあると言ってもいいかもしれない。しかし、ここまで露骨に介入してくるオーナーを、樋口は知らなかった。だいたい日本球界では、オーナーと言っても、親会社の然《しか》るべきポジションの人が名誉職的に務めるケースがほとんどである。沖のように、自ら球団買収に動き、現場にも積極的に介入してくる人間は珍しい。

その沖が特に贔屓《ひいき》にしている選手——開幕投手を任せた有原と、自ら獲得を宣言したバティスタの二人は、いわばマイナスからのスタートになった。この件に関して、沖はどう考えているのだろう。

「監督、本気で勝ちに行きたいですか？」沢崎が唐突に訊ねた。

「当たり前じゃないか」

「今年は基礎固めの一年と考えることもできますよ。球場も新しくなったし、まずはこの環境に慣れて、来年以降につなげる……今の選手層を見ても、まずは二軍からの底上げが大事でしょう」

「冗談じゃない」樋口は目を見開いた。「今年勝たなくてどうする。あのオーナーのことだ、勝てなければ馘と言い出すかもしれない」

〈フォーチュン誌の記事〉

地下鉄の新宿西駅をA1出口で出ると、目の前に広がるのは洒落たショップ街である。人気のセレクトショップ、予約が取れないイタリアンレストランの支店一号、アメリカから初上陸のサードウェーブのコーヒーショップ——いずれも高級感を売り物にし、さながら銀座か表参道の一角を切り取って移植したような光景である。

その中で異彩を放つのが、スターズのオフィシャルショップだ。新マスコットの「ホシオ」が迎えてくれる店は、早くもファンの新たな聖地になっている。

そう、ここは紛れもない球場、「スターズ・パーク」なのだ。外野に沿って店舗が並んだ結果、新しい球場と街が同時に誕生した感じになっている。「モダン・クラシック」「街に溶けこむ球場」という新たなコンセプトについて、オーナーの沖真也（40）に聞いた。

——スターズ・パークは、日本のみならずアメリカでも注目を浴びています。コンセプトについて教えて下さい。

沖：目指したのは、まったく新しい野球体験です。球場はこれまで、独立した空間として、野球という非日常の世界を提供してきました。しかしスターズ・パークは、生活や他の娯楽と野球を一体化し、街に溶けこんだ球場を目指しています。

――アメリカの古い球場をイメージさせる、という評価もあります。

沖：野球が生まれてそれほど時間が経っていない頃に建てられた球場は、基本的に街中に造られていました。それ故、設計も街の空き地に無理にはめこんだようなものが多く、数々の変形球場が生まれたのは皆さんご存じの通りです。しかし、野球は都市で生まれたスポーツであり、都市部で行うのが自然なのです。その結果、ルールの範囲内で、変形的な球場が生じるのも当然でしょう。いわば、変形球場は野球の原風景のようなものなのです。その後のアメリカではモータリゼーションの発達で球場は土地が余っている郊外に造られるようになり、球場の形も変わってきましたが。

――三つのビルを組みこむ形で球場が存在するという、特異なスタイルになりました。

沖：最初に駅前再開発の計画が存在し、そこに球場をはめこむ形で設計が進んだためです。当初は、単なる広場になる予定だったそうですが、有効活用したわけです。都市型球場の新しいコンセプトですね。

――スタンドだけではなく、周囲のビルからも観戦できるようにして、そちらは安い席として開放しました。

沖：街中どこからでも野球が見える――もちろん、球場内で観るのがベストですが、街が一体化して野球の試合に参加するような雰囲気を作りたかった。かつては日本の球場でも、外にある高い木やビルの屋上に登って試合をタダ観するような習慣があったそうですが、それを合法的にしたものだと考えていただきたい。いずれにせよ、普通に働いたりショッピングをしたりしている人が、その延長として気楽に野球を観られるようにしたのです。サイズの問題で、球場内の観客席は、古い球場のコンセプトに従って四万ほどに抑えていますが、実質的には、これにプラスして千人ほどが観戦できるようになっているわけです。これまでのところ、球場外の特別席も毎試合ほぼ埋まっていて、コンセプトは成功したと考えています。

――そういう設計のためか、球場自体はかなり狭くなりました。

沖：日本人は几帳面《きちょうめん》で真面目なので、全国どこへ行ってもグラウンドのサイズや形はほとんど変わりません。もちろん、スポーツの公平性を担保するために、どこでも同じサイズ、形なのが理想ですが、野球の場合、球場によって特徴が違うことを、選手も観客も理解しています。

――そういう特殊な形状の球場故に、戦い方も変わってくると思います。

沖：そこはチームに任せていますが、ホームアドバンテージを利する戦い方をすれば、必然的に勝利数は増えてくるはずです。それよりも、独特のフェンス――私は『ザ・ウォール』と呼んでいますが、これが球場のいい個性になっていると思います。

――球場内の雰囲気も、これまでの日本の球場とはだいぶ変わっています。

沖：ビールの売り子がいないことにお気づきですか？　あれは日本の古き良き伝統ですが、私は特に必要ないと判断しました。飲み物や食べ物が欲しい人には売店に行ってもらう――面倒かもしれませんが、それで球場内を満喫できるのではと思います。飲食についても、チャレンジしています。ニューヨークの『メガバーガー』とカリフォルニアの『ヴィーガンピザ』は日本初上陸ですし、東京のミシュラン一つ星『星ノ屋』の弁当も好評です。食の面では、アメリカの球場を超えたと自負しています。

——五年目でスターズには大きな変化が訪れたわけですが、今後チームが目指すべき方法は？

沖：独立採算制で、企業としても有力な存在に育てたいと思います。日本のプロ野球チームは親会社の宣伝媒体、という考えは根強いですが、それは勝手な考え方でファンには関係ない。いずれはＴＫジャパンと関係なく、球団単独で毎年利益を生む存在にしたいんです。それでこそ、市民のためのチームになるのではないでしょうか。大リーグの各チームがまさにそうしているように……将来的には企業色を消し、有志によるグループで球団を保持するのが理想です。

3

最初の六試合を終え、スターズ・パークに戻ってのホームゲームで、樋口はラインナップを変えた。

試合前のミーティングで沢崎が打順を発表すると、選手たちの間に微妙な空気が流れた。

「一番センター、石井。二番セカンド、島田《しまだ》。三番レフト、バティスタ――」

石井も島田も、開幕からの六試合ではベンチを温めていた。三割を狙う力のある石井は怪我で出遅れ――非常に怪我の多い選手だった。島田は、ここ数年不動のセカンドとして内野守備を固めていたが、今年は調整遅れだった。島田の復帰で、少しだけメンバーが安定するはずだ、と樋口は考えていた。

ラインナップの発表が終わると、樋口は状況を説明した。

「ホームでの三試合を終えて、状況を分析した結果、この球場ならではの特徴が明らかになってきた。まず、ファウルエリアが他の球場に比べて非常に狭い。カットしてもアウトになる確率は低いから、できるだけ相手のピッチャーに球数を多く投げさせるようにしよう。逆にいえば、うちとしては、ファウルで粘られないようなピッチングが大事だ。有原、低め中心でな」

有原が無言でうなずく。微妙に不安そうな表情だったが、本音は読めなかった。自分本来のピッチングができないと思っているのかもしれないが、球場に合わせてスタイルを変えるのもプロだ。

「投手陣から、マウンドが固過ぎるという話が出ている。対策は考えるが、土を入れ替えてマウンドを全面的に作り直すのは、シーズン中には難しいようだ。取り敢えず、現在のマウンドにアジャストするよう、努力してくれ」

続いて、今日からの三連戦で対戦するイーグルスに関する説明が始まった。イーグルスはスタートダッシュに成功し、ここまで五勝一敗。一勝五敗とつまずいたスターズと対照的だった。

　ここ十年ほど、イーグルスは黄金期にあると言っていい。特に昨年、一昨年はリーグ二連覇。その前年も僅差の二位になっている。主力選手が全盛期を迎え、しかも毎年のように新しい戦力が出てくる。ベテランと若手が上手く嚙み合い、つけ入る隙がない感じだった。特にエースの近田《ちかだ》は二年連続最多勝、今年もホームでの開幕戦を完封し、今や絶頂期にあると言っていい。その近田が、中六日で今日先発する。

「低め」を指示された有原は、初回こそ慎重なピッチングを繰り広げた。ヒット一本を許したものの、変化球を低めに集め、ダブルプレーで危機を脱して結果的に三人で抑える。

　しかし近田のピッチングは圧巻――リーグを、いや日本を代表するピッチャーだと実感させられることになった。

「ファウルで粘れ」と指示したものの、一番の石井、二番の島田はなす術《すべ》なく連続で三球三振。三番のバティスタは初球に手を出し、ファーストへのファウルフライに倒れてしまった。

　樋口は思わず舌打ちし、ベンチに背中を預けた。

「つけ入る隙がないですね、あれは」沢崎も呆れたように言った。

「一つだけ手があるぞ」

「何ですか？」

「さっさと大リーグに行ってもらうことだ。今のあいつなら、大リーグでも二十勝を挙げられるだろう。コンスタントに百五十五キロが出せる左のピッチャーなら、どこでも欲しいはずだ」

「うちで取ったらどうですか？　今シーズンの途中でＦＡ権を取得ですよ」

「オーナーが金を出してくれれば、な」

近田の今年の年俸は、三億五千万円と言われている。ＦＡでの移籍になればもっと巨額の金が動くわけで、それをカバーしきれるか……親会社であるＴＫジャパンが、そこまで潤沢な資金を持っているかどうか、樋口には分からなかった。この球場建設で巨額の建設費を投入したわけだし、沖も選手に金をかけたがらない。

二回、有原の危なっかしいピッチングは続いた。六番のカスティーヨに、左中間フェンスに達する強烈な当たりを打たれる。しかし、やはりフェンスが浅いのか、二塁を狙ったものの、クロスプレーでアウトになった。的確な送球でアウトを奪ったセンターの石井は、人差し指を立てて見せた。

「あいつをセンターに入れたのは正解だったな」

「実際には、外野が浅いおかげで助かったんですよ」沢崎は冷静だった。「他の球場に比べて二メートル浅いだけでも、微妙な感じになりますよ。うちも気をつけないと」

「二塁打になる打球がシングルで止まる、か」

「危険ですね」

とはいえ、走者を「必ず止める」というルールは作れない。打球の勢いはその時々でまったく違い、同じ位置に飛んでも、野手が処理するための時間はずいぶん違ってくるからだ。

三回、有原は、七番の池田《いけだ》を低めのスライダーで三振に切って取ったものの、八番の本庄《ほんじょう》に粘られた。ツーストライクに追いこんでから、五球連続でファウル……結局本庄は四球を選んで一塁に生きた。マウンド上の有原が、露骨にうんざりした表情を浮かべる。

「悪い癖が始まりましたね」沢崎が心配そうに言った。

「八分の力でいいって言ってるのに、あいつはまったく分かっていない」

困ったら高めに全力のストレート。上手くはまるとバッターは手が出ずに見送るしかないが、高めに浮いてしまって簡単に見送られることも多い。力が入り過ぎて棒球になり、痛打を食らうこともしばしばだった。とにかく四球が多く、球数が増えてしまうのが有原の最大の弱点だ。登板数に比べて完投数が極端に少ない。

九番に入ったピッチャーの近田も、あっさり三振してもいい状況なのに粘った。元々、高校時代には通算二十三本塁打を放った強打者でもあり、プロ入りする時に「ピッチャーで駄目なら内野手に転向すればいい」と言われたぐらいである。最後は見逃しの三振に倒れたが、有原に十球投げさせることに成功した。有原は目に見えて苛立ち、マウンドを荒っぽく均している。

一番の坂口《さかぐち》もファウルで粘り、一、二塁間を渋く抜くヒットで、ツーアウトながら一、三塁とチャンスを広げた。二番の水木《みずき》がセンター前に運び、三塁から本庄が生還してイーグルスが1点を先制。三番の萩本《はぎもと》がストレートの四球を選んだところで、投手コーチの秦がブルペンに電話をかけた。まだ三回、1点を奪われただけだが、秦が慌てて次を用意したくなるのも分かる。今日は、有原が崩れる典型的なパターンだ。

四番のゴードンを迎えて、有原はようやく少し持ち直したようだった。初球、高めの速球で空振りを奪った。この一球は百五十六キロ……今季一番のスピードである。

しかし二球目、カウントを整えにいったカーブを狙い打ちされた。ゴードンは上手く引っかけ、打球は浅い左中間へ——バティスタと石井が追ったが、二人とも途中で諦めた。

満塁ホームラン。

スコアボードの「1」が「5」に変わり、スタンドの野次が激しくなった。

「有原、キャンプからやり直せ!」「二軍で顔を洗ってこい!」

昔からスターズファンの野次は強烈なのだが、球場が変わってもそれに変わりはないようだった。東京スタジアムとの違いは、女性の悲鳴がはっきり聞こえることだろうか。スターズ・パークでは女性客が多い。

「どうします?」秦が心配そうに訊ねる。

「この回だけでも持たせよう。落とし前は自分でつけてもらわないと」樋口は腕組みして、マウンド上の有原を睨《にら》みつけたまま答えた。

今年の有原は、明らかに調整を間違えた。その原因は分からないが、「危ない」ことはチーム内で情報共有されていたのだ。もしも沖が口出ししなかったら、開幕二軍スタートで、しばらく調整を続けさせたかったぐらいである。

選手の起用にまで介入するオーナーが、チームを引っ掻《か》き回しているのは間違いない。

何とか立ち直って五回までは投げ切ったものの、有原は疲労困憊《こんぱい》の様子だった。降板直後は何も言わなかったが、樋口は試合終了後、記者に囲まれる前に有原を監督室に呼び、二軍落ちを告げた。その瞬間、有原の顔から血の気が引く。

「調整遅れだろう。二軍で調整し直して、早く戻ってきてくれ」樋口はできるだけ軽い口調で言った。

「しかし……」

「明らかにボールが浮いている。フォームも乱れている。そこを見直して調整だ」

「……分かりました」

「二軍は久しぶりだろうけど、気にするな」樋口は有原を気遣った。「しっかり調整し直せば、すぐにローテに戻れるから——それよりお前、オフに何かあったのか？」

「いえ」

「怪我してないだろうな」

「それはないです」

「そうか……早く戻って来いよ。お前がいないと困るんだから」

不満顔のまま一礼して、有原が監督室を出て行った。さて、厄介な通告は終わり……あとは記者連中に話さないと。

監督室を出ると、廊下で記者たちが待っていた。

「有原は二軍落ちですか」

おっと、早くも情報が漏れているのか……樋口は慎重に言葉を選んだ。

「フォームのバランスが崩れているから、少し調整させる予定だ」

「怪我ではないんですか？」

「それはない……有原もまだ若いからね」実際、今年二十四歳になったばかりなのだ。プロ野球選手としては、まだ駆け出しの年齢と言っていい。「ちょっとしたことで調子が狂うこともある。それを調整してもらうだけだ」

「バティスタも不調のままですが」

「まだ日本のピッチャーに慣れていないだけだろう。それに今日は、一本打ってる」左中間フェンスに達するツーベース——実はこれが、七戦目にして初の長打だった。

「まだ三番で使いますか？」

「まだ七試合目だよ？　もう少し長い目で見ないと」

「しかし今日は、打線をいじりましたよね？」

「そこは、全体の戦略だから」

我ながら苦しい言い訳だと思う。そもそも「全体の戦略」とは何なのだ？　自分でもよく分からない。


ミーティングを終えた後、樋口は沢崎に誘われてグラウンドに出た。樋口はスーツにネクタイというようないつもの格好。沢崎はジーンズにトレーナーの軽装で、左手にはグラブをはめている。

「何だい、守備練習でもする気か？」

「いや、ちょっと見て下さい」

沢崎が、レフトの定位置辺りに陣取り、いきなりフェンスに向かってボールを投げた。現役時代、「リーグ最高の三塁手」と評価された沢崎は、肩も強かった。現役を引退して六年も経つのに、さほど衰えた感じもなく、ボールは途中でぐんと浮かび上がるようなスピードでフェンスを直撃する。アンツーカーの位置でワンバウンドしたボールがゆっくりと戻ってきた。続いてもう一球。同じような場所に当たり、同じようなボールが跳ね返ってくる。

「何だ？」

「今日のバティスタの二塁打なんですけどね……その前に、イーグルスの清水《しみず》がほぼ同じ場所に打って、二塁でアウトになってます」

「ああ」

「おかしくないですか？　清水の方が足が速い……だけど、跳ね返ったボールの勢いが明らかに違ったんですよ」

「確かに」

「芝かな」沢崎がしゃがみこみ、芝を掌《てのひら》で撫でた。「ここ、結構芝が長いですよね。バティスタの打球は、芝で勢いが殺されて、外野手が追うのに時間がかかったんじゃないかな」

「清水は？」

「たまたま芝が短いところにバウンドしたとか」

「長さは綺麗に揃っているはずだぜ」

「……ですね」沢崎がうなずく。「ちょっと考えたんですけど、芝をもう少し短くしたらどうですか？　この球場だと、左中間、右中間のフェンスに当たる打球が多くなる――データでもそういう傾向が出始めています。打球の跳ね返りが早くなれば、二塁打を単打で止められるかもしれない」

「そうすると、うちも同じように不利になるぞ」

「まあ、そうですね……」樋口の指摘に、沢崎が不満そうに唇を歪めた。「ただ、この球場の特性をもう少しきちんと摑《つか》んで利用しないといけませんよ。うちに有利な作戦を考えないと」

二人はそのまま、内野に回った。一塁のベース付近を歩き回っていた沢崎が顔をしかめる。

「どうした？」

「ここは、結構柔らかい土を入れてるんですね。もうちょっと固くした方がいい」

「足を活かすため、か」

沢崎が無言でうなずく。内野の土――特にベース付近の土の入れ替えは、結構頻繁に行われている。特に昔は、足の速い選手がいる敵チームを迎えた場合に、わざと柔らかい土に入れ替えたり、水を含ませたりして、盗塁の際にスタートダッシュしにくくしていたという。今、各チームの選手を見た場合、足で特に注意すべき選手はいない。一方スターズには、足の速い若手が多い。彼らを自在に走らせるためには、細かい配慮も大事だ。

「球場全体を調べている間に、シーズンが終わりそうだな」樋口はつい零した。

「それでも、やっておかないといけませんよ。どうもちぐはぐだ――選手のことを考えた球場ではないですね」

「確かにな……それと、バティスタはどうする」打率は一割台前半。長打が一本だけで、そろそろ叩かれ始めるだろう。日本語が分からないから、ネットや雑誌で何を書かれても分からないだろうし、野次も理解できないだろうが……いや、バティスタは日本語も勉強しているようだから、いずれは自分が貶《けな》されていることを知るかもしれない。

「よく見ておきますよ。ラテン系の選手だから、乗り出すと手がつけられなくなる可能性も……ある」

「何だよ、微妙に間を開けるなよ」

「人それぞれですから。とにかく、何かを判断するにはまだ早いでしょう」

「しかし、焦るよ」

「これ以上胃薬が増えないように祈りますよ……有原はどうするんですか？　いつまで二軍に置いておきます？」

「もちろん、調子が戻るまでだ。判断は二軍のスタッフに任せるよ」

「大島は計算通り——計算以上でしたけどね」

「安心するのは、明日のピッチングを見てからにしてくれよ」

初戦は、ベテランらしい危なげないピッチングだった。しかしそれが毎試合続くかどうかは誰にも分からない。特にシーズン中盤以降、疲れが溜まってくる頃には、何か手当を考えねばならないだろう。

軸がもう一本欲しい——無い物ねだりだと分かっていながら、樋口は本気でそう思った。


〈大島と友人・水口《みずぐち》との会話　四月十日〉

「いやあ、お疲れ。今年は絶好調だな」水口が顔の高さにグラスを掲げた。

「オッサンの経験で何とかやってるだけだよ」大島は水割りを一口含んだ。シーズン中、酒はなるべく控えている。特に登板前日は一切酒を口にしない。いつからこうしているかは自分でも覚えていないが、長年の習慣だった。

「それにしても、スターズか……いいチームを選んだな。これで、これからは少し会いやすくなるんじゃないか？」

「俺は別に、お前と会いたいわけじゃないぞ」

「またまた」水口が破顔一笑した。「ツンデレか？」

「馬鹿言うな」

水口は、高校時代の野球部の仲間である。大島がエース、水口がキャッチャー。大島はドラフト三位でパイレーツに入団し、水口は東京の大学へ進んで野球を続けた。しかし大学卒業と同時に野球からも卒業し、その後はごく普通のサラリーマン生活を送っている。岡山の高校のチームメートで、首都圏に住んでいるのは二人だけなので、今でも年に数回は会う仲だ。

「とにかく、横浜から東京へ出て来てくれたんだから、今までよりは会いやすくなるよ」

「横浜だって遠くないだろう」

「東京とは違うさ」言って、水口が周囲をぐるりと見回した。球場と一体化したホテルの九階にあるバー「ボール・パーク」。いかにもスポーツバー然とした名前だが、特に野球を連想させるインテリアではない。茶色と黒を基調にした重厚な内装は、むしろイギリスっぽい雰囲気だった。大島はイギリスのバー――パブに入ったことはないが。

二人は長いカウンターについていた。普通、こういうカウンターの内側にはバーテンが控えているのだが、このカウンターの前は一面ガラス張りである。球場をそのまま見下ろせるシチュエーションだ。当然今は照明が落とされているので、グラウンドの様子はよく分からない。店に入った時に聞いてみたのだが、今日の試合でもこの席は鈴なりだったという。通常の料金以外に千円の観戦料――テーブルチャージのようなものだ――を取られるのだが、それで酒を呑みながら野球を観られるなら、安いものだろう。

「しかし、本当に絶好調って感じじゃないか。二試合連続完封――」

「完封じゃないよ」大島は即座に訂正した。「二試合とも七回までだったんだから」

「予定の球数まで投げたからだろう？」

黙ってうなずきながらも、大島は自分の衰えを意識していた。今季は九十球を目処《めど》に交代――投手コーチの秦と入念に話し合った結果である。

大島は元々、コントロールには自信がある。四球を連発して無駄に球数が増えることもないので、現代のピッチャーにしては珍しく、完投が多かった。通算完投数六十一は、現役投手では二位にランクインしている。しかしここ数年、終盤に打ちこまれるケースが増えているのは事実だ。過去三年の数字を見ると、七回までは被打率は二割四分台。しかし八回以降になると、二割八分まで悪化する。パイレーツの首脳陣はこの辺の数字をあまり意識していなかったようで、七回まで好投を続けてきたので八回もそのままマウンドに送り、痛打を浴びるということが繰り返されてきた。

スターズの分析では、「九十球が一つの目処」。移籍が決まって首脳陣から話を聞いた直後、自分が完全に丸裸にされていたことに気づいて、大島は愕然とした。同時に、これがプロなのだと改めて実感した。パイレーツは、どこかぬるかった。しかしスターズは……かつての栄光は消え失《う》せたにしても、やはり伝統あるチームである。

大島は一筋の光を見たような気がした。このチーム、そして自分には、まだ浮上するチャンスがあるのではないか——。

今のところ、予感は外れている。

「しかし、どうしてスターズを選んだ？　今、リーグで一番弱いチームだぜ」

「金がよかったんだ」

「マジか？」

「いや、嘘《うそ》」大島は苦笑した。水口は何でも話せる相手だが、さすがに金の問題では本当のことは言えない。同僚の間でも年俸の話は基本的にタブーだし、普通のサラリーマンである水口に金の話をしたら、どんな思いをされるか、分かったものではない。「いろいろ条件がよかったんだよ。お前にも会いやすくなるし」

「ほら、やっぱりそれだろう」水口がにやりと笑った。

「まあ、格好をつけて言えば、弱いチームだからこそやることがあるっていう感じかな」

「そりゃあ、確かに格好つけ過ぎだ」

「強いチームで投げてると楽なんだよ。高校時代みたいに」

「ああ、確かに三年の時は楽だったな」水口が同意してうなずいた。

甲子園に出場した年だ。大島も絶対的エースとして活躍していたのだが、とにかく三番浜田《はまだ》、四番石垣《いしがき》の破壊力が抜群だった。この二人で、県予選の決勝まで五試合で合わせて二十打点。多少打たれても、主軸が打って取り返してくれると思うと気が楽で、力が抜けた分、ピッチングも冴えたと思う。浜田は怪我で、石垣は進学でそれぞれ野球から離れたのが残念でならない。あのまま続けていたら、二人ともプロ野球に進んでいただろう。

「浜田はどうしてる?」ふと気になって大島は訊ねた。浜田は、地元の市役所で働いている。

「この前、係長になった」

「出世が早いな」

「そうでもないらしいよ」水口が苦笑した。「本人曰く、だけどな。三人目の子どもが生まれるそうだから、小遣いが少なくて大変だって零してる」

「少子高齢化の時代に頑張るねえ」

「まったくだ……石垣は、今年の夏にアメリカ留学から戻って来るぞ」

「あの年の甲子園出場選手の中で、奴が一番の高学歴だろうな」大島はうなずいた。石垣は一浪して東大に合格し、そのまま大学に残っている。専門は航空宇宙工学――ロケットの研究だ、としか大島には分からない。会う時も、石垣の専門の話は巧みに避けるようにしていた。絶対についていけそうにない。

「石垣がアメリカから帰って来たら、また集まろうぜ」

「そうだな」

「それまでに、お前がどれだけの成績を挙げているか……三十四歳でキャリアハイ、なんて最高だな。オッサンでもやれる証明だ。もはや、中年の星だね」

「三十四でオッサンと言われてもねえ」大島は苦笑したが、これは事実だ。プロ野球選手が引退する平均年齢は、二十九歳から三十歳の間と言われている。選手寿命が延びているとはいっても、四十歳を過ぎてまでレギュラーで活躍する選手は極めて稀で、二十代で燃え尽きるか、球団から見切りをつけられる選手がほとんどなのだ。三十四歳は、この世界では老年期の始まりに当たる。「あそこは、投げやすいんだよ」大島は真っ黒なグラウンドを指差した。

「そうか？　そんなに違いがあるか？」

「ある」大島はうなずいた。「まず、マウンドが固いのがいいんだ。若い頃に、アメリカのオータムリーグに参加したことがあるんだけど、スターズ・パークのマウンドはあそこの感覚に近い。あれで俺は、立ち投げの方が自分に合っていると分かったんだ」

「確かに高校時代のお前は、もっとステップが広かったよな」

ピッチャーは下半身から、というのが高校の監督のポリシーだった。徹底的に走りこむことで下半身を鍛え、マウンドでは広いステップで低い位置から投じる。球離れを遅くして、一センチでもバッターに近い位置でボールをリリースしろ——それも理に適っていたとは思う。しかし、アメリカの固いマウンドでは、下半身の踏ん張りを利かせるのが難しく、結果的にステップを狭くして立ち投げにせざるを得なかった。それが、コントロール重視という自分本来のピッチングを目覚めさせてくれたと言っていいだろう。もしも高校時代に気づいていたら、甲子園でも優勝できていたかもしれない。

「俺は、三振は狙ってないから。打たせて取る——しかもゴロを打たせて取るのが大好きだからな。球数を少なくして、楽したいんだよ」九十球の限界。

「だけど、フライを打たせるのはきついだろうな——今年、ここでは何本ホームランが出るか、分からないぞ。そもそも、フライを打つ方がヒットになりやすいっていう理屈もあるんだろう？」

「アメリカでは、それが常識になりつつあるよな。フライよりゴロの方が、アウトになる確率が一〇パーセント以上高い、だからアッパースウィングで……今のお前でも、スターズ・パークの左中間になら放りこめる」

「まさか」水口が苦笑し、すっかり丸くなった腹を掌でさすった。「しかし、いろいろ面倒な球場じゃないか？　いくら都心部の狭いところに建てたと言っても、ここまで変形だと、やってる方は大変だろう」

「オーナーが、こういう球場が好みらしいんだ。あちこちで、『手本は大リーグ』って言ってるからな」

「癖のあるオーナーだな。いろいろ面倒臭いねえ」

「ま、いいんだよ」うなずき、大島は水割りを一口啜った。「上が何を言っても関係ない。マウンドに上がれば、俺に指図できるのはキャッチャーだけなんだから」

4

六日間の遠征初日。樋口がベアーズ・スタジアムのビジター用監督室に足を踏み入れると、予想もしていない先客がいた。

沖。

「オーナー……」

「先に失礼してましたよ」沖が平然と言った。本来自分が座るべき椅子に腰を下ろし、足を組んでいる。太いストライプのスーツに、ピンドットのネクタイ。黒い靴は丁寧に磨き上げられ、鈍い光を放っている。このオーナーは、ＩＴ系企業の創業社長というイメージから想起されるラフな格好とは無縁で、球場に現われる時には必ずスーツ姿だ。

ベアーズ・スタジアムは、ホームチームとビジターチームで監督室の大きさがまったく違うらしい。ベアーズの監督室に入ったことがないから真偽のほどは分からないのだが、一説にはビジター用の二倍はあるそうだ。といっても十二畳程度……いずれにせよここは六畳ほどしかなく、デスクも椅子も一つしか置かれていない。簡単な打ち合わせすらできない感じだ。

立ったまま、オーナーのお説を拝聴するのか？　何だか気にくわないが、「椅子を譲って下さい」とも言えない。樋口が固まっていると、沖がスーツのボタンを止めながら立ち上がった。結局、立ったまま対峙《たいじ》することになる。

「どうして有原を二軍に落としたんですか」

「調整のためです」この件では、責められる可能性があるとは思っていた。ただ、オーナー本人が直接、しかも遠征先までやって来るとは……。

「調整が必要な時もあるでしょうが……まだシーズンは始まったばかりじゃないですか。懲罰的な二軍落ちと取られても仕方ない」

「まさか」啞然として、樋口は低い声で否定した。「エースに懲罰はないですよ」

「エースと認めるなら、すぐに一軍に上げて、ローテーションに戻して下さい」

「すぐには戻せません。そういう決まりですから」

「それは分かっています」苛立った口調で沖が答える。「可能な限り早く、です」

「二軍での調整具合を見て決めます」ここで引いてはいけない、と樋口は自分を鼓舞した。相手は絶対権力者だが、チームを預かっているのは自分だ。そもそもプロ野球チームは、ある意味「公共」の存在であり、一人の権力者の意思によって右往左往してはいけない。

「監督……有原はエースでしょう」

「そうですね」

「こういうやり方は、ファンも納得しませんよ」

「勝てないままシーズンが進む方が、ファンは怒りますよ」

「私はね、多くのチームと選手を見てきました。ファンの気持ちも十分理解しています。私自身、大リーグのファンですから」

　日本のプロ野球のファンじゃないのかよ、と樋口は白けた気分になった。たまにこういう人がいる――大リーグの方がプロ野球よりも絶対に上の存在と見て、何をするにも大リーグを手本にする人が。

　オーナーがそれでは困る。参考にするならともかく、大リーグを目標にするのは筋違いではないか？　プロ野球にはプロ野球で、長い歴史があるのだ。

「それと、バティスタを二番に入れるよう、進言したはずですが」

「バティスタはクリーンナップで使います。調子が悪ければ休ませます」

「大リーグでは、二番に強打者を置くのが今の常識ですよ。シーズンを通してみれば、二番打者の方が三番、四番よりも打席に立つチャンスが多いんですから。打点を稼ぐには、強打者を二番に置くのは常識です。エンゼルスはマイク・トラウトでそれに成功している」

樋口は辛《かろ》うじて溜息を呑みこんだ。「二番打者最強論」は、理論としてはうなずける部分もあったが、それはあくまで出塁率と長打率を足した「ＯＰＳ」が高い選手がいる場合である。バティスタは今のところ、「最強の二番打者」にはなれない。

その理屈を説明すると、沖は不自然なほどに黙りこんだ。どうもこのオーナーは、大リーグを真似《まね》ればそれでいいと考えているだけのようだ。そう判断し、樋口は反撃に転じた。

「オーナー、一つ伺っていいですか」

「何でしょう」

「このチームで、オーナーの最終的な目標は何なんですか」

「独立採算制です。ＴＫジャパンと切り離して、スターズだけで運営していけるようにすることです」沖が人差し指を立てる。「監督も当然ご存じかと思いますが、日本のプロ野球で、親会社の援助なしに運営しているチームは数えるほどしかありません。私はスターズを、そういうチームにしたいんです。いずれはＴＫジャパンを離れて、このチームの運営に専念するのが私の夢です――いや、目標ですね。ロードマップもできています」

「ＴＫジャパンは……オーナーが作った会社じゃないですか」樋口は目を剝いた。

「それも、プロ野球のチームを持つためです」

「そこまで……」

「この件は、表には漏らさないで下さいよ。私にも、ＴＫジャパンという会社と顧客に対する責任がありますから」沖が皮肉っぽく言った。「私は、昔から大リーグのファンでした。特定のチームではなく、あの世界観のね……本音を言えば、大リーグのチームを買収したかった。しかし、どんなに市場の小さいチームでも、スターズを買収した費用の十倍はかかります」

「ＴＫジャパンなら、不可能ではないと思いますが」

「スターズ買収に関しては、私が個人的に動かせる金――いわばポケットマネーで行ったんです」

　いったいどれだけの金持ちなんだ、と樋口は呆れた。その割に、沖は成金特有の荒い金の使い方とは無縁だ。不動産や現代芸術を買い漁ったり、ほとんど乗ることのない自家用ジェット機に手を出したりはしない。全てをスターズに注ぎこんでいるわけか……。

「とにかく、いずれプロ野球のチームを持つために、私は学生時代に起業しました。ＴＫジャパンが上手くいったのは幸運でもあったんですが、運も実力のうちと言うでしょう？」

「……ええ」全面的に賛同するわけにもいかず、樋口は低い声で言った。

「TKジャパンは、いわば金儲けのための道具に過ぎません。私が本当にやりたいのは、独立採算のプロ野球チームを持つことです。そのためには、スターズでどれだけ金を儲けられるかがポイントだ。だからこそ、金のことには細かくなるんです。これまでの球団経営には無駄が多過ぎた。カットできる部分は大胆にカットしていくべきです。そして球団として儲けるためには、何が必要だと思いますか？　放映権以外で、ですよ。放映権については、今は過渡期です。長期的にはどうなっていくか分かりませんから、当てにはできない」

ややこしい話だ……監督になって、この手の話を聞く機会も増えたのだが、いつも頭が痛くなる。

「放映権以外で収入につながるのは何か……監督は何だと思われますか？」

「やはりファンを増やすことでしょう――オーナーは以前、グッズのことをお話しされていましたね」

「まさにそうです」沖がうなずく。パチンと指を鳴らしそうな気配だった。「しかも、球場に足を運んでくれるファンを増やさなければなりません。放映権は総括契約ですから、いかに視聴者が爆発的に増えても、球団に入る金が変わるわけではないんです。いわば定額収入――基本給のようなものですね。ただし、球場に足を運んでくれるファンが落とす金は、どんどん増える可能性がある。私が、選手のグッズ販売に力を入れたのもそのためですよ」

ただし、Tシャツで一番売れているのは沢崎モデルだ。「選手」のTシャツでないことを、沖はどう考えているのだろう、と樋口は皮肉に考えた。

「スターズ・パークでは、食も変えました。私が、東京スタジアムで一番不満だったのが、球場の食事なんです。大リーグでは、食べ物にそれほど気を遣う必要がないというのが定説でした。客はどうせ、ホットドッグとポップコーンぐらいしか食べませんからね……しかし最近は、評判のいいレストランを球場に誘致したりして、話題になっています。メッツは、シティ・フィールド開設時にニューヨークの人気レストランを入れて、球場の食のレベルを変えたと言われています。スターズ・パークも、まだまだ改善の余地がありますね」

それで、アメリカのチェーン店の「初上陸」か。『メガバーガー』も『ヴィーガンピザ』もチェーン店ながら高級路線を謳《うた》っており、球場オープン時には話題になった。樋口も試食させられたのだが、はっきり言ってハンバーガーやピザに、値段の違いほどの味の差があるとは思えない。沖は食生活まで、雑で大味なアメリカ志向なのだろうか。

「オーナー、お説はよく分かりますが……すみません。有原をすぐには戻せません」

「有原は、客を呼べる選手ですよ。バティスタもそうです」

確かに、バティスタへの声援は大きい。彼は、成績に関係なく「愛される」類《たぐい》の選手なのだ。打席に入る時のルーティーンがテレビなどで話題になっていることは、樋口も知っている。大リーグ時代にもやっていたのか、日本に来て微妙に間違った知識を身につけたのかは分からないが、打席に入る時に、必ずバットを腰の位置からすっと出す——刀を抜くようなアクションで球場は沸き返る。しかも動きにどこか愛嬌《あいきょう》がある。外野を守っていても、暇があればスタンドのファンに手を振ったりするので、彼に対する声援はひときわ大きくなる。しかし樋口に言わせれば、余計なことだった。成績が伴っていればともかく、ここまでホームラン一本、打率一割台というのは、褒められたものではない。余計なことはしないでバッティングに集中してくれよ、とも言いたくなる。

「バティスタも、少し二軍で調整が必要かもしれません」

「まさか」瞬時に沖の顔が蒼《あお》くなった。「彼は、今年の目玉なんですよ。高い金も払っている」

「目玉であることは認めますが、打ってくれないことにはどうしようもありません。彼のところで打線が切れてしまう」

「それは駄目だ」沖が声を荒らげた。「彼の獲得を決めたのは私です。バティスタはやってくれると確信したからこそ、大枚を叩《はた》いたんですよ。客は選手を観に来るんです。観たい選手が出なければ、客は来なくなる」

「お客さんは、強いチームを観たいはずです。勝つために努力しないと、客は離れるばかりですよ」

「人気のある選手を出していれば、客は離れません」

「私は、スターズを強くするために呼ばれたのだと思っていましたが」

「勝てれば幸運——しかし、勝たなくても客は呼べます。いいですか？　私たちはアマチュアのスポーツチームを運営しているわけではない。儲けてこそ、プロです。そのノウハウは数量化できるんです」

こんなワンマンで金の計算ばかりしているオーナーが、かつていただろうか？　開幕から一ヶ月も経っていないのに、樋口は早くも首筋が寒くなるのを感じた。このオーナーに、プロ野球チームの真の目的を分かってもらうことはできるのだろうか？

両チーム無得点で迎えた三回。この試合から一番に抜擢した四年前のドラフト三位、右田が、ワンアウトからいきなりセーフティバントを試みた。まったく無警戒だったのか、ベアーズ内野陣の守備は乱れ、ボールに追いついたピッチャーは尻餅をついてしまった。キャッチャーが慌てて声をかけ、ピッチャーは座りこんだままボールをトスする。キャッチャーは二塁に送球し、一塁から二塁を窺《うかが》っていた右田が慌ててベースに戻る。よし。樋口は思わず拳を握り締めた。右田には「今日はフリーハンドだから好きにやっていい」と言い渡していたのだが、それが早くも奏功した格好である。

右田の足の速さを確認したベアーズバッテリーは、異様に警戒した。牽制《けんせい》を繰り返し、右田を一塁に釘づけにする。しかし右田は、立ち上がる度に、芝生に入る部分までリードした。

三回牽制を受けた後、次打者の初球に右田はスタートを切った。速い——そのスピードに惑わされたのか、キャッチャーの送球が少しだけ逸れ、ショートがワンバウンドで辛うじて止めるに留まる。そのわずかなずれの間にも、右田は三塁を狙う仕草を見せた。

「いいな」樋口はつぶやいた。

「監督好みの選手でしょう」沢崎が嬉しそうに言った。

「人は、自分にないものを求めるからな」現役時代の樋口は、決して駿足とは言えなかった——いや、プロ野球選手の平均を大きく下回っていた。

二番の島田が、センター前に強い当たりのライナーを弾き返した。セカンドベースの真上を抜け、浅く守っていたセンターがワンバウンドで押さえる——普通なら、三塁ベースコーチが止める当たりだ。実際、須永は大きく両手を広げて「ストップ」をかけたのだが、右田は打球の行方を確認もせずに、ホームへ突っこんだ。これはさすがに無茶——しかし右田は、三塁ベースを蹴った瞬間にトップスピードに乗り、迷わずホームプレートを目指した。キャッチャーの動きを見切ったのか、返球と反対方向の一塁側寄りにコースを取り、ホームに突入する。三塁側で返球を受け取ったキャッチャーがタッチに行ったが、右田はあっさりかわして、掌でホームプレートにタッチした。

1点先制——樋口が一番好む点の取り方だ。選手が自己判断で奪った、というのも大きい。

ダグアウトに戻って来た右田が、すぐにからかわれた。「サイン無視だぞ」「罰金、罰金」。それを聞いて、右田は少しビビったようだった。先制点を挙げたヒーローなのに、蒼い顔をしている。樋口は思わず、「罰金は俺が払ってやる」と声をかけてしまった。それでようやく、右田の顔に笑みが浮かんだ。そもそもサインは出ていないのだが。

打席には三番のバティスタ。心配のタネの一人である。いつもの刀を抜くようなアクションを見せると、レフトスタンドに陣取ったスターズファンから歓声が上がる。

「アメリカであれをやったら、ぶつけられないか？」樋口は思わず沢崎に訊ねた。

「いや、向こうでも『サムライ・アクション』と呼ばれていたみたいです。人気はなかったと思いますけどね」

スピーディに先制点が入ったためか、バティスタはいつにも増して気合いが入っていた。初球、気合いを外すように投じられたカーブを盛大に空振りする。おいおい――お前にはライトスタンドしか見えていないのか？　樋口はつい溜息をつきそうになった。

「ちょっと出てきていいですか」沢崎が立ち上がる。

「何だ？」

「アドバイスです」

沢崎がダグアウトを飛び出す。それだけで、スタンドに歓声が走る――まったく、現役の選手よりも人気があるのは困ったものだ。選手たちは、この状況をどう考えているのだろう。沖は――客を呼べればいいという考えだから、沢崎がグラウンドに顔を出すのは大歓迎だと思っているのではないか？

沢崎をチームに引っ張ってきたのは俺なのだが。

タイムをかけ、沢崎はバティスタを呼んだ。通訳の小室を交えて、短くアドバイス。すぐに戻って来たので、樋口は思わず「何を言ったんだ?」と訊ねた。

「まあ、見てて下さい」沢崎は妙に自信ありげだった。

声をかけられて何かが変わった様子はなかった。いつものサムライ・アクションをリピート。極端に低く構える打席の立ち姿にも変わりはない。

しかし、バットを振り出すと、明らかにいつものバティスタとは違っていた。普段は、常に意識をライトスタンドに向けて振り回してくるのだが、今回はバットを軽く振って、外角の速球に合わせてきた。

ジャストミート――ライナーになった打球が三塁ベースの真上を通過する。塁審が派手なアクションで「フェア」を宣告し、ダイヤモンドの中の動きが激しくなった。一塁走者の島田は二塁を蹴り、一気に三塁へ。打球はファウルエリアを転々と、フェンスに向かって転がっている。三塁ベースコーチの須永が、今度は迷わず右腕を回した。バックホーム――送球が背中から島田を追う。しかし島田の方が速く、しかもワンバウンドになった送球が彼の背中に当たった。結果的に島田は、滑りこむこともなく2点目を奪い取った。しかも、送球が走者に当たるアクシデントを見たバティスタが、抜け目なく三塁を陥れる。

ベース上に立ったバティスタが、スターズ側のダグアウトに向かって両手をぐんと突き出す。おいおい、そこはサムライ・ポーズじゃないのかよと樋口は思ったが、彼に拍手を送るのは忘れなかった。

「何を言ったんだ?」喧騒が収まった後で、樋口は沢崎に訊ねた。

「レフトがセンター側に寄ってる——レフトのライン際ががら空きだと」

「それで器用にライン際を狙って打てるような選手だったか?」

「それぐらいはできるでしょう」沢崎が苦笑した。「仮にも大リーグで十年以上やってきた選手ですよ。それに元々、中距離バッターなんだし」

「そうか……」

「彼は入団が決まった時に、オーナーにだいぶ発破をかけられたそうです」

「俺は聞いてないぞ」

「オーナーがわざわざアメリカに渡って、個人的に食事をしたそうです。その時に、君にはホームランを期待している、と言われたそうで……スターズ・パークはライトのフェンスが低く、右中間の膨らみもないから、ホームラン打者には有利な球場になっている、と」

「それを真に受けたわけか」

「基本、真面目な男なんです。だから、ライトにホームランを叩きこむのが自分の仕事だと信じこんでいた……高い金を貰った分は仕事しないといけない、という理屈です。ラテン系の選手にしては珍しく、思い詰めるタイプなんですよ」

「もうちょっと気楽なタイプの方がよかったかもしれないな」

「本人も困ったでしょうね。ホームランバッターでもないのに、オーナー直々に役割を言い渡されて」
「まあ……日本のプロ野球が求める助っ人は、そういう選手だからな」
「バティスタについては、俺が何とかします——本当の自分はどういうバッターなのか、目覚めさせてやりますよ」

この試合をきっかけに、バティスタの調子は少しずつ上向いてきた。ホームランこそ出ない——一本に留まっていたものの、遠征六連戦では全試合でヒットを放ち、打率もようやく二割台に乗せた。しかし、チームは二勝四敗……これでトータル八勝十四敗で、五位に沈んだままだった。六位のクリッパーズとはわずか一ゲーム差。しかも悪いことに、スピード野球を牽引するはずだった右田が、フェンスに激突して鎖骨を折る重傷を負った。全治二ヶ月——全てが上手くいくわけではない。どうも今年は、怪我に悩まされそうだ。

月曜の移動日の後は、スターズ・パークで六連戦が待っている。この連戦——沖は全試合を球場で観戦する可能性がある——でのラインナップに、樋口は頭を痛めた。できるだけ多くの選手を試して可能性を探りたいが、まだ「バティスタ＝二番」にこだわっている沖は、口を挟んでくるかもしれない。

有原の扱いも面倒だった。登録抹消してから既に十日が経過しているから、いつでも一軍に戻せるのだが、二軍からは色よい返事がないままだった。調整遅れは深刻で、未だにフォームが固まらないという。スターズ・パークと相性が悪いだけではないかと樋口は気楽に考えていたのだが、実際には二軍戦でも打ちこまれていた。

さらにもう一人、気になる男がいる。開幕以来四番に置いている井本だ。

井本は今年二十八歳。昨年、入団九年目にしてようやく一軍に定着すると同時にブレークし、本塁打、打点はリーグ二位を記録した。それが今年は、開幕から苦しんでいる。ホームランこそ四本出ているものの、打率は二割台前半を低迷し、打点も伸びていない。三番、四番がまったく機能していないのだから、一試合の平均得点がリーグ最低なのも理解できる……。

スターズ・パークに戻っての六連戦。初戦の試合前に、樋口は井本を監督室に呼んだ。「これは説教じゃないからな」先に言い渡す。怒らせないようにしないと——井本は身長百八十八センチ、体重百キロの大型選手で、ユニフォームを脱ぐと、さながらプロレスラーのような体つきなのだ。顔もいかつく、暗いところでは絶対に会いたくない顔だ。ただし趣味はゲームだというのだが。それもサッカー専門。

「ま、座れよ」

樋口は打ち合わせ用のテーブルにつくよう、井本に勧めた。井本が遠慮がちに、浅く椅子に腰かける。

「お前、まだ緊張してるのか？」

「去年の思い切りのいいバッティングはどうしたんだよ」

「はい？」

「いやあ……」井本が頭をかいた。

「力んでるんだろう。スターズ・パークで右打席に入ると、左中間のフェンスがすぐ目の前にあるみたいに見えるんじゃないか？」

「確かにレフトは近いですけど……」

「ビデオで確認したんだけど、全体に去年より肩が上に上がってる。力んでる時、よくそういう風になるだろう。その分、バットの振り出しが遅れてるんじゃないか？」

「はあ」

「打撃コーチから言われてることを、何でもう一度俺から言われなくちゃいけないと思ってるんだろう？」

「いや、そういうわけじゃないですけど……」

インパクトの大きい巨体、いかつい顔の割に声が小さく、言葉もはっきりしない。初めて話す人は、そのギャップに驚くだろう。

「もうちょっと気楽にやれよ。誰もお前に、三割打って欲しいなんて期待してない。お前に求められてるのはホームラン、それに打点だ。俺は打点だけでいいと思ってる」

「しかし、オーナーが……」

「ああ、分かってる。オーナーに名前を挙げられたら、お前だってプレッシャーになるよな」

沖が最後に公式に記者会見したのは、去年のシーズン後だった。ただしチームのことではなく、完成間近のスターズ・パークについて、事業主体の一員としてだった。それでも、スターズ・パークについて喋ればチームについても触れざるを得なくなるわけで、その時に「井本には四十本塁打を期待している」とぶちあげている。

確かに、井本は去年、三十五本塁打を放っている。しかし、それだけで彼を「ホームランバッター」とは評価できない。何年も続けて同じような成績を残してこそ、長距離砲と呼ばれるようになるのだ。一年だけ突出して、その後はごくごく普通の成績に落ち着いてしまう選手も少なくない。

「オーナーが何か言っても、一々気にするな。あの人が指揮を執ってるわけじゃないんだから」

「いえ、あの、実はオーナーと直接話したんです。キャンプ前に呼び出されて」

「マジか」樋口はつい目を見開いた。オーナーが選手を直々に呼び出すなど、まずないはずだ。

「一緒に飯を食ったんですけど、ノルマを言われました」

「四十本？」

「いえ、四十五本です」

「あのな……」樋口は右手できつく額を揉んだ。「四十五本って言ったら、去年より十本多い。神の領域だぞ？　お前、それができると本気で思ってるのか？」

「クリアできなかったらトレードだ、とオーナーは言ってました。クリアできたら年俸は大幅アップだって」

「まさか」樋口は声を張り上げた。「シーズン前に、オーナーがそんなことを言うのはあり得ない」

「本当に言われたんですけど」少しだけむきになって井本が反論した。

これではまるで脅迫ではないか。沖には、選手に対するリスペクトがないのか？　樋口は、井本という「人間」についてよくは知らない。前回監督をやっていた時はほとんど二軍暮らしだったので、自分の下でプレーする機会は少なかったのだ。監督に出戻った時にチームスタッフに聞いてみたのだが、驚いたことに全員が口を揃えて、井本の人間性を高く評価した。とにかく諦めない男なのだ。普通、二軍暮らしが長く続けば、必ず整理の対象として名前が挙がる――毎年多くの選手が入ってくるから、その分出て行かざるを得ない選手がいる――のに、馘を免れていたのは、その人間性故である。あれだけ努力している選手が成功しないわけがない、と首脳陣に期待を抱かせてしまうのだ。実際、毎年オープン戦ではそれなりの成績を残して、シーズン中に失速するパターンの繰り返しだった。

「分かった。だけど、気にするな。オーナーだって、勝手に選手をトレードに出したりはできないんだから。そういうのはあくまで編成部の仕事だよ。俺はお前を出す気はないからな」あくまで今のところは、だが。このまま成績不振が続けば、オフシーズンには彼の身の振り方を考えねばならないかもしれない。

井本を帰し、樋口はGMの松下を電話で摑まえた。試合前で、まだ球団事務所にいるという。井本とオーナーのやり取りについて話すと、彼は「承知している」とあっさり認めた。

「まずいでしょう。オーナーが、選手にプレッシャーをかけてどうするんですか。一種のパワハラですよ」

「それだけ期待してるんだろう」松下は、まったく怒っていなかった。

「冗談じゃない――井本は精神的に強い選手じゃないんだから。ノルマを達成できなければトレードなんて、奴が一番聞きたくない話でしょう」

「本当にトレードになるかどうかは、シーズンが終わってみないと分からない」

「だったら俺は、ずっと不安を抱えた選手を使い続けないといけないんですか？」

「そこを上手くやるのが監督の仕事じゃないか？」

「そりゃあそうですけど……」この人はいったいどっちの味方なのだろう、と樋口は不安になった。選手上がりだから、親会社から送りこまれてきた素人GMよりは、選手寄りに考えてくれると思っていたのだが。

「今だったら、井本もそこそこ高く売れるだろうな」

「松下さん、マジで言ってるんですか？」

「――と、オーナーが言っていた。オーナーは、日本でもトレードやFAがもっと活発に行われるべきだと思ってる」

「育てた選手を上手く売って、金を儲けるとでも言うんですか？　それで球場建設の借金を返す？」つい皮肉をぶつけてしまった。

「それぐらいにしておけよ。この電話も盗聴されてるかもしれんぞ」

「冗談じゃないですよ！」樋口は声を張り上げた。「トレードに出す予定はないって、GMから保証してやってくれませんか？」

「それは、『今のところ』というかっこつきにしかならない」

「松下さん……」

「こんな時期にトレードの話をしてたら、それこそおかしいだろうが。それより、井本がきちんと打つように指導してやりなよ。それが監督の仕事だろう」

打撃指導よりも大事なのは、井本を安心させることなのだ――そう言おうと思った瞬間には電話が切れていた。

何なんだ？　松下というのはこんな人なのだろうか。沖に悪い影響を受けて、アメリカ流の合理主義に染まってしまったのかもしれない。

GMの力を借りられないとなったら、井本には自分の言葉で納得してもらうしかない。監督の言葉は重要――それは現役時代に仕えた監督を見て、自分でも経験してよく分かっていることだった。

しかし、自分の言葉には、井本を納得させるだけの力があるだろうか。

試合後の監督室。コーチ陣のミーティングが終わっても、樋口は沢崎と二人で部屋に残っていた。この試合の井本の打席を確認しなければならない。

初回三者凡退で終わった後の二回の第一打席で、井本はあっさり三球三振に倒れた。しかも一度もバットを振っていない。でかい図体をして、明らかに萎縮しているようだった。豆腐のメンタル……。

二度目の打席は四回。この時はランナーを一塁に置いていたが、相手ピッチャーのスライダーを引っかけてセカンドゴロ、ダブルプレーに終わっていた。六回の第三打席では、ストレートに詰まって三塁前に転がるボテボテのゴロになったものの、これが幸いして内野安打を稼いだ。

「これが観たくて球場に来ている客はいないだろうな」樋口は自虐的に言った。

「井本と内野安打を同じ文脈で語ったらいけないですよね」沢崎の皮肉も辛辣《しんらつ》だった。

第四打席は、2点リードされた最終回。無死二、三塁で、ヒットが出れば同点、一発が出れば逆転という場面で、この日一番球場が盛り上がった。

さすがにここが山場と気合いが入ったのか、井本がファウルで粘る。この指示は樋口が出した通りだった。他の球場ではファウルフライになる打球がスタンドに飛びこんでしまうから、とにかくカットして相手投手に球数を投げさせろ——。

しかし、打球が前に飛ばなければどうしようもない。結局井本は、内角球に中途半端なバッティングを強いられ、浅いレフトフライに終わっていた。

「技術的にはどうなんだ？　去年とフォームが変わっているだろう」

「相変わらずヒッチしてるんですが」沢崎がリモコンを取り上げて、動画を少し巻き戻した。最後のアウトになる前の様子――確かに、構えた手が微妙に下がっている。「それは必ずしも悪いことじゃないんですよ。腕が素直に出ればいいわけで……上手くタイミングが取れていれば、どんなフォームでもいいんです。肩が上がり気味なのが気になるだけですね。これだとバットの始動が少しだけ遅くなる……飛ばそうと思って、余計な力が入ってるんでしょう。一般的に、ヒッチするバッターはアッパースウィング気味になると言いますよね。一度下げたところからバットを振り出すわけですから」

「ああ」

「長距離打者がアッパースウィングしやすいのも事実です」

「それは、フライボール革命に合ってるんじゃないか？」

「ただし井本は、斜め四十五度の角度で打球を打ち上げてスタンドに運ぶタイプじゃない。ライナー性の打球が多いんです」沢崎がタブレットを取り上げた。「去年の三十五本のホームランを分析すると、二十本がレフトへのライナー性のホームラン、五本がライトへの流し打ちですが、それも全てライナー性の打球です。三十五本中二十五本がライナーでのスタンドインですから……」

「どこかで微妙にバランスが崩れているんだろうな」

「そこは、打撃コーチと相談して修正させますよ。むしろ、意識の方が問題ですね。オーナーに言われたことも引っかかっているだろうし、左中間と右中間が近く見えるのも、勘違いの原因になっているでしょうね」

「結局、一発を狙い過ぎて力んでる、ということか。それは何とかなると思うけど、オーナーには困ったな」

「井本、去年子どもが生まれたんですよね」

「ああ」

「だから、トレードは困るんでしょう。子どもが小さいのに引っ越しは大変ですからね。単身赴任も嫌だろうし」

「それも気が小さい話だけどな……この商売、トレードはつき物だ。お前だって、大リーグで散々経験してるだろう」

「トレードは一回ですよ。あと一回の移籍はＦＡです」

「最初がロサンゼルスで――」

「その後シカゴ、最後がニューヨークです」

「西海岸から始まって、アメリカのど真ん中を通って東海岸か。満喫したな」

「大したことじゃありません」沢崎が肩をすくめた。「ただ、ここは日本ですからね。しかも井本は、懲罰的な意味でのトレードで脅されてるんでしょう？　シーズン前にそんなことを言われたら、ビビりますよね」

「オーナーを黙らせておく手はないのかね」樋口は溜息をついた。

プロ野球のオーナー――あるいは親企業の社長――には三種類のタイプがある。金も出さず口も出さない、金は出すが口は出さない、金も口も出す、だ。現場にいる人間からすると二番目のタイプが理想だが、そんなオーナーはまずいない。沖が厄介なのは、中途半端に野球に詳しいこと、それに選手もスタッフも「パーツ」としてしか見ていないことだ。事実、去年までの五年間――TKジャパンがオーナーになってからだ――で、全球団中選手の移籍が一番多かったのはスターズである。息子の大輝によると、ネット上でのあだ名は「シェイク沖」ないし「シェイクO」。とにかく何でも引っ掻き回さないと気が済まない、と揶揄されているらしい。さらに言えば、五年の間に年俸総額を三〇パーセント削減したことを本人は自慢している。

「何か、オーナーの弱みでも握りますか?」沢崎が真面目な口調で言った。「あれだけ若くしてビジネスを広げて来た人だから、何か問題があってもおかしくない」

「真面目に言ってるのか?」

「ドジャースのオーナーが、金の話で大揉めして、一時チームが大リーグ機構の監視下に置かれたことがあったでしょう? プロ野球だって、巨額の金が動く世界ですから、探れば金の問題ぐらい、出てくるんじゃないですかね」

「それを俺らがやるのか?」訊ねながら、樋口は眉間に皺が寄るのを感じた。「探偵でも雇って?」

「現実味がないですかね……まあ、勝つしかないでしょう。勝って機嫌が悪くなるオーナーもいないはずだから」

「ところがそうでもないんだ」

勝利よりまず売り上げ——先日沖とやり合ったことを説明すると、今度は沢崎の眉間に皺が生じる。

「その理屈は、よく分かりませんね」

「野球好きを公言してるけど、それはあくまで表面的なものじゃないかな」樋口は結論を出した。「独立採算制なんて言ってるけど、結局はこのチームを金儲けの手段としてしか見てないんだ」

「監督……」沢崎の眉間の皺が深くなった。「オーナー批判には早過ぎると思います。まだ四月なんですよ?」

追い詰められているのは井本ではなく俺なのか、と樋口は情けなくなった。

シーズン中、樋口はほとんど人と会わない。時間がないわけではないのだが、できるだけ野球に集中したいのだ。

前日の試合の終了時刻にもよるが、樋口は午前一時までにはベッドに入ることにしている。起きるのは朝九時。ゆっくり時間をかけてたっぷりの朝食を食べ、スポーツ紙全紙に目を通すのが毎朝の習慣になった。

球場に向かって開けた窓辺に置かれたソファに座り、新聞を読んでいく。読むのはプロ野球関係の記事だけ。時には監督批判の記事が載ったりすることもあるのだが、そういうのは読み流していた。書くのは自由。書かれるのは、こっちにとっては仕事のようなものだ。よほどひどい間違いでもない限り、記事にクレームをつけることはないし、そういうのは広報がいち早く発見して処理するから、一々気にしないことにしていた。むしろ読みたいのは、他チームの動向である。数字だけでは分からないことに、記事で気づかされるケースもある。

今日は新聞を読んでいるだけでざわつく。結局昨日の試合には敗れ、クリッパーズと同率で最下位に沈んでしまったのだ。四月だからまだ順位を気にする必要はないとはいえ、今現在このポジションにいるのは、然るべき理由がある。

弱いからだ。

それも、致命的に弱い。投打のバランスは……安定して低空飛行、とも言える。焦るなよ、と自分に言い聞かせる。長いシーズン、まだ何が起きるかは分からない。四月の成績がそのままシーズンの成績に結びつかないことぐらい、長年の経験で分かっていた。

一般紙は、本当にざっと流し読みするぐらいなのだが、この日は東経《とうけい》新聞の記事に引っかかった。正確には、一面の左上に沖の顔写真が出ていたので、記事に気づいたのだった。

野球を新しい娯楽に

見出しに引かれて記事を読んでみる。内容は……前々から沖が言っていることそのままだったが、やはり気になった。

「いずれ、ＴＫジャパンの経営からは手を引いて、スターズに専念したい」

こんなことを経済専門紙のインタビューで宣言していいのだろうか。創業オーナーが――時期は明言していないが――経営から手を引くと言い出したら、ＴＫジャパンの取引先は動揺するだろう。本当に「本業」よりもプロ野球チームの方が大事なのか……正直言って、いい迷惑だ。本業の傍ら、趣味程度に考えていてもらう方が、こちらはプレッシャーを受けずに済む。

「新聞、ちょっといい？」

息子の大輝がふらふらとやって来て、樋口が許可を与える前に東日スポーツを手にした。まあ、読み終えているからいいが……大輝は立ったまま新聞を開き、ばさばさと乱暴にページをめくっていった。記事を読んでいる様子ではない。

「何か探してるのか？」

「そういうわけじゃないけど、こうやって読まないと、全部チェックできないでしょ。

見出しだけ追って――でも、スポーツ新聞の見出しは信用できないんだよね」

「お前がスポーツ新聞に入ったら、ちゃんとした見出しをつければいいじゃないか」

「俺はそういう仕事をするつもりはないけど……見出しをつけるのは記者じゃないから」

その辺の事情はさっぱり分からない。そもそも、大輝がスポーツ紙でどういう仕事をしたいのかも知らなかった。照れもあって、こういう話はなかなか真面目にできないのだ。だいたい、大輝の希望を詳しく聞いても、就職の手助けをできるわけでもないし。

いいチャンスだ。これからどうするつもりか、聞いてみよう。

「試験の方、どうなんだ？」

「来週」

「もうすぐだな……その後は？」

「面接が二回、かな」大輝の返事はどことなく素っ気なかった。他人事のようにも聞こえる。

「どうなんだ？　自信のほどは」

「何とも言えないね。一般紙の方が採用人数は多いけど、その分受験者も多いし。スポーツ紙は、基本『若干名』だから、狭き門と言えば狭き門なんだ」

「お前、まさかプロ野球の担当をするんじゃないだろうな？」

「プロ野球かサッカーか、最初はどちらかをやるみたいだよ。その後で本当に希望部署に移る、みたいな」

「で、お前の希望は？」少し緊張しながら樋口は訊ねた。

「もちろん、大リーグだね。俺、有利だと思うんだ。アメリカで取材するぐらいの英語には不自由しないから」

大学二年生の一年間、大輝は交換留学生でアメリカの大学に通った。それがこの自信につながっているわけか――確かに留学から帰って来た時には、ひ弱さは消えていた。

「そんな希望、簡単に通るのか？」

「だからそこは、実績で」

「そうか」

急に会話が途切れる。必要な情報は手に入ったし、後は無事に合格したら祝ってやればいいだけ……いや、合格祝いの食事というのも何だか照れ臭い。ちょっといい時計でもプレゼントすればいいだろう。

「それよりお前、間違ってもスターズの担当にはなるなよ」

「ああ」大輝が照れたような笑みを浮かべる。「それは嫌だよね」

「な？　だから、間違って指名されても絶対に断れよ」

「父さんが来年監督をやってる確率は？」

「お前……」樋口は思わず言葉を失った。怒るより先に、その確率はどれぐらいだろうと本気で考えてしまった。

〈有原と大島の会話　四月二十九日〉

有原は、微妙な苛立ちを意識した。俺が二軍落ち……この屈辱は絶対に忘れない。一方で、開幕後も一向に調子が上がってこないのは自分でも分かっていた。原因は分からない。美菜は「私と結婚するんで浮かれて、調整が遅れたんじゃないの？」とからかうが、そんなはずはない。そもそも美菜とは高校時代からの長い縁で、結婚するとなっても、胸がときめいて何も手につかないわけではない。

まあ、こういうこともあるんだろう。野球選手は機械じゃないんだから、自分でも気づかぬうちに調子を崩してもおかしくない。

そうやって自分を納得させようとしたのだが、やはり屈辱を受けた悔しさは消えなかった。一方で、やっと一軍に戻ってほっとしたのも事実である。プロのピッチャーは、やはり一軍で投げてこそ価値がある。

試合前のアップを終え、ブルペンに入る。監督の樋口は、「楽に行けよ」と言うだけだった。楽に投げて勝てれば苦労はしないよ……樋口の下で働くのはこれが二回目なのだが、彼に監督としての資質があるのかないのか、よく分からなかった。ノーヒットノーランを達成した初先発の時も、たまたま使えるピッチャーがいなくなって、仕方なく俺に投げさせたと聞いているし。

ブルペンに入ると、大島がいた。何で？　今日は上がりでベンチ入りもしていないはずなのに。

怪訝《けげん》に思いながら、有原は投球練習を始めた。何球か投げた後、いきなり「ちょっといいか？」と大島に声をかけられ、ついびくりとしてしまう。

「何すか？」

「お前、落ちる系のボールは何を投げる？」大島がゆっくりと近づいて来た。

「カーブと、たまにスプリットぐらいですね」

「チェンジアップやツーシームは？」

「イマイチです」

「そうか……」大島がうつむく。「投げればいいのに」

「あの、何なんすか？」有原は少しだけ語気を強めた。

大島のことは、ずっと避けてきた。キャンプでもほとんど話さず、できるだけ接触しないようにしてきた。キャッチボールしたこともない。どうしてのこのこスターズに来たのか……もちろん、フロントが引っ張ってきたからだと分かっている。その理由は――自分が信用されていないからだ、という感じがしてならなかった。責めるべきはフロントかもしれないが、トレード話にあっさり乗った大島の軽さも許せない。

「いや、何で落ちるボールを使わないのかな、と思ってさ」

「大したボールじゃないからですよ」

「でも投げられるんだろう？　もったいない」

「いや、あの……そういうことはコーチと相談します」

「そうか。そうだな」大島がうなずく。もう一度、今度は自分を納得させるようにゆっくりと頭を下げて、ブルペンから出て行った。

何言ってるんだ……コーチ気取りかよ。白けた気分半分、むかつく気分半分。終わりかけたピッチャーが、今年たまたま調子がいいからって、図に乗ってるだけじゃないのか？　まあ、実際調子はいいのだが。ここまで四試合に登板して三勝〇敗、防御率は〇・九一だ。前回登板では六回2失点とリードされてマウンドを降りたものの、その後味方打線が逆転して黒星が消えた。ツキもある。

仲本がブルペンに入って来た。つい、大島に言われたことを愚痴ってしまう。

「落ちるボール、投げた方がいいですかね」

「お前の落ちるボールは、クソの役にも立たねえだろうが」仲本が強烈な皮肉をぶつけてくる。

「いや……実際、高めのストレートを狙われてますし」

「上体が突っ立ってるからだよ」仲本が指摘した。「二軍で言われなかったか？」

「言われましたけど、二軍ではちゃんといつものステップで投げてました――」

言ってから、二軍の本拠地である湘南球場のマウンドもブルペンも、去年までの東京スタジアムと同じ具合だった、と気づく。つまり、スターズ・パークのマウンドだけが異様に固い。本来はスターズ・パークのブルペンや湘南球場、宮崎のキャンプ地のマウンドも同じにすべきではないか。

誰に文句を言えばいいのだろう。球場の整備をしている人たちとは、普段は接点がない——やはりマネージャーだろう。何でもかんでも持ちかけられるマネージャーには申し訳ないが、こちらとしては死活問題なのだ。

「ちょっと試してみていいですか？」

「ま、やってみな」

仲本がホームプレートの後ろへ行って構える。チェンジアップはどうにもコントロールがつかない。使うなら、まだしもツーシームだろう。縫い目に指を這わせるように握り、まず一球——右打者の内角へ大きく外れてしまう。こいつもコントロールがイマイチ不安だ……しかし、一球で諦めてしまうのもどうか。二球、三球と続けて投げるうちに、「抜く」感覚を思い出していた。今年のキャンプでも練習するうちに、何となく上手く使える感覚が指先に宿ったのだが、全体の調整が遅れていたので、完全に会得するだけの余裕がなかった。

「悪くないぞ」何球か続けた後、仲本が声をかけてきた。

もう少し指を広げて抜くように投げればスプリットになるが、これは指先から微妙に滑らせる感じ……いきなり試合で使って上手くいくかどうかは分からないが、どうせヤバい立場に追いこまれているのだ。やってみて失うものはないだろう。

おいおい、俺はそこまで追いこまれているのか？

5

本拠地にイーグルスを迎えた三連戦の二戦目。久々に先発のマウンドに立った有原は、ピッチングの組み立てを変えてきた。ストレートを見せ球にして、低めの変化球で勝負に出る。

初回はピッチャーゴロ、レフトフライ、セカンドゴロで三者凡退。久々に、安心して見ていられるピッチングだった。

有原がダグアウトに戻って来るまでのわずかな時間を利用して、樋口は投手コーチの秦に訊ねた。

「奴に何かアドバイスしたのか？」

「いえ……ミーティングでもいつも通りでしたよ。仲本と何か打ち合わせたかもしれません。確認しますか？」

「いや」樋口は一瞬躊躇《ちゅうちょ》した。「上手くいってるんだから、放っておこう。バッテリーに任せるよ」

この三連戦が始まる前、樋口はミーティングで初めて、「大物狙いでいくな」と明確に指示した。プロなのだから、球場の特性は当然把握し、自分の能力も冷静に見極めているはずだ――そう考えて、あまり細かいことには口出ししてこなかったのだが、間もなく開幕から一ヶ月、いくら何でもこのまま放置しておくわけにもいかなくなった。

この指示は、昨日はまったく生きなかった。特に井本……得点圏に走者を置いて二度、打席が回ってきたのだが、二打席とも凡退に終わっていた。目が暗い――意識はまだ左中間スタンドに向いている。

しかし今日は、井本は開き直ったようだった。いや、むしろ臆病になったというべきか。

有原が、イーグルスの上位打線をあっさり三者凡退に切って取ったその裏、スターズは先制点のチャンスを摑んだ。

このところ一番で先発出場を続けている石井が、サード前にボテボテのゴロを転がし、内野安打で一塁に生きる。二番の島田は送りバント。三番のバティスタがライト前へライナーでヒットを放ったが、当たりが良過ぎて石井は三塁にストップした。

ここで打席には井本。

今年の井本は、得点圏に走者を置くと、肩に力が入ってしまう。それ故、ヒッチの動きがさらに大きくなってバランスが崩れているというのが沢崎の分析だった。この打席も同じ……しかし井本は、相手ピッチャーがセットポジションに入ると、すっと肩から力を抜いた。お、いつもと違う……井本は初球、外角低めのストレートを余裕を持って見送った。

「ボールは見えてるようだな」樋口は沢崎に向かって囁《ささや》いた。

「上手く力が抜けてますよ……まあ、相手は五番手のピッチャーですけどね」

確かに。一昨年のドラフト三位で、今年初めて開幕からローテーションに入った春日《かすが》は、まだ硬さが目立つ。細身の体をバネのように使う、躍動感溢れるピッチングが特徴なのだが、顔を見ると——いかにも自信なさげで余裕がない。

相手を呑んでかかれれば、それで勝ちだ。

井本は、春日をじわじわと痛めつけにかかった。臭いコースはことごとくカット。フルカウントになってから、三球連続でファウルにすると、マウンド上の春日がたまらず一息ついた。マウンドの後ろに置いてあるロージンバッグに触れ、指先を丁寧にユニフォームのズボンで拭ってキャップを被り直す。

九球目、井本は外角低めに流れるスライダーに手を出した。今年の井本なら、少しでもスピードの落ちた変化球は無理に打ちに出て、結果的に凡打に終わっていたのだが……軽く合わせるような流し打ちで、打球はライト線に飛んだ。飛距離は出ない——ファーストが守る数メートル後ろでライン上に落ちて、ファウルグラウンドに転がる。ライトが慌ててダッシュしたが、深い守備位置が災いした。

三塁から石井が歩くように生還、バティスタも一塁から長駆ホームインした。井本は滑りこまずにセカンドでセーフになり、スターズはあっさり2点を先制した。

攻撃は続く。五番の篠田《しのだ》——一塁の守備についていても素振りのジェスチャーをするぐらいバッティングのことしか考えていない男だ——が、これも流し打ちでライト前に運び、井本がホームプレートを踏んだ。

3点目。

樋口は久々に、胃が落ち着いているのを感じた。初回に3点以上挙げるのは、今シーズン初めてである。このまま今日は、左うちわでゲームを見ていたい。たまには、監督が何もしない試合があってもいいではないか。

「監督が好きな点の取り方じゃないですか」沢崎が嬉しそうに言った。

「満塁ホームランでも、タイムリー四連打でも、入る得点は一緒だ。だったら、相手に長く守らせる方がいい。じわじわダメージが来るからな」

「キャッチャーっていうのは、いつもそんなことを考えているんですか？」

「ああ。満塁ホームランを打たれたピッチャーは慰めてやろうと思うけど、続けてタイムリーを打たれたピッチャーは殺したくなる」

沢崎が低い声で笑う。今の場面をテレビカメラで抜かれたら叩かれかねないな、と樋口は心配になった。得点シーンでもないのに、監督とヘッドコーチが笑い合っているのは、不謹慎ではないか……ネットでは、何を書かれるか分かったものではない。

笑顔が引っこむのは一瞬で済む。

有原は五回まで、ワンヒットピッチングを続けた。やはりストレートを見せ球に、変化球で勝負に出る。それも、今まで実戦ではほとんど投げていなかったツーシームを多投していた。コントロールがあまりつかないようだが、それがむしろ荒れ球になって、イーグルス打線に的を絞らせない。

スターズも初回の3点だけで追加点を取れなかったが、今日の有原のピッチングなら、七回までは安心して任せられそうだ。上手くいけば八回——相変わらずのコントロール難で球数が増えているのは気がかりだったが、元々有原は、肩のスタミナには自信があるタイプである。百三十球投げた翌日も、ダメージが顔に出ることなく平然としている。八回まで3点リードのまま投げてもらえれば、勝てなかったとしてもそれは監督の責任だ。

しかし六回、有原は捕まった。

何を考えたのか、この回からストレート主体のピッチングに切り替えたのである。今シーズン特有の、高めに上ずるボール。イーグルスも当然、このデータは把握しているはずで、無理に振らずに待球作戦に出た。

「あの馬鹿が……」秦が歯嚙みする。

この回、先頭から二者連続で四球を出した後、秦はタイムを取ってマウンドに向かった。仲本も交えた三人でしばらく相談していたが、ほどなく渋い表情でダグアウトに戻って来る。

「奴、どうだ」樋口はすかさず訊ねた。

「変化球主体で行ったのはあいつの提案だったそうです」

「マジか」最上のストレートが最上のボール――球界での常識であり、有原もこの格言の絶対的な信奉者だ。そのためストレートを磨き続け、変化球はあくまで見せ球だと考えていたはずである。その有原が、変化球を軸に試合を組み立てるとは。

「ただ、五回まで無事に来たので、いつものようにストレートに切り替えた、と」

「調子に乗ったわけだ」

「五回までのパターンに戻すように言っておきまし――」

秦が言い終えないうちに、鋭い打球音が響いた。ジャストミート――音を聞いただけで、何が起きたか分かる。三番の萩本が、バットを投げ捨て、悠々と一塁へ向かうところだった。打球はライトスタンドへ――萩本らしい、高々と舞い上がるホームランだった。いや、ちょっとやそっとではない。場外――スタンドを超える大ホームランは、右中間にそびえるショッピングビルの窓を直撃した。おいおい、怪我人はいないのか？

樋口は思わず立ち上がり、ダグアウトから出た。

割れた窓は見当たらない。さすがに、こういう場合に備えて強化ガラスを使っているのだろう。

「あそこの窓は、入れ替えですね」沢崎がぽつりと言った。

「割れてないぞ」

「いや、色を変えるんですよ」

「何だ、それ」

「そういう話でしたよ？　聞いてませんでした？」

「覚えてないな」

沢崎によると、外野スタンドの先にそびえるビルの窓を打球が直撃したら、そこを色つきガラスに交換するのだという。特別なホームランが落ちた場所のシートの色を変えたりするが、それの真似だろう。

「いずれにせよ、百四十メートル級でしたね」

「ああ」

生返事しながらマウンド上の有原を見守る。目に見えて動揺していた。こういうところが、まだエースとして信用できない原因なんだよな……エースなら、打たれてもショックを顔に出さず、平然としていろ。エースが動揺すると、他の選手も慌てる。

慌ててブルペンと電話で話した秦が、「替えますか？」と訊ねた。

「いや──まだ同点だ」樋口は腕組みをしたまま言った。有原はしきりにマウンドを均してはロージンバッグを手にし、次の打者に対峙しようとしている──投げたくない様子がありありだった。「ここで踏ん張ってもらわないと、いつまで経ってもあいつは一人前になれない」

次の瞬間、四番のゴードンがレフトスタンドに勝ち越しのホームランを叩きこんだ。

試合後、樋口は有原を監督室に呼んだ。敢えて秦も沢崎も同席させない。一対二、あるいは一対三になると、それだけで有原はプレッシャーで潰れてしまうだろう。

有原はマッサージを受け、シャワーを浴びて既に着替えていた。トレーナーにジーンズというラフな格好。飾り気なし――これで太いネックレスでもしていたらうんざりなのだが、有原はそういう装飾品に興味がないようだった。そういえば腕時計も、国産の安そうなデジタル時計だ。給料が上がるとまず車、そして高い機械式腕時計に走るのが、プロ野球選手の金の使い方なのだが。

「ま、飲めよ」

樋口はコーヒーを勧めた。有原は遠慮がちに打ち合わせ用のデスクについてカップを受け取ったが、口をつけようとはしない。大リーグだったら、ストレートのバーボンを出してお互いにきゅっとやるところかもしれないが……コーヒーでは格好がつかないか。

「今日は、前半はよかったじゃないか。この球場には合ってるよ。見事だった。六回は――上手くいってたから、調子に乗ったか？　ストレートで勝負できそうだと思ったのか？」

「まあ……そうですね」居心地悪そうに、有原が体を揺すった。

「お前のストレートは、リーグでナンバーワンだ。質がいいんだ。もちろん、お前より速い――百六十キロを投げるピッチャーもいる。だけど、そういう奴のストレートより、お前のストレートの方が打ちにくい」

「……どうもです」

「ただ、今年はそのストレートが上ずってる。それにスターズ・パークでは、一発を食らいやすい高めの直球は要注意だ。お前は少しバランスが崩れていただけ――落ちるボールでゴロを打たせるのが、この球場での正しい投げ方だ。他の球場では、いつも通りのピッチングでいい」

悩んだ末、樋口は沢崎のアドバイスにしたがってこの球場を「ゴロ仕様」に改造させていた。内野の芝を短めに刈り揃えさせたのだ。これで内野ゴロの球足が速くなる――抜かれる確率も高くなるが、ダブルプレーを狙うチャンスは増える。一方、スターズの選手には内野手の間を渋く抜く打球を打って欲しかった。

「少なくともスターズ・パークで投げる限りは、今日の前半のようなピッチングを目指してくれ……二本目の、ゴードンのホームランは余計だったな。あそこでまた変化球主体に切り替えればよかったのに、何でストレートを投げたんだ？」

「それは――いけると思ったからです」

「前半のピッチングでよかったんだよ。ちなみにどうして変化球主体にした？」

「いや、あの、大島さんが」

「大島がどうした」

「ヒントみたいなものをくれたので」

「落ちる変化球を低めに集めろと？」

「そんな感じです」

樋口はうなずいたが、内心ほっとしていた。オーナーの沖は、基本的に戦力補強をせずに今シーズンに臨む方針を早々と明らかにしていた。樋口はその方針に逆らい、強引に大島を獲得したわけで、チーム内でそれを訝《いぶか》る声があったのは聞いている。大島に対する何らかの「配慮」があったのでは、という噂さえ流れ、キャンプの時から、大島と他の選手の接点は少なかった。ただし、大島はそういうことを気にせず、これまでは期待通りの成績を上げていた。そしてもう一つ、若手の手本になって欲しいという樋口の頼みも、忘れずに聞いてくれたわけだ。自分のことしか考えていない選手が多い中、ありがたい存在だ。

「ストレートで勝負したい気持ちは分かるけど、スターズ・パークではちょっとだけ変えてみろ。プロなんだから、それぐらいはできるだろう」

「一つ、お願いがあるんですけど」有原が遠慮がちに切り出した。

「何だ？」

「マウンド、何とかなりませんか？」

「固いそうだな」

「ものすごく固いです」有原が認めた。「日本では、あんなに固いマウンドの球場はありません」

「お前の投げ方には、柔らかい方が合ってるんだろう。これからマウンドを変えて欲しいのか？」

それは無理……スターズの投手陣の中には、既にあのマウンドにアジャストしたピッチャーもいるのだ。大島がその代表である。

「違います。他の場所を、スターズ・パークのマウンドに合わせて欲しいんです。ブルペンも、湘南球場も。そうすれば、すぐに慣れます」

「合ってないのか?」樋口は呆れた。そんなことは、一番最初に考えておくべきではないのか? スターズ・パークという「本番」の球場と、他の環境を一緒にしてやらないと。

「スターズ・パーク以外は、去年までの——東京スタジアムと同じなんです」

「ここのブルペンも?」

「ええ」

そういうことか……樋口はすぐに得心した。長年日本で投げてきたピッチャーがアメリカで苦労するのは、日本と感触の違うボールとマウンドの質だという。優秀なプロの条件は「修正能力」が高いことだが、有原は基本的に不器用である。こういうのを気にしない呑気《のんき》なピッチャーも、この固さが合っているピッチャーもいるだろうが、有原には合わなかったわけだ。

「分かった。少なくともブルペンに関しては、マウンドと同じ固さに改造させる」

「すみません」

「宮崎は後回し……湘南球場もだな。お前、今年はもう二軍落ちするつもりはないだろう？」

「もちろんです」

「だったら、取り敢えずブルペンの改造だけで納得してくれ」

すまんな、と言いかけて言葉を呑みこんだ。有原の不調の本当の原因を見抜けなかったことには、監督として責任がある。しかし球場の施設全体まで気が回るかといえば、それは不可能である。

問題は、この件の予算が通るかどうかだ。ブルペン全体の土を入れ替えて、マウンドを作り直すのにどれだけ金と時間がかかるだろう。何かとケチな沖は、数十万円単位の金の使い方にも口を出すかもしれない。

まあ、しょうがない。これも勝つためだ。勝たなければ客は来ない——スタジアムだけでも客が呼べるという沖の持論を何とか論破したかった。


有原を帰すとすぐに、樋口は大島の携帯に電話を入れた。大島は試合前には球場に顔を見せていたが、今日は上がりなので、その後は家に帰ったはずである。

そう言えば、選手個人の携帯に電話するのは初めてだ。一軍登録している選手の番号は全部電話帳に登録してあるのだが、選手と話すのはあくまで球場の中で、と決めていた。試合が終わり、球場を出た後でまで、監督に追いかけられたくないだろう。何か緊急の用事があっても、マネージャー経由でというルールを定めていた。

今夜はその禁を破った。

「ああ……すみません、ちょっと呑んでます」大島の声には揺らぎがあった。結構酔っている様子である。

「どこにいる？」

「『ボール・パーク』です。ここ、お気に入りなんですよ」

「ちょっと合流するかな」

「え？」

「俺はそこの上に住んでるから」

「ああ、そうですね」

「十分で行く」

電話を切り、樋口はネクタイを締め直した。ちょっと一杯呑んで家に帰るだけだから、ネクタイなどどうでもいいと言えるのだが、やはり気になった。樋口の感覚では、スーツを着ているのにネクタイをしっかり締めていないのは、ただだらしないだけである。

十時半――「ボール・パーク」の客もさすがに減っていた。試合中はいつもほぼ満員、と樋口は聞いていたので、儲かってはいるのだろうが。

大島は、グラウンドを見下ろす特別席で一人で呑んでいた。野球選手は集団行動が好きで、一人で飯を食ったり酒を呑んだりは好まないのだが……彼は孤立しているのだろうか、と心配になった。そんな選手と監督が二人で呑んでいるのが分かったら、何かと噂されるかもしれないが……まあ、いい。一々気にしたらやっていられない。

特別席は長いカウンターで、清潔な雰囲気だった。大島が呑んでいるのはハイボールのようだ。新しく頼んだばかりらしく、グラスの中では泡が勢いよく上がっては消えている。つまみはと見ると、大きなガラスのボウルに入ったナッツだけ。あまりいい呑み方ではないな、と樋口は顔をしかめた。

横に座り、「同じものを」と注文する。幸い他に客はいないし、この席は目の前にバーテンがいないので――一面ガラス張りでスタンドを見下ろせるのが売りなのだ――話に集中できる。

「何かありましたか？」

「いや、ちょっとお礼を言っておこうと思ってさ」

「俺、何かしましたっけ？」

「有原にアドバイスしてくれただろう」

「ああ」大島がうなずく。「あいつも、人の言うことを聞くんですねえ。お山の大将だとばかり思ってたけど」

「あれだけ苦しんでたら、アドバイスもありがたくなるだろう」

「外様の俺にすがりたくなるほど、不調なんですね……しかし今日は、いいピッチングだったじゃないですか」

「観てたのか？」

「ここで」大島が人差し指でカウンターを突いた。

「ずっとか?」

「ちゃんと千円のチャージも払いましたよ」大島がニヤリと笑う。

確かにこの特別席はスターズ・パークの売りだが、チームの関係者——それも選手がここに陣取って試合を観ているのはいかがなものだろう。他の客と懇談していたら、かなり異様な光景である。

「ここ、悪くないですね。本当はスタンドで観ようかと思ってたんですけど」

「そんなことしたら、すぐにバレる」

「いやいや」大島がニヤリと笑った。「ちょっと変装すれば意外に目立たないですよ。実際、初回はスタンドにいたんです。でも、何だか居心地が悪くて」

「見つかったんじゃないか?」

「いや、客層が……東京スタジアム時代って、基本的に客の九割は男だったじゃないですか。騒げればいいって感じで」

苦笑しながら樋口はうなずいた。スターズファンは熱狂的だが野球を知らないと、昔から他チームのファンは揶揄していた。毎試合10対0、ペナントレースを全勝で優勝が理想だと思っている単純集団……試合の機微や選手の調子の見極めなどには興味がないというのだ。実際、東京スタジアムにはやたらと酔っ払ったオッサンが多かった。

「今は、女性が多いですね」

「そうか？」基本的にはダグアウトに籠っているので、観客の構成までは分からない。フロントは、何らかの形でデータを集めているかもしれないが。

「やっぱり新しい綺麗な球場だし、交通の便もいいし、近くで買い物もできるし……女性も来やすいんでしょうね。デートスポットとしても人気……なんて、この前ウェブの記事で読んだな」

「まあ、悪いことじゃないよな……それより、どうしてこのタイミングでアドバイスしてくれたんだ？」

「どうしていいか、有原は自分でも分かっていない様子でしたからね。手遅れにならないうちに」

「なるほど」

「俺は確かに外様ですけど、一応はスターズの一員ですし」

「一応、じゃないだろう」樋口は訂正した。

「プロ野球の世界は、いろいろ微妙ですよね」

「まあな。特に人間関係は難しい」

樋口は、運ばれてきたハイボールを一口呑んだ。これは実際には「ハイボール」とは言えないか……バーボンを、特に強い炭酸水で割ったものである。樋口は、喉が痛いぐらいの刺激が好きだった。現役時代は、こういうのは避けてきたのだが……キャッチャーは、大声で指示する場面も多いから、喉は大事にしなければならなかった。

「しかし、ここまで弱いとは思ってませんでした」

「俺もだよ」ずけずけとした物言いに、思わず苦笑しながら同意した。

「監督も、こんな時期に引き受けて大変ですね。よほど条件がよかったんですか？」

「いや」

「年俸は……」

「前回よりも低い」

「じゃあ、どうして引き受けたんですか？」

「君はどうしてトレードに応じた？」

二人とも互いの質問に答えず、しばらく微妙な沈黙が流れる。そうだ、そもそも俺はどうして引き受けたのだろう。金に困っていたわけではないし、前回、沖から餞を言い渡されたという嫌な記憶もある。普通なら受けない。しかし実際には、さほど迷わなかった。

「俺の場合は、弱いチームを立て直す——その方が面白いからかな。格好つけ過ぎかもしれないけど」

「そんなこともないでしょう」大島が否定した。「強いチームの目標って、勝ち続けることですよね？　それも結構きついと思うな。それに……弱いチームを強くする方が、達成感はあるんじゃないですか？　俺に何かできるとは思えませんけど」

「君のアドバイスで、有原が立ち直るかもしれない。今日は負けたけど、途中まではいいピッチングだったんだ。試合の後には、腹を割って話もできた。あいつが何を悩んでいたかも分かったよ」

マウンドの件を説明すると、大島が大きくうなずいた。しかし顔には、困ったような笑みが浮かんでいる。

「フロントや球場スタッフは、詰めが甘いですよね。球場の環境を整えるなんて、基本中の基本だと思いますけど」

「球場が新しくなったばかりで、混乱しているだけかもしれない」樋口は一応、スタッフを庇《かば》った。

「俺はいいんですよ。ああいう固いマウンドは大好きなんで」

「好調の理由はそれか」

「否定はしませんけど、三十四歳で年寄り扱いされるのも嫌なので、必死で頑張ってるんですよ」

「まだまだやれるよ。これから巻き返してやりたいな」

「そうですね。弱くていいなんて思ってる人間はいませんからね」

沖は別だが。彼の場合、スターズ・パークが満員になって金が落ちれば、それでいいのだ。新しいエンターテインメントの提供——そういう理想も分かるが、もう少しチームの強化に金をかけてくれないと。金はかけないまでも、「勝つように」と目標を提示するのが当然だろう。

金を出さずに「勝て」と尻を叩くオーナーとのつき合い方なら分かっている。表面上は「かしこまりました」と頭を下げて、陰で悪口を言えばいい。もちろん今ある戦力で、勝つために全力は尽くすのだが。

しかし沖は、他のオーナーとは別の方向を向いている。新しいチーム、野球文化を作りたい……言いたいことは分かる。しかし、文化とは長い時間をかけて自然に生まれ、熟成されていくのではないだろうか。「ガワ」を造ったからと言って、短時間で形ができあがるものではあるまい。

野球関係者の中で、これほどつき合いにくい人間は初めてだった。

〈スターズ経営会議（五月一日）〉

沖は、会議室の窓から球場を見下ろした。がらんとしている……極めて残念だが、この期間、スターズはロードに出ている。せっかくの稼ぎ時なのに。初年度ぐらい、上手くゴールデンウィークに試合を入れて欲しかった。

今日、チームは移動日だが、経営会議なのでフロント陣は全員顔を出している。ＧＭの松下を筆頭に、広報部長の富川ら、信頼できる面々が揃っていた。

「いいお知らせから始めていいですか」富川が切り出す。

「ああ」沖は窓辺に立ったまま、振り向いた。

「有料入場者数ですが、九五パーセント超えが続いています。入場者数自体は、ここまで全試合満員です」

「特別席は？」

「稼働率は九割を超えています。特に『ボール・パーク』が好評ですね。ちょうど、外野の最上段に座って観戦しているような気分になれると評判です。ただ、三時間以上居座る客が多いので、店の売り上げはあまり好ましくないそうですが」

「それは、最初から予想できていたことだ」沖はうなずいた。「人が集まることが大事なんだから、これで正解だ。他の特別席は？」

「どこも概ね好評です。利用者の声は定期的に集めていますが、マイナスの意見はほとんどありません」

「言った通りだろう？」沖はようやく表情を緩めた。「覗き見の楽しさを千円で買えたら安いものだよ。それと、イーグルスの萩本の打球が当たった窓の件、進めてるな？」

「次の試合前には、赤い窓に替える予定です」

「うちの選手が第一号になってくれると思ってたけどな」

まさか、これほど打てないとは。現在のスターズが、長打力不足であることは沖にも分かっていた。期待できるのは、去年三十五本塁打を打った井本だけ。さすがに井本一人では頼りなく、助っ人としてバティスタを呼んだのだが、二人とも期待外れになっている。四月、井本はホームラン四本、バティスタは二本しか打っていない。しかもいずれも、アウェイで放った一発だ。あんなに外野に膨らみがないのに、何故ホームランが出ない？　勝ち負けは別にして、野球の華はホームランだ。ところがホームで打つのは相手チームばかりで、黒星が重なる——最悪のパターンではないか。

ホームランの出やすさを示すパークファクターは「一・〇二」で、現段階ではリーグ六球団中二番目だ。数字がここまで上がっているのは、他チームの選手がホームランを量産しているからだ。

「現場から一つ要請が出ています」ＧＭの松下が報告した。

「何だ」

「ブルペンと湘南球場のマウンドの土の入れ替えと整備のやり直しです」

「どうしてまた」

「スターズ・パークのマウンドの固さに合わせたい、ということですな。ここのマウンドが固いのは間違いないですから」

「メジャーのマウンドがそういうものだから」

「練習でも、同じ環境でやりたい、ということですね」

「そういう風に準備してこなかったのか？」沖は唖然とした。「常識じゃないか」

「ちょっと手が回りませんでね」松下が遠慮がちに言った。「来季以降の予算にするつもりだったんですが」

「ああ、それでいい。今年の予算をはみ出す必要はない」

「そうですか」

松下が挙げた数字は、数百万円のオーダーだった。スターズ全体の予算からすると微々たるものだが、沖は予定が狂うのを何より嫌う。金、時間……全て事前に決めた通りにいくのが当然なのだ。予想もしない変化に上手く対応するのがいい仕事ではない。変化が起きないように入念に準備することこそ、ビジネスの基本なのだ。

「とにかく、その件は来年回しだ」

「分かりました」松下が同意したが、微妙に不満そうだった。彼も元プレーヤーとあって、選手の方に近づく傾向がある。経営陣としての意識をしっかり持ってもらわないと。

「その辺は、監督から出てきた話か？」

「ええ」

「彼も、やるべきことをやらないで、余計なことに手を出し過ぎだな。だいたい、有原を二軍に落とした意味が分からない」

「いや、実際に調子は悪かったわけですから……二軍から上がってきたこの前の試合では、復調の兆しが見えましたよ」松下が言い訳するように言った。

「勝手なことをしていても、勝っていればまだいい。勝てないじゃないか。誰も、最下位になるのを待っていたわけじゃない。彼には、もう少し強く当たってくれ」

「と言いますと？」

「こちらの指示通りにきちんとやるか、そうでなければ勝つか。指示は無視する、勝てない、そんな監督は必要ないでしょう。監督になる人間なんか、いくらでもいるんだから」

「いや、それは——」

松下が反論しかけたが、沖は手を挙げて制した。

「現場は、実績が全てでしょう。そこをしっかりやってもらわないと、立場が危なくなる——そんなことは当然かと思うが」

「——仰《おっしゃ》る通りです」

「負けが混むようだと、途中で交代も考えないといけないな。次の候補を、常にリストアップしておいて下さいよ」

それもまた話題になる——シーズン途中での監督交代も面白いのではないか。面白ければ話題になり、球場にはまた客が集まる。

悪名は無名に勝るのだ。

第三部　逆襲の夏

1

「誠ですか」

驚くよりも呆れて、樋口はスマートフォンをきつく握り締めた。相手はGMの松下
……いったい、何を言い出すんだ？

「オーナーの発言だ」

「諫《いさ》めてくれたんですよね？」

「もちろん。それをオーナーがちゃんと受け取ってくれたかどうかは分からんけどね」

何なんだ、いったい……松下は昔からタヌキ親父だった。本音が読めない――キャッチャーから見ると、打席に迎えて一番面倒なタイプだ。

「その話、いつ出たんですか？」

「ゴールデンウィーク――チームが遠征している間に開かれた経営会議だ」

「その経営会議ってやつですけど、俺も顔を出すわけにはいかないんですかね？　餓になるにしても、そういう時に直接オーナーから言われた方がいい」

「まあまあ」松下が宥《なだ》めた。「そう焦りなさんな。そもそも監督っていうのは、球団組織の中では中間管理職に過ぎないんだからさ。経営幹部じゃないんだ」

「広報部長辺りと同じ扱いっていうのは、納得いきませんね」

「どこのチームだってそんなものだよ」

　プロ野球の世界に入って初めて知ったことだった。監督は、ＧＭの下に位置するのはもちろん、球団組織の中では部長クラスなのである。下手をすると、編成部長よりも格下……監督も、チームの構成については希望を出すが、ドラフトやトレード、ＦＡなど選手の出入りを調整するのは編成部で、最終決定権はＧＭにある。

「チームのためにと思って引き受けたんですけど、報われないですね」

「そう言うなよ」松下が慰める。「あの人がオーナーだったら、誰が監督をやっても大変なんだから」

「神宮寺は、よく三年持ちましたよね」樋口の感覚では、神宮寺は「変人」だ。特に変なのは、「礼儀」の感覚がほとんどないことである。「桜を見る会」に招かれたら、平気で総理大臣の肩に手をかけて夜の酒場に誘いそうなタイプだ。

「あのノリが、案外オーナーの好みに合ったみたいだよ。それに神宮寺は何かと派手な男だから、一挙手一投足が話題になった」

「地味ですみませんね」つい愚痴ってしまう。神宮寺は球場の外でも派手——特に女性関係が——だったのだが。

「いやいや、あんたが地味だって言ってるわけじゃないけど」

言っているも同然じゃないか……しかし、松下に文句を言っても何も始まらない。この男が、腹の底で何を考えているかは分からないのだ。

「結局、勝つしかないわけでしょう？　勝って監督を馘にするオーナーもいないでしょうし……そんなことをしたらオーナー個人に非難が集まる」

「おいおい、オーナーを脅すのか？」

「松下さんが何も言わなければ、オーナーの耳には届きませんよ……とにかく、今の段階で馘と言われても困ります」

「分かった、分かった。オーナーには俺の方から忠告しておくから。お前も余計なことはするなよ」

「余計なことって何ですか？」

「知り合いの新聞記者を使って変なことを書かせるとかさ。このタイミングで『監督交代か』なんて記事が出たら、絶対にややこしいことになる」

「言い出したのはオーナーの方ですけどね……すみません、これから湘南球場に行かなくてはならないので」

「ああ、その件だが……その件というか、湘南球場のマウンドを作り直す件だが、却下された」

「はあ？」

「今年の予算には入っていないと」

「冗談じゃない。選手にとっては死活問題ですよ」

「オーナーは、もっと重視していることがあるんだ」

「節約ですか？」

「分かってるなら、協力してくれよ」

電話を切り、溜息をついた。昨日の日曜日、大阪でのデーゲームを終えて新幹線に乗ったのは午後六時過ぎ。東京駅着は九時前で、そのまま真っ直ぐ帰宅したのだが、やはり疲れている。しかし今日は、午後一時に湘南球場で行われる二軍戦を観に行かねばならない。普通は、二軍も月曜は移動日で試合がないのだが、今日は何故かスケジュールが組まれていたのだ。それにそもそも、樋口が言い出した視察である。二軍から、スピードのある若手を抜擢したい——そのために直接プレーを観る必要があった。

湘南球場は久しぶりだった。監督専用車の後部座席に座って行くのは何だかくすぐったい感じだったが、今日ばかりはありがたい。開幕一ヶ月にして、早くも疲労が溜まっており、移動を仮眠時間に充てられるのは大きかった。

試合開始は午後一時。今日は真夏を思わせる好天で、多くの選手は既に半袖のアンダーシャツを着用していた。実際、長袖を着ているのはピッチャーだけである。

試合が始まる前、樋口はまず二軍監督の潮田《しおた》に面会した。潮田は今年五十五歳で、二軍監督としては三年目。スターズの組織を上から下まで知り尽くした男で、現場だけでなく、編成部やスカウトの仕事をしていたこともあった。それだけに、選手を見る目は確かである。皺の目立つ顔は真っ黒で、日焼けというレベルではなく、絵の具でも塗ったようだった。

樋口は最初に、一番気になっていることを確認した。

「橋本の回復具合はどうですか？」

「順調だよ。もう軽い練習は始めてる。でも、あと二週間はかかるだろうな」

「五月後半ですか……」痛い離脱だった。橋本は、樋口好みのスピード感溢れる選手である。何としても、早く復帰して打線の上位に定着して欲しい。

「まあ、怪我してる選手を焦らせてもしょうがない。右田も復帰までには意外に長くかかりそうだ。正直、今年は厳しいかもしれない」

「そうですか……」樋口は眉をひそめた。チーム一の駿足がダイヤモンドをかき回す様は、しばらく見られそうにない。

「今日はぜひ、高山《たかやま》を見ていってくれ」

「潮田さんお薦めですね」

「これが、前評判よりもずっといいんだよ」潮田の顔がほころぶ。

高山は去年のドラフト二位――抽選に外れて指名した「外れ二位」だった。長打力はないが足は速く守備のいい外野手、というのがスカウト陣の評価である。とは言っても、数字ですぐに理解できるようなスピードではない。確か、百メートルが十二秒台前半だったのではないだろうか……それぐらいの選手なら、プロの世界にはごろごろしている。樋口は入団会見で初めて顔を合わせたのだが、その時も特に強烈な印象はなかった。

高山はセンターに入っていた。何となく線が細い……大卒の選手はそれなりに体ができあがっているものだが、高卒選手並みにスリムな体型だ。いや、もちろんスリムな体型でも問題はないのだが、プロの世界で戦っていく筋力とスタミナが足りないように見える。キャンプの時も、特に目立った動きは見せていなかった。

見せ場は初回に早くも訪れた。

先頭打者が右中間に鋭いライナーを放つ。抜けた、と思った瞬間、打球の行方を目で追うと、既に高山が落下点に入っていた。何だ？　まるで予め《あらかじ》落下地点を予測して、先に動き始めたようではないか。もちろん、極端に足の速い選手なら、打球音を聞いてからダッシュしても難しい打球に追いつくだろう。しかし高山は、それほど足が速くないはずだ。

「守備で、百メートルを一気に走る場面はまずないよな」潮田が言った。

「せいぜい五十メートルですね」一番長い距離を走るのは、野手の間を抜かれてフェンスに達した打球を追う外野手だろう。しかし、そもそもプロの外野は深く守っているので、そういう打球の処理でも、五十メートルも走ることはまずない。あとは内野と外野の間に落ちるような打球に対して、全力で前進してキャッチを狙う場合……センター最深部から内外野の芝の切れ目までは七十メートルほどだが、そんな極端な守備はまずあり得ない。

「奴の二十メートルダッシュのベストタイムは二秒八だ。うちで断然トップだぞ」

「三秒を切ってるんですか？」樋口は目を剝いた。二十メートルだけを走るタイムでいえば、やはり陸上の短距離選手が一番速い。それに次いで、ダッシュ・ストップの動きが多いバスケットボールやハンドボールの選手が続く。野球選手の場合は、全競技の中で真ん中ぐらいだろうか。高山は短距離選手並み、ということになる。

「二十メートルをこのスピードで走れれば、大抵の打球に追いつける。一塁到達スピードは三秒四五。盗塁では――」

「塁間は二十七・四メートルだから、トップスピードに乗れれば、まず盗塁は成功ですね」

「あまり盗塁のサインは出してないんだが、走らせたら絶対に速いぞ」

これは……肝になる選手かもしれない。走力に重点を置いたチームに波はないのだ。打撃にスランプはあるが、怪我でもしない限り、走塁には好不調がない。

高山はこの回、もう一度魅せた。

左中間へ抜けそうな打球を、ワンバウンドで押さえる。そのまま綺麗に体を回転させ、二塁へ送球した。打者走者もそれほど足の遅い選手ではなかったのだが、それでもベースのかなり手前でアウトになった。

「いいな」樋口は思わず声を漏らした。「あんなに肩がいいんですか？　そんなデータは、上がってきてませんよ」

「守備は、常に同じものを見せられるわけじゃないからな」言い訳するように潮田が言った。「球が飛んでこなければ、腕の見せようがないだろう」

「ごもっともです」とはいえ普通は、キャッチボールを見ただけで分かるものだが。投げるフォームで、肩の強さとスローイングの正確さはある程度推測できる。

まあ、いい。守備に関しては、この男は既に一軍レベルだ。問題は打力……打てなければ足も活かせない。

潮田は今日、高山を一番に入れていた。これも樋口に対するアピールだろう。

高山は最初の打席でそれに応えた。ファウルで粘った末、ファーストのすぐ後ろに落ちる渋いヒットを放つと、次打者の初球にいきなりスタートを切って二塁を陥れた。さらに、次打者が打ち上げたファウルフライをファーストがキャッチする際に体勢を崩したのを見て、迷わずタッチアップして三塁でセーフになった。

おいおい……大リーグでは時折見るプレーだが、日本のプロ野球ではまずお目にかからない。日本の方が守備が緻密だからという考え方もあるが、本当は「無理しない」意識が高いせいだ。実際、三塁ベースコーチが、塁上に立った高山に、険しい表情で一言二言声をかける。注意しているのは明らかで、高山の顔色も冴えない。

いや、そこは褒めてやらないと。ヒット一本で三塁まで進んだのだから、何の文句があろうか。コーチは「無理なタッチアップで怪我でもしたらどうする」とでも言ったのかもしれないが、怪我しないようにプレーするのもプロだ。

高山は、三番打者の浅いライトフライであっさり生還した。まったく危なげなく、最後は歩くようなスピードだった。

ダグアウトに戻って来た高山が、ちらりと樋口を見る。今日自分が来ていることは、ここにいる選手全員が知っているだろう。一軍の監督が二軍の試合を観に来ることは年に何度もないから、選手は嫌でも意識する。何とかいいところを見せて一軍昇格をアピールしようとするものだが……高山は、特に樋口の存在を気にしてもいないようだった。

欲がないのか？　大袈裟《おおげさ》に一礼して「どんなものだ」と胸を張ってもおかしくないのに――まあ、こういうタイプの選手もいる。欲がないわけではなく、変にアピールするのが嫌いなのか、そのやり方を知らないだけなのだ。高山はどちらのタイプだろう。

その後も、樋口は高山のプレーを堪能した。ヒットは初回の一本だけだったものの、四球を二つ選んで出塁し、盗塁を二回決めた。特に二回目は、相手バッテリーがかなり警戒していたのに、まったく平然とした様子だった。一人だけ、スピードのレベルが違う。

「何で今まで報告が上がってこなかったんですか」樋口は思わず、潮田を咎《とが》めた。

潮田が、丸い腹を揺らすようにして低い声で笑った。

「安定してないからさ。今日は絶好調だったけど、まだまだ……ルーキーだからな」

「一軍に上げます」

高山が背走してセンターフライをキャッチするのを見て、樋口は言った。

「もう少し、プロの試合に慣れさせてからでもいいと思うけどな」潮田は慎重だった。

「ヒットが出なくて、何試合か一軍のベンチに座ってただけで二軍へ逆戻り、は困るぜ」

「今のあいつなら——今日と同じような働きをしてくれたら、一番センターは確定ですよ」

チームにスピードをもたらしてくれそうな男を一人、発掘した。あとは橋本が復帰すれば、パーツが二つ揃う。

パーツは多いほどいい。

〈石井と有原の会話　五月九日〉

「高山って知ってるか?」

試合前、スターズ・パークのロッカールームで、石井は有原に訊ねた。二人は隣同士のロッカーを使っている。単に背番号が一番違いだからだが。

「知ってるも何も、去年のドラフト二位じゃないですか」

「一軍キャンプにも帯同してなかっただろう?　二軍で、そんなにいい成績を挙げてたのか？」

「さあ」有原が首を捻る。

「お前ねえ」石井は唸《うな》るように言った。「ピッチャーの奴らは、他の野手に関心がないのかよ」

「いや、二軍の試合なんか一々チェックしてる暇はないですよ」

「お前、二軍にいたじゃねえか。直接見てるだろう」

有原がむっとした表情を浮かべる。こいつも中途半端な野郎だ、と石井は内心鼻を鳴らした。エースならエースらしく、何を言われても平然と受け流せばいいのに。すぐに言い返したり、機嫌を損ねるのは、自分に自信がない証拠だ。というより、精神的にガキなだけかもしれないが。オフに結婚するというのに、こんなことで大丈夫なのだろうか。

「まあ……スピードはありましたよ。特に最初の五歩が速いタイプです」

「内野手ならともかく、外野手にはあまり関係ない能力だな」

「少しでも足の速い選手は、ピッチャーとしては大歓迎ですけどね」

「何だよ」石井は有原の肩を肘で小突いた。「俺が遅いみたいに言うじゃねえか」

「いや……」

有原が黙りこむ。まあ、先輩に向かって「鈍足」とは言えないだろう。

しかしそれは事実だ。今年三十歳になる石井も、高卒でスターズに入った時はスリムでそこそこ足も速かった――いや、速かったとは言えないが、人並みではあった。しかしその後十二年に及ぶプロ野球生活で、徐々に自分の体を変えた――変えざるを得なかったのである。

入団してみて一番驚いたのは、他の選手の体の「厚み」だった。やはり高校生とはレベルが違う。それで慌てて、通常の練習に加えて自主的な筋トレに励み、二年目のキャンプインの時には体重を七キロアップさせた。第二の転機は入団五年目、一軍に定着してレギュラーの座を摑んだ頃だった。外野の奥深くに達する当たりで三塁を狙った時に、相手サードと交錯して左足首を骨折、アキレス腱も痛めた。この怪我は予想外に長引き、ようやく一軍に復帰したのは翌シーズンのオールスター明けだった。その後も度々の怪我――。

それでもずっと一軍にしがみつけていたのは、コンタクト能力に優れていたからだ。フルシーズン出場した年は――三回しかないのだが――必ず打率三割を記録している。今年も怪我で出遅れ、開幕からしばらく出番なし。その後はほぼ一番で起用されていたが……五番、あるいは六番の方が自分には合っている。

最近は、不安を感じることの方が多かった。樋口がはっきりと「スモールベースボール」の方針を打ち出し、積極的な走塁を求め始めたのだ。そうなると、足首に古傷を抱え、体重過多の自分の出番は減らされる可能性が高い。実際、今年はまだ盗塁が一つしかない……。

「お前、結婚してからのことは考えてるか？」

「何すか、いきなり」有原が怪訝そうな表情を向けてくる。

「無駄遣いしないで少しでも貯金した方がいいぞ。いつ駄目になるか分からないんだから」

「縁起でもないこと、言わないで下さいよ」有原が顔をしかめる。

いや、実際プロ野球選手の生活は綱渡りなのだ。怪我が多いせいで出場試合数が少ない石井は、年俸が抑えられている。今年の夏には二人目の子どもが生まれる予定なので、何としてもレギュラーにしがみつき、来年の年俸アップを狙わなければならない。

試合前のミーティング。そこで石井は、自分の将来へ通じる道が一気に狭くなるのを感じた。

高山が一番、センターに抜擢されたのだ。


鮮烈な一軍デビューだった。

高山は初回、いきなり流し打って左中間を破るヒットで出塁した。当たりが鋭過ぎて、普通の選手なら一塁ストップのところだが、高山は迷わず一塁を蹴り、二塁で悠々セーフになった。

「こいつは本物ですね」沢崎が唸るように言った。

「現役時代のお前さんみたいだな」樋口は応じた。

「俺はあれに加えてパワーがありましたけどね」沢崎がさらりと言った。

苦笑したものの、樋口もそれは認めざるを得なかった。沢崎は、あらゆる打撃タイトルで毎年ベスト3に顔を出す万能タイプの打者だったから。三番、あるいは四番に座ってどっしり打つだけでよかったのに、盗塁も毎年二桁を数えていた。

二番に入った島田がライト前に叩き返すと、高山は躊躇せずに三塁を蹴り、ホームへ突っこんだ。まったく危なげなく生還。スターズはわずか三球で先制した。

今日は横浜へ遠征してのゲームで、大島は古巣・パイレーツ相手に今季初登板だった。球場は微妙な雰囲気……大島は長年パイレーツに勝ち星を供給した功労者である。それが突然、ライバルチームのスターズに移籍したのだ。しかも今年は、開幕から絶好調である。

高山はこの試合、六回にもヒットを放ち、プロ初盗塁も決めた。守っては七回、走りに走って、センターの頭上を破りそうな大飛球をキャッチするファインプレーを見せた。

大島は七回1失点、残る二イニングを救援陣がノーヒットに抑えて、スターズは3対1で快勝した。お立ち台には、二安打一盗塁の高山が上がる。樋口は本来、裏に回って囲み取材に応じなければならないのだが、ダグアウトでお立ち台の様子を見守ることにした。とはいえ、バックネット前で行われるお立ち台の取材では、声は聞こえるものの高山の表情の変化までは分からず、バックスクリーン上のワイドビジョンに映し出される映像で確認するしかないのだが。

「今日のヒーローは、デビュー戦で二安打一盗塁、鮮烈なデビューを飾った高山選手です！　高山選手、おめでとうございます！」

「ありがとうございます」

高山の声があまりにも低く淡々としていたので、樋口は拍子抜けしてしまった。今日は入りが悪いとはいえ、観客数は三万二千人と発表されている。これだけの人の前でいいプレーを見せ、今また多くのファンの視線にさらされているのだから、もう少し緊張して声が上ずるものだが、まるで普通の会話を交わしているような調子だった。

「堂々としてるのか、抜けてるのか、どっちですかね」沢崎も呆れていた。彼の場合、プロ野球生活の終盤では、お立ち台でもよく喋っていた。意図的にドラマチックに演出しようとしていた節もある。本来は、そういう大袈裟なタイプの人間ではないのだが……大リーグ行きを前にして、自分を大きく見せようと彼なりに努力していたのだろう。

高山があまりにも淡々としているので、ヒーローインタビューはまったく盛り上がらずに終わった。見届けてからダグアウト裏へ向かうと、各社のスターズ担当記者が待ち構えていた。

「今日は高山。以上です」樋口は短く言った。本当に、これで終わらせてしまってもいいぐらいのすっきりした気分だった。しかし記者の方では、簡単には放してくれない。スポーツマスコミは常に、新しいヒーローを求めている。

「高山がこのタイミングで出てきたのは、予定通りですか？」

「昨日、ファームの試合を観て決めた。だいぶ慣れてきていたようなので」

「明日以降もラインナップに入れますか？」

「今日の調子だと、外す理由はないね」

「今年は打順が固定できないままですが、今後の一番は高山で行く予定ですか？」

「調子がいい選手を優先的に使うだけですよ。高山も、今日が一軍デビューなんだから、あまりプレッシャーをかけないように、よろしくお願いしますよ」懇願なのか脅しなのか自分でも分からないまま、樋口は記者たちの顔をさっと見渡した。何というか……間抜けな顔が並んでいる。かつては、スポーツ紙の野球担当の中でも、スターズ番の記者は花形だった。強い名門チームを取材し、毎年のようにペナントレース争いを見守る――新聞社によっては、スターズ番を経験していることが出世の条件だったという。それが今は……他の球団の担当を割り振った後の「余り」が回されているのではないだろうか。できる記者かどうかは、顔を見ればだいたい分かる。

囲み取材を終え、樋口は狭い監督室に引っこんだ。この球場はだいぶ老朽化が進んでおり、様々な施設が使いにくい。ビジター用の監督室も四畳半ほどで、デスクと小さなテーブル以外に什器《じゅうき》はなく、コーチ陣との打ち合わせもできないほどだった。

一息ついて、すぐにロッカールームに向かう。その瞬間、樋口は異変に気づいた。誰かの声がぱたりと止まる――数人の目が自分に向いているのが分かった。俺の噂話でもしていたな、とピンとくる。それも、ろくでもない話。

ふと、ひときわ強い視線を感じた。これは……石井だ。一瞬目が合ったかと思うと、すぐに顔を背けてしまう。おいおい、と樋口は呆れた。先発を外されたからいじけているのか？　プロ野球選手というのは概ね嫉妬深い上に、気が弱い人間が多い。どんなスーパースターでも、自分は誰かに取って代わられるパーツに過ぎないと分かっているのだ。

この場で石井と話して不満を解消するわけにはいかない。樋口は、どちらかというと選手とよく話す方で、前回監督をやっていた時も、様々な方法でケアしてきた。二軍落ちする選手には、必ず自分で通告して明確に理由を示す。不調の選手にはさりげなく声をかけ、精神的には不調にならないようにする。絶好調の選手には何も言わない――全力で突っ走っている人間に、後ろから声をかけて引き止めるようなことはしなかった。

今回は、そこまで気持ちの余裕がないのも事実である。本来石井に対しては、先発メンバーを発表する前に「今日は外す」と告げるべきだったのだ。若い選手のテストだと言えば、ベテランは大抵納得してくれる。そのテストで、若手がとんでもない成績を叩き出してベテランが焦るのは、また別問題だ――今日、石井が神経質になっているのは間違いない。テストで使われた若手が、これ以上ない結果を出したのだから。

試合後の簡単なミーティングを終え、監督室に戻って着替える。ふっと溜息をつき、椅子に浅く腰かけて、足を前に投げ出した。小さな窓があるだけのこの部屋は、空気の流れが悪く、どこか息苦しい。今日はこのまま家に帰る――横浜で試合がある時は、チームは全員自宅からの「通勤」だ——のだが、何故かすぐに球場を出る気になれなかった。

今日、小さなトリガーを引いたと思う。樋口の頭の中では、どうやってチームを作りあげていけばいいか、ようやく設計図ができあがりつつあった。

このチームでは、先発ピッチャーがしっかり抑えて3ランホームランを待つような贅沢はできない。しかし沖はまさにそのようなチームを夢見ている。パワーとパワーのぶつかり合い、つまり大リーグのような野球。そのためにわざわざ、ホームランが出やすい球場を造ったぐらいだ。そして選手にも直接、「どんどんホームランを狙え」と命じた。その結果、選手たちはキャンプの時からやたらと振り回すホームラン狙いのバッティングに固執して、調子を崩してしまった。

不思議なのは、何故選手が沖の言うことに簡単に従ったか、だ。しかし、コーチたちの話を聞いているうちに、沖がチームを支配するようになった経緯が次第に分かってきた。

要するに「金と権力」だ。

沖は年俸査定にまで首を突っこむ。トレードや人員整理についても、どんどん意見を言う。基本的には素人の意見なのだが、オーナーなのでフロントも無視はできない。そうやって選手を駒のように動かしているうちに、選手の方では恐怖感を抱くようになる。井本は、そのプレッシャーに潰されかけた。

どんな会社でもこんなことがあるのだろうか。親会社から送りこまれてきた社長が、大した能力もないのに暴君になり、部下は萎縮して結果的に会社は弱体化する——その先に待っているのは「倒産」だ。

プロ野球チームの場合、長い歴史の中でそういう変動は少ない。創設初期、そして戦後の揺籃《ようらんき》期にはチームが解散したり合併したりというのがよくあったが、そのあとは何十年も同じ顔ぶれでの戦いが続いている。もしもスターズの暗黒期がこのまま続いたらどうなるか……沖はスターズ単独で採算が取れるようにすると言っていたが、弱ければそれは難しい。この新しい球場は確かに人を呼んでいるが、来年以降も続く保証はない。ま、考えても仕方がない——いや、「考える」のは監督の仕事なのだが、俺は今「悩んで」いるだけではないか。

樋口は立ち上がり、球場地下の駐車場に向かった。いつの間にか、試合終了から一時間半が過ぎている。車の運転を担当する球団スタッフをすっかり待たせてしまった。歩くスピードを上げると、駐車場へ向かう長い通路の先に大島を見つけた。今日、シーズン四勝目を挙げ、ゆったりした歩調で歩いている。

何か声をかけなければ——「おめでとう」も違うし、「よくやった」も何だか場違いだ。

「体、大丈夫か」

「ああ、監督」大島が振り向き、ニヤリと笑った。「年寄り扱いは勘弁して下さい」

「いやいや、体のケアは大事だから」

「おかげさまで元気ですよ。スターズのトレーナー陣は優秀ですよね。特に矢野《やの》さん――あの人、ゴッドハンドですよ」

矢野は、スターズで三十年も勤めている大ベテランのチーフトレーナーで、大島が言うようにマッサージの巧さには定評がある。

駐車場にはもう、ほとんど車が残っていなかった。運転手が、すぐに車を回してくる。急いで運転席から出てきたのを見て、樋口は右手を挙げて「もうちょっと待ってくれ」と言った。

「少し話せるか」大島に声をかける。

「いいですよ。どうします？　俺の車で？」

「ああ」

大島は、横浜ナンバーのベンツに樋口を誘った。クジラを彷彿《ほうふつ》させるようなサイズのSUVで、さすがに中は広々している。最近、この手のSUVに乗る選手が増えた。いや、そもそも街中でも、車高の高いごつい車が我が物顔で走り回っている。

助手席に座ってドアを閉めると、途端に静寂が訪れる。球場というのは、試合をやっている時とそうでない時の落差が大きい場所だ。試合が終わり、観客と選手がいなくなった後の時間帯は、まるで廃墟《はいきょ》のようになる。

「今日、試合の後、ロッカールームの雰囲気が悪くなかったか？」

「石井が荒れてましたよ」

「先発落ちして？」

「そういうことです」

「監督批判は？」

「まあ、まあ……」大島が口を濁す。「ガス抜きだと思って下さい。ロッカールームの中の話は外に出ない――それは、絶対のルールですから」

「俺は別に、新聞に書かれるのが怖いわけじゃない。心配なのは、チームの中に火種ができることだ」

「そんなに心配してもしょうがないでしょう」大島が耳の後ろを掻いた。「実力第一ですから。だいたい今年は、石井は調子もイマイチじゃないですか」

「まあな」怪我なくフル稼働すれば、三割を期待できる選手だ。しかし今年の石井の打率は、二割五分台に低迷している。やはり、新しい球場にアジャストできていないのが大きい――スターズ・パークでの打率は二割三分台だ。

「俺が聞く話じゃないですけど、高山を使い続けるんですか？」

「できれば、な。でも、フルシーズン働いてくれるとは思っていない。まだ線が細いから、夏場には落ちてくるだろう。その時にはまた、石井に頑張ってもらわないと」

「石井は、監督好みの選手じゃないでしょう」大島がずばり指摘した。

「いや、俺の個人的な好き嫌いは別に――」

「プレースタイルの話ですよ」大島が軽く笑った。「足が速くて目端が利く選手が好きですよね。どういうわけか、キャッチャー出身の監督やコーチは、そういう選手が好きなんだなあ」

「自分にないものを求めるんだよ」樋口は自虐気味に言った。

「というより、野球の捉え方の問題でしょうね。偶然ホームランが出るのを待つより、理詰めで塁を埋めて確実に得点する——囲碁や将棋に近い感覚じゃないですか?」

「そんなこともないけど」選手は物言わぬ駒ではない。

「——とにかく、石井は要注意ですね。いじけてるだけならいいけど、高山が被害に遭ったらまずい」

「目を光らせてくれないか? 何かあったら、すぐ俺に知らせてくれ」

「スパイ、ですか」大島が皮肉っぽく言った。「外様の俺に、スパイができますかね」

「スパイじゃなくて、ベテランらしい視線でチームの様子を観察してくれ、ということだ」

「まあ、言葉は何でも——」

実質的にスパイ。

一軍登録選手は二十八人、その中でベンチ入りできるのは二十五人だ。その全員の動向や考えを、監督が完全に把握できるはずもない。ベテラン選手やコーチに観察を頼むのは、普通のやり方だった。樋口もベテラン——三十歳を過ぎた頃から「あいつの調子はどうだ」と他の選手の様子を監督に聞かれることが増えた。

意地と嫉妬が渦巻く世界。

そのバランスを取るのは、一人では不可能だ。

2

樋口が目指す野球が、さらに一歩完成に近づいた。

足首の骨折で戦列を離れていた橋本が、六月になってようやく一軍に復帰したのだ。スターズ・パークでの三連戦の初戦、樋口はラインナップを大幅に入れ替えた。これまで、一番は石井と高山を交互に使ってきたのだが、この試合から高山を完全に一番に固定することに決めた。負傷から復帰した橋本は、当初の構想通り二番に入れる。

メンバー表を見直す。これでもまだ、ベストメンバーとは言えない。本当に自分がやりたい野球を目指すためには、あと一枚、二枚選手が足りないのだ。それを実現するためにはトレードやドラフトでの補強が必要なのだが、あまり先のことを考えても仕方がない。

1　(中)　高山
2　(三)　橋本

3（一）篠田
4（左）バティスタ
5（右）井本
6（二）島田
7（遊）今泉
8（捕）仲本
9（投）有原

上位ががらりと変わった。

守備位置についていてもバッティングのことしか考えていない篠田は、今年は好調をキープしている。元々中距離打者なので、狭いスターズ・パークでもバッティングの調子を崩すことなく、チームで唯一、三割を超える打率を残している。今年は五番が多かったのだが、今日から三番に上げた。沖は二番に強打者を置きたいようだが、樋口はチームで一番調子のいいバッターは三番に据えたかった。そもそも二番打者と三番打者では、年間通して回ってくる打席数に極端な差はない。

バティスタはホームランこそまだ七本しか打っていないのだが、ヒット狙いに徹した結果、打点は三十を超えてチームトップだ。打率二割五分は物足りないが、外国人選手は打点を稼いでくれればいい、という考え方もある。そのため、この試合で初めて四番に入れてみた。井本は五番に下げ、これまで主に二番を打っていた島田は六番に置いた。

さて、こいつらはどこまでやってくれるだろう。それよりも問題は有原か……ここまで四勝五敗、そして最大の問題は、スターズ・パークでまだ勝ち星がないことである。本人は何とかピッチングを変えようと必死で、投手コーチの秦がつききりで面倒を見ているが、結果は出ていない。元々修正能力が高いわけではないから、今シーズンはこのまま苦しむかもしれない——しかし樋口は、よほどのことがない限り、再び二軍には落とさない、と決めていた。やはり有原は、このチームの軸になる投手なのだ。

苦しいだろう。しかし、ここは頑張ってくれ。肉体的にも精神的にも今より一段階強くなってくれないと、スターズは本当に終わってしまう。


「ニュー有原」は、まずまずの滑り出しを見せた。高めの速球を見せ球にし、低めに落ちる変化球を集めて、打たせて取るピッチングに専念する。

初回、セネターズの先頭打者に痛烈なレフト前ヒットを打たれたものの、二番打者をサードゴロでダブルプレーに切って取り、ピンチの芽を摘む。それで調子に乗ったのか、結果的にこの回を三人で抑え、その後四回までノーヒットピッチングを続けた。

新しい一、二番コンビもすぐに結果を出した。初回と三回、先頭打者として打席に入った高山がヒットで出塁した。そのシチュエーションで二回、ヒットエンドランを試したのだが、橋本は二度とも期待に応えた。二打席連続で、一、二塁間を抜く渋いヒットを放ち、ノーアウト一、三塁とチャンスを広げる。高山はその後二回とも生還し、四回までにスターズは2対0とリードを広げた。

有原は危なげなく投げ続けた。五回表、セネターズの四番・遠藤に左中間へソロホームランを打たれたものの、それで調子を崩すこともなく、2対1とリード。そろそろ追加点が欲しい……樋口は、五回裏に動くことにした。

先頭の高山がこの日三本目のヒットで出塁した。セネターズは、先発のゴンザレスがまだ踏ん張っている。外国人投手としては——という枕詞をつけるのはどうかと思うが、非常にコントロールがいい。警戒もしているはずで、おそらく三度目のヒットエンドランは成功しないだろう。

樋口は高山に盗塁のサインを出した。高山にすれば、これも「待ってました」だろう。橋本への初球、迷わずスタートを切る。ゴンザレスは外角低めにスライダーを投じてきたが、結果的にこれが高山にはプラスに働いた。

いきなりトップスピードに乗り、二塁は楽々セーフ。二塁への送球が三塁側に逸れ、ボールをキャッチしたショートがバランスを崩すのを見て、三塁を窺う動きを見せた。もちろん三塁まで行ける状況ではなかったのだが、この素早い動きはセネターズ内野陣にプレッシャーを与えたはずだ、と樋口は判断した。

また走られるかもしれない——明らかに警戒した顔つきで、ゴンザレスはストレートを投げこんできた。百五十キロを超える速球だったが、橋本は食いついてセンター前に弾《はじ》き返した。浅い当たり——しかし高山は迷わず突っこんだ。ホームはクロスプレーになったが、セーフ。砂埃の中、セネターズのキャッチャーが「アウト」をアピールするわずかな隙を狙い、橋本はもう二塁を陥れていた。

ゴンザレスは、コントロールはいいが精神面に難のある選手だ。今日もマウンド上で、目に見えて苛立ち始めている。

これ以上打たせるか——かっかすると、ピッチャーという人種はバランスを崩す。全力投球しているつもりでも、ボールに力がなくなるのだ。

篠田が、そんなことを分かっていないわけがない。狙いすまして初球を打ちに出る。左打席から思い切り引っ張り、一塁線を抜いた。普通の球場なら滑りこまずに二塁でセーフだ——しかしスターズ・パークはファウルエリアが狭い。フェンスで跳ね返った打球を前進してきたライトが処理し、篠田は一塁を回ったところで止まった。しかし橋本は駿足を飛ばし、あっという間にホームプレートを駆け抜けていた。

こういう時に乗り遅れないのが、バティスタという選手である。左打席に入って、例のサムライ・ポーズを見せると、スタンドがこの日一番の盛り上がりを見せる。まだまだ実力を発揮しているとは言えないが、愛されキャラという点ではチーム一だ。実際、グッズの売り上げは沢崎に次ぐ二位である。特に女性の声援が多い。どういうわけか、バティスタは「可愛《かわい》い」という評判で——ぬいぐるみ的な「可愛い」ではないかと樋口は思っていた——ネット上では「バティちゃん」の愛称で話題になっている。スターズ・パークのライトスタンドでは、バティスタの背番号「24」のユニフォームを着用した女性の一団、通称「Bガールズ」が増殖中で、昔からのオッサンファンは駆逐されつつある。大島が言っていた通り、東京スタジアムとは明らかに雰囲気が変わっていた。

バティスタは、このチームで浸透し始めた基本の作戦――ファウルで粘る――を忠実に実行した。既に球数が百球に近づいていたゴンザレスが、さらに苛立つ。盛んに唇を舐め、何度も首を傾げてマウンドの土を蹴飛ばした。

バティスタは臭いボールを全てカットし、フルカウントに持ちこんだ。そこからさらに二球、ファウルする。マウンド上のゴンザレスは「いい加減にしろよ」とでも言いたげに眉間に深い皺を寄せている。

バティスタは、次のボールを綺麗に流し打った。打球はレフトスタンドに向かってぐんぐん伸びていく。いち早くスタンドまで下がったセネターズのレフトが、フェンスに体をぶつけるような勢いでジャンプし、打球をもぎ取ろうとした。しかし打球は、差し出されたグラブのわずか数十センチ上を越え、スタンドで小さく跳ねる。

その瞬間、スタンドで歓声が爆発し、樋口の耳に突き刺さった。鮮やかな連続攻撃。スコアボードの数字がくるくる替わり、五回の裏に「4」が入った。

篠田、バティスタが相次いでホームインし、肩を並べてダグアウトに戻って来る。樋口は厳しい表情を崩さず、二人と「握手」を交わした。前回の監督時には、選手たちと同じようにハイタッチの列に加わっていたのだが、今回は自粛している。少しは威厳を保ちたい——それに実は五十肩で、右肩があまり上がらないのだ。

スタンドには「ホシオ！」コールが回っている。スターズの選手がホームランを打つと、三棟の屋上からホシオの巨大なバルーンが上がる演出……毎試合膨らませて用意するのは大変だし、何しろスターズのホームラン数が少ないから上空のホシオを見る機会は少ない——しかも球場内で見るには、首が痛くなるほど上を見上げねばならないのだ。むしろ外からの方がよく見えるかもしれない。試合を観ていない人に、スターズの選手がホームランを打ったと伝える……。

有原は七回にも1点を失ったものの、余力を残してマウンドを降りた。八回、九回は救援陣がぴしゃりと抑え、有原はようやく本拠地初勝利を挙げた。

試合後、監督室でデータを受け取る。今日の有原は、三振を四つしか奪っていない——しかし二十一個のアウトのうち十個を内野ゴロで稼いでいた。これこそ樋口が求めていた投球だった。スターズが唯一誇れるのが、内野陣なのである。ショートの今泉、セカンドの島田はここ二年連続でリーグ最高の守備率を誇る鉄壁の二遊間だ。常にバッティング優先のファースト・篠田も、守備はしっかりしている。特に自分の右側への動きに優れており、その分島田は二塁寄りに守備位置を取って、二遊間の空きを狭くすることに成功していた。橋本を入れるために池山を外したのはギャンブルだったが、器用な橋本は今日、二本のサードゴロを無難にさばいている。

この内野陣に思う存分仕事をさせ、アウトを稼ぐのが理想だった。大島は既にそれに成功しているが、有原も今日、コツを摑んだのではないか？　それに、スターズ・パークでの初勝利は何よりの良薬になるだろう。本質的には、調子に乗せれば手がつけられなくなるほどの素材を持った男なのだ。これからシーズン中盤に入るが、まだ手遅れではない。樋口はエースの復活を期待した。

ミーティングも終わって一息ついていると、広報部長の富川が監督室に入って来た。表情は暗い。

「ちょっといいですか」

「ああ」

「入場者数の話なんですけど」

そんなことは気にしてもいなかった。いや……今日、投手交代のためにグラウンドに出た時、一塁側内野席に細長く空席ができていることには気づいていた。ずいぶんまとまって空いていると思ったが、あそこは企業が買い上げたシートだろう。社員の慰安用、あるいは接待用にプロ野球観戦が使われることはよくあるのだが、実際には観に来ないケースも珍しくない。

富川が、タブレット端末の上で指を滑らせる。

「満席が途切れているの、気づいてました？」

「いや」それを見るのは俺の仕事じゃない——皮肉が喉元まで上がってきた。

「五月末まで、ホームゲームはずっと満員が続いていたんですが、その時点で既に、外の特別席の満員記録は途切れていました」

「そうか」

「今月になって、球場本体の方も空席が目立つようになっています」

「で？　その数字も俺が管理しなくちゃいけないのか？」

「そうではないですが、オーナーからどうするつもりだ、と注文が入っていまして」

「何言ってるんだ」樋口は思わず、椅子に腰を下ろした。空気が一瞬で凍りつくのを感じる。「その辺でチケットでも売ればいいのか？　選手全員、駅前で並んでみるか？」

「いやいや、そうじゃありません」

そうじゃないと言いながら、富川の口調はそれも選択肢の一つ、と言っているように聞こえた。

「要するに、勝てという話か」当たり前の事実にようやく気づいたのだろうか。弱いチームを喜んで応援しようというコアなファンは、それほど多くない。

「いや、とにかく観客席を埋める方法を考えろと」

「何言ってるんだ？」樋口は富川を睨みつけて繰り返した。「それを考えるのは営業部や広報部の仕事だろう。俺たち現場の人間に言っても、どうにもならないぞ。俺たちは、試合に集中するだけだ」

「もうちょっと華がないか、と……」富川が遠慮がちに言う。

「冗談じゃない。ホームランがどかどか出るような試合を期待してるなら、他所《よそ》のチームに言ってくれ。うちは、そういう野球は目指してない」

「監督、何というかもう少し……取り敢えず『イエス』と言っていただくだけでいいんですよ」富川の額に汗が滲《にじ》む。

「何だ、その奥歯に物が挟まったような言い方は」

「オーナーが理想主義的過ぎるのは、我々も分かっています。できることとできないことがあるのも当たり前です……でも、『頑張ります』と言うだけでも、一応は納得するのが上司というものじゃないですか」

「俺は、オーナーのイエスマンになるために監督をやってるんじゃない。ただこのチームを預かって、勝つために努力しているだけだ。広報部も、余計なことを言ってくるなよ。オーナーが騒いでるなら、間に立ってブロックして、俺の耳には入らないようにしてくれ。そもそもあんたは、どっちを向いて仕事してるんだ？」

「お客さんとメディアです。それが広報の仕事ですから」

嘘——お前が見ているのは本社だけだろう。富川もTKジャパンからの出向組で、球団プロパーではないのだが、既にスターズで四年のキャリアを重ねている。だったらもう、TKジャパンではなく、チームの方を向いて仕事をしてくれてもいいではないか。

俺は誰を頼りに、これからチームを引っ張っていったらいいのだ？

〈高山と橋本の会話　七月十二日〉

高山ははっきりと疲れを意識していた。

六月以降、ほぼフル出場。体力的にも精神的にもくたくただ。

守備は、とにかく頭を使う。

外野は広い。内野に比べて、打球がインフィールドにある時間も長い。それ故、打球は様々な要因の影響を受ける――事前に何が起きるかを予想してそれに備えるのは、ゲームのような楽しさだった。考慮すべき要素は、それこそ無限にある。球場の広さや芝の具合。その日の風――強さと向き――と湿度。空気が乾燥しているか湿っているかで、同じような打球でも数十センチ飛距離が違う。何イニング目か――それによって、投げ続けているピッチャーの疲労度も変わってくる。キャッチャーの配球の好み、そしてピッチャーがどこまでそれに正確に応えられるか。相手バッターのパワーと癖。様々な情報を事前にインプットし、さらに目まぐるしく変動させて打球の行方を判断する。

一番大事なのは「目」だ。昔からポジションはセンターで、ショートかセカンドにキャッチャーのサインを中継してもらっていた。真っ直ぐか、スライダー・カーブ系か、落ちるボールかぐらいだが、それでも打球の行方を予測する参考にはなる。そのために、目だけは大事にしてきた。基本的に本は読まない。映画は観ない。ゲームにも見向きもしない。電車に乗った時は、急行が通過する駅の広告などを読み取るようにして、動体視力も鍛えてきた。それは結果的に、バッティングでも役に立っていると思う。

とにかく、一試合終わった時には体よりも頭がくたくたになっている。

だから、オールスター休みはありがたかった。出るのは名誉だが、出なければ四日間は休める。オールスターメンバーに選ばれなかった高山は、この期間をオーバーホールに充てることにした。午前中はスターズ・パークで軽く練習し、昼過ぎにはスターズの寮——未だに東京スタジアムの近くにある古いものだった——に帰る。夜にはオールスターをテレビ観戦という嬉しいオプションもついている。

実質的に休暇のようだった四日間の最後の日。今日はさっさと寮で夕飯を食べて、たっぷり寝ておこうと思ったが、夕方、ロビーでぼんやりテレビを観ていると、橋本から声をかけられた。

「高山さん、飯でも行きませんか？」

「ああ……いいよ」寮にいれば、栄養的にも量的にも完璧な食事が摂れる。しかもそれなりに美味《うま》い。しかしさすがに毎日では飽きるので、たまに外へ食べに出るのは、寮で暮らす選手たちの息抜きだった。

二人は連れ立って寮を出た。この近くに、長年スターズの選手が通っている中華料理屋がある。何ということもない街場の中華料理屋だが、庶民的な濃い味を好む選手は多い。最初に発掘したのが、伝説の名選手、そして監督でもあった木元《きもと》だというエピソードも、選手たちのお気に入りだった。高山も何度かこの店に来たことがあり、こってりした味つけが気に入っていた。二人は特に相談もせずにその店に向かった。というより、寮の近くには他にいい店がない。

店内はガランとしていた。去年までは、スターズの試合がある日は賑《にぎ》わっていたんだよ――店主の晴山《はるやま》はよく愚痴を零している。球場が移転した今年になってからは散々だよ、と。

晴山は思い切り大きな笑みを浮かべて二人を出迎え、奥の個室を勧めてくれた。他に一組しか客がいなかったので、普通のテーブル席で食べても良かったのだが、後から客が入って来ると騒がしくなるかもしれない。

二人は一度に大量の料理を頼んだ。食欲増進剤としてビールも。最後は名物の「汁そば」――薄い鶏のスープに麵と葱《ねぎ》だけが入っている――で締めるのが定番だ。

「高山さん、疲れてませんか？」橋本が切り出す。

「そんなこともないよ」見抜かれているか、とどきりとしながら高山は否定した。

高卒三年目の橋本より、大卒一年目の高山の方が、二歳年上である。学歴に関係なく年齢で上下関係が決まるのがプロ野球の世界なので、橋本が敬語を使うのは当然だったが、高山も少しだけ橋本に遠慮していた。橋本は二年目の去年から一軍で何試合か出ており、プロ野球の世界では明らかに先輩なのだから。しかし橋本の方では気にする様子もない。何というか、「後輩体質」なのだ。きちんと先輩を立て、可愛がられるタイプ。

もっとも、レギュラーに定着できたのは、野球選手としての能力あってこそだ。高山は二十メートルのスピードで力を発揮するが、橋本は最初の一歩が異常に鋭いタイプである。守備では反射神経が要求される内野手――特にサードに向いている。体は大きくないがパンチ力もあり、一方で器用さも持ち合わせていて、二番打者になるために生まれてきたような男だ。

試合の時には、ロッカールームやダグアウトでよく話をする。現在、ラインナップで最年少が橋本、そのすぐ上が高山だから、気は合うのだ。とはいっても、そういう場所では野球の話しかしない。寮に戻れば、個室で別々の生活だ。考えてみれば、こうやって二人で一緒に外で食事するのは初めてである。

「外野で一番って、疲れますよね」

「何か俺は、チームの雰囲気にも疲れてるよ」

「そうすか？」

「何て言うか、ピリピリしてないか？」高山本人がピリピリしているだけかもしれないが……自分が一番に定着したためにラインナップから外された石井が、時々鋭い視線を向けてくる。誰を使って誰を外すかは上の判断だから、俺を恨まれても困るよ……。

「お前は楽にやってるよな」

「まあ、あれです。競合しないってやつですか？」

シーズン当初はベテランの池山がサードを守っていたのだが、打撃不振だった。終盤に代打を送られることも多く、橋本に取って代わられても、不思議に思う人間はいなかっただろう。

「負けてピリピリするのは分かるだろう？　たぶん、シーズンの最初はそんな感じだったと思うんだ。でも今、うちはやっと上り調子じゃないか」高山は右手をぐっと斜めに滑らせる動きを見せた。

「ですね。ようやくAクラスですから」

オールスター前に、スターズは二勝一敗ペースで調子を上げ、直前のベアーズとの三戦をスイープして、三位に浮上していた。

「普通、こういう時って雰囲気が盛り上がるもんじゃないのかな。だけど、そういう雰囲気じゃない」高山は首を捻った。

「逆に、連敗してるチームみたいですよね」橋本も同調した。「どこへ向かってるか分からない感じで……それより高山さん、オーナーから何か言われました？」

「いや」高山は目を見開いた。「何だよ、それ」

「声をかけられた選手が何人かいるみたいですよ。オールスター休みの間に、食事会をしてるはずです」橋本がスマートフォンを取り出してちらりと画面を見た。「あ、今日だったかもしれません」

「そういうの、スターズではよくあるのか？」

「俺も初耳です。ま、俺たちは二人とも呼ばれてないってことですね」

沖は、プロ野球チームのオーナーとしては細か過ぎる——それは高山にも何となく分かっていたが、選手を個人的に連れ出して会食というのは普通なのだろうか？　いや、オフシーズンならともかく、シーズン中にそれはないだろう。たとえオールスター休みであっても。だいたいオーナーには、「本業」もあるはずなのに。

何だか嫌な感じだ。

「お二人さん、そろそろ汁そばにするかい？」店主の晴山が個室に顔を見せた。

高山は、ほとんど空になった皿を見ながら「お願いします」と頼んだ。

「しかし、二人とも好調で頼もしい限りだね」晴山が顔を綻《ほころ》ばせる。「スターズがここからいなくなったのは悲しいけど」

「この店も、お客さん、減りましたよねえ」橋本が言った。

「そういうのは分かってても言わないもんだよ」晴山が苦笑した。「だけど、まだ来てくれるファンの人もいるからね」

「寮にいるから、俺たちもたまには来ますよ」

「あんたたちはすぐに寮から出て行くだろうが。レギュラーの選手が、いつまでもあそこにいちゃ駄目だよ」

「頑張ります」橋本が笑みを浮かべて答える。

何と、如才ない男か。高山はこういう気楽なやり取りが苦手だ。よく通う店でも、店員に話しかけられるとどぎまぎしてしまう。これから、外食する時は橋本を盾にしよう。

晴山が出て行って、高山はふっと息を吐いた。腹はいい具合——これで汁そばを食べれば十分なのだが、腹は膨れても、胸のどこかに穴が空いたような感じが残りそうだった。

自分のことで精一杯――それは間違いないのだが、次第に周りの状況が目に入るようになって、嫌な空気感を肌で知ることになった。橋本はあまり気にしていないようだが、高山は気になる。

自分が巻きこまれなければ問題ないのだが、どうも嫌な感じがしてならなかった。

「高山さん、チームの雰囲気はともかく、慣れました？」

「少しはね」

「だったら後半、ちょっと揺さぶってやりましょうよ」橋本が唐突に言った。

「揺さぶる？」

「俺たちの足でやれることがあると思うんですよね」

橋本が計画を話す。なるほど……面白い。高山の不安はいつの間にか吹っ飛んでいた。

3

オールスターゲームが終わって、スターズは後半戦の戦いに挑んだ。まずホームでの六連戦。これが終わると東北遠征、さらに対セネターズ三連戦と遠征が続く。

樋口は、後半戦の肝を高山、橋本の一、二番コンビと考えていた。二人ともオールスター前の出塁率は四割を超え、打率も揃って三割超。高山は既に盗塁十五を記録していた。橋本は犠牲バントを十三回試みて全て成功させ、送る状況でない時にはシュアなバッティングを見せた。守備は二人とも合格点以上。スターズは向こう十年、センターとサードで悩まなくて済むだろう。

オールスター休みの間に、スターズ・パークには軽い「手入れ」が施されていた。内外野とも全体に芝を刈りこみ、それまでよりさらに五ミリほど短く揃えるようにしたのだ。これによって、内野ゴロで終わりそうな当たりも、守備陣の間を抜くようになるはずだ。対戦チームも状況は同じなのだが、スターズの内野陣は鉄壁の守備を誇る。

後半戦の開幕投手は有原。本来なら絶好調——ここまで十二勝二敗——の大島を立てるべきなのだが、大島はスターズでただ一人ファン投票でオールスターに選ばれて二イニングを投げたので、微妙に再調整が必要だった。

集合時間より少し早く球場に来て、樋口は内外野の芝の感触を自分で確かめた。沢崎も同じ狙いだったようで、二人は並んで歩きながら、じっくりと芝の状態を観察した。「五ミリ短く」というのはなかなか微妙な指定なのだが、きちんとできているようだった。スプリンクラーが水を撒《ま》き、乾いた土に湿り気を与えている。その恩恵を、一部の芝も受けていた。濡れた芝が、真昼の強烈な陽射しを浴びてキラキラ光る。この暑さ——今日の予想最高気温は三十五度だった——だからすぐに乾いてしまうだろうが、樋口はこの雰囲気が好きだった。インドアスポーツでは絶対に味わえない、土と水と芝の香り。

「ここ、元々芝の下の土がかなり固いんですね」沢崎が指摘する。

「マウンドと同じように、か」

「ええ。だから芝が五ミリ短くなれば、打球のスピードはかなり変わってくるはずですよ」

「今日のミーティングでは、その辺をきちんと言っておかないとな。うちの内野陣なら、十分対応できると思うけど」

「そうですね。守備だけなら、内野陣はオールスター級ですよ」

沢崎の皮肉にも少しだけ余裕が出てきた。勝ち星が先行するようになって、樋口の愚痴も減ってきたので、ヘッドコーチの「聞き役」の仕事も楽になってきたのだろう。それに、オールスター休みもいい休養になったはずだ。

「ちょっと嫌な話を聞いたんですが」

おっと……愚痴が減ったと思ったら、今度は「嫌な話」か。樋口は身構えた。

「何だ？」

「オールスター休み中に、一部の選手がオーナーと食事会を開いたそうです」

「何だ、それ」樋口は思わず表情を歪めた。選手とオーナーが直接接する機会などほとんどない。ましてや食事会など、聞いたこともなかった。

「いや、はっきりした情報じゃないですけど……本当だとしたら、ちょっと異例じゃないですか？」

「かなり異例だよ。その会合に誰が出ていたか、調べられるかな」

「それはできると思いますが……」沢崎が心配そうな表情を浮かべた。「必要ですか？　チームの中を引っ掻き回すことにもなりますよ」

「このチームを預かっているのは俺だ」樋口は引かなかった。「チーム内で起こっていることは、何でも知っておかないとまずい」

「そうですね……」

沢崎がまだ躊躇していたので、樋口は頭を下げてさらに頼みこんだ。

樋口は、前回の監督経験から様々なことを学んでいた。一番大きいのは「譲らない」ことである。誰が何を言っても——監督にいろいろ言ってくる人間は多い——自分の信念と違ったら、無視しなければならない。自分よりも立場が上の人間に言われたら、黙って微笑《ほほえ》んで黙りこむ。余計な反論や口答えをせずに、相手に言質を与えないのが大事だ。

それで失敗したら、腹を切ればいい。

沢崎が外野の方へ歩き出した。彼のスニーカーが芝を噛む音が、サクサクと軽快に響く。数メートル後ろを歩きながら、樋口は改めてこの球場の「美しさ」を感じた。野球をやる場所としては、必ずしも褒められたものではないが、観客の立場で見れば、実にいい球場ではないか。内外野とも天然芝のグラウンドは、野球本来の「色」を意識させてくれる。球場に使われている色はほとんどが濃緑色と茶色で、これもクラシカルなイメージを増幅させる。一方「モダン」な部分を象徴する三つのビルは、特にプレーの邪魔になることもなく、今では球場の「個性」に思えてきた。ショッピングビルが邪魔だと言っていたバティスタも、いつの間にか文句を言わなくなっていた。ちなみにファンの間では、三つのビルは、ホームプレート後方から時計回りに、「一壁、二壁、三壁」と呼ばれているらしい。三つのビルが壁のようにそびえるから、球場自体が「ザ・ウォール」と呼ばれるようになっていた。特異な形状の外野フェンスを、オーナーは「ザ・ウォール」と名づけていたが、それとは意味が違う。フェンスを「ザ・ウォール」と呼ぶファンはいなかった。

心配していた「風」による影響は、今のところはなかった。センターを守る高山によると、「上空の風は安定している」。もしかしたら、ビル風の向きと強ささえコントロールするような構造なのか？

まさか。

「一つ、提案があるんですけどね」沢崎が切り出した。

「ああ」

「ちょっと、ある人を呼べないかと思いまして」

「新しいスタッフか？」金が出る話になると、また沖が渋い顔になるだろう。

「いや、臨時です。テスターと言うべきかな」

「テスター？　誰だ？」

「二年前までパイレーツでコーチをやってた岡本《おかもと》なんですが」岡本は、現役時代はゴールデン・グラブ賞八回を数える名外野手だった。

「岡本って今、アメリカにいるんじゃないか？」

「ええ。彼がコーチをやっているシングルAの試合は、九月二十日過ぎに全日程が終了します。すぐに帰国するらしいので、その後に」

「どうして？　うちは、守備力に関しては新しい指導者は必要ないと思うけど」

「いや、ちょっと気になるんですよ」沢崎は外野フェンスを指差した。「跳ね返り具合の違い……どうしても知りたいんですよね。どこがどうなってるのか」

「だから？」

「投げたボールと打ったボールは、全然違うでしょう。実際に打って、フェンスのあらゆる場所に当ててみて、状況を把握しておきたいんです」

「それで、どうして岡本？」

「あいつ、ノックの名人じゃないですか」

「ああ、なるほど」ようやく樋口も合点がいった。

岡本のノック技術は、「曲芸」「芸術」の域に達している。サードベース上に立てたペットボトルをライナーで倒す、レフトフェンスに書かれた「１００」の真ん中のゼロにワンバウンドで当てる――しかも三回連続――そんな技を、テレビ番組で何度も披露してきた。

「岡本にノックしてもらって具合を確かめるのが、一番確実じゃないですか」

「うちのノッカーたちじゃ駄目か」

「岡本ほどの腕はないでしょう。どうせなら正確にやりたいんです」

「パイレーツに文句を言われないかな？」

「基本、今はパイレーツから金をもらっていないはずですよ。それに、フロントと揉めてアメリカへ渡ったという噂もあります。まあ、バレなければ問題ないでしょう」

沢崎は、こういう球界内の噂をどこで集めてくるのだろう……樋口には不思議でならなかった。現役時代は友だちが多いタイプではなく、チームメートとのつき合いさえ避けていたぐらいなのに。やはり大リーグ生活で人が変わったのか。

「……とにかく頼む。何でもやってみよう。俺のポケットマネーで何とかしてもいい」

「分かりました」

監督室に戻り、試合の準備を始める。ラインナップは、オールスター前と同じ。一、二番コンビが今まで通りに上手く機能してくれることを樋口は祈った。二人のうち心配なのは高山――一軍での出場が続いて、肉体的、精神的にかなり疲弊しているようだ。オールスター休みの間、負荷の強い練習は避けて、できるだけ休養するよう命じておいたが……高卒とはいえプロ三年目の橋本の方が、高山よりも上手く一軍に馴染んでいるようである。

二人は、樋口が期待した以上の働きを見せた。初回、連続ヒットでノーアウト一、三塁と攻めると、一塁走者の橋本が走った。しかし、一、二塁間の中間地点でバランスを崩してしまう。慌てて一塁へ戻ろうとしてランダウンプレーになり、最後は何とか体を捻って二塁へ滑りこもうとした——その瞬間、高山が三塁からホームへ突入した。

クリッパーズのショートが慌ててバックホームする。その時点で、高山は三本間のほぼ中間地点にいたのだが、バスケットボール選手並みのストップ・スタートの動きを見せて身を翻した。あまりの素早さに、クリッパーズのキャッチャーが慌ててボールを握り直す。〇コンマ何秒かのタイミングを利して、高山は無事に三塁へ戻った。

橋本はセカンドベース上に立っている。

結果的にノーアウト二、三塁になった。橋本が単独で走ってもセーフになった可能性が高いが……樋口は二人の意図を見抜いていた。

クリッパーズの先発・ジョンソンは気が短い。調子に乗ると手がつけられなくなるのだが、ちょっとしたタイミングで崩れることも少なくなかった。とはいえ、今シーズンは絶好調……前半戦で十二勝を挙げ、大島と最多勝争いをしていた。噂では、去年のシーズンオフにヨガを始め、精神を安定させる術を学んだのだという。元大リーガーがヨガ——樋口は冗談だろうと思っているのだが。

とにかく、今シーズンはずっと冷静さを保っていたジョンソンが、久しぶりに顔を真っ赤にしていた。顔には脂汗。

「奴ら、やりやがったな」樋口はつぶやいた。

「篠田が上手く対応するといいんですが」沢崎は心配そうに言った。

初球――篠田は上手く対応した。ジョンソンの右腕から投じられた一球は、左打席に入る篠田の胸元を抉《えぐ》るコースに行った。そのまま立っていたら、ちょうどグリップの辺りにぶつかるコース。篠田はさっと身を引いて避《よ》けた。ボールは微妙に変化していたようで、さらに篠田の体が目隠しになってしまったのか、キャッチャーが後逸する。高山が瞬時に反応し、本塁へ突入した。バックネット前まで転がったボールを摑んだキャッチャーがジョンソンにトスしたが、それより一瞬早く、高山は本塁に滑りこんでいた。

篠田はファーストへのファウルフライに倒れたものの、バティスタが、思い切り引っ張ってライトスタンド最前列にツーランホームランを叩きこむ。樋口はつい、「二壁」の上に上がるホシオのバルーンに見入ってしまった。この光景も、次第に見慣れたものになりつつある……。

「まあ、篠田がぶつけられなくてよかった」樋口は安堵《あんど》の吐息を漏らした。

「ですね……しかし今のは、ベテランみたいなおちょくり方だった」沢崎が応じる。

「こういうのは、確実にダメージになるぞ。ジョンソンはもう、冷静さを取り戻せないだろう」

樋口の予感は当たった。結局ジョンソンは、三回までにさらに3点を失い、その回でマウンドを降りた。三塁側のダグアウトが一瞬ざわつくのが見える。おそらくジョンソンがグラブを投げつけ、暴れたのだろう。身長二メートルの選手が暴れ出すと、抑えるだけでも一苦労だ。

今季、平均で七イニング超投げているジョンソンが三回で引っこんだので、クリッパーズの投手リレーは滅茶苦茶になった。六人の投手を注ぎこんだものの、一度火が点《つ》いたスターズ打線を抑えこむのは不可能だった。今季二度目の二桁得点——12点を挙げて快勝。大量リードに守られて気楽になったのか、先発の有原も今日はペースを崩すことなく投げ続け、3点を失ったものの、今季初完投を記録した。これで六勝五敗と、ようやく白星が先行した。

試合が終わると、樋口はすぐに高山と橋本を呼んで因果を含めた。

「記者に聞かれたら、初回のトリックプレーはベンチからのサインだったことにしておけ」

実際はサインなど出していない。二人は怪訝そうな表情を浮かべたものの、すぐに樋口の真意を読んだようで、揃ってニヤリと笑った。

「監督、何も自分で背負いこまなくても」沢崎が溜息をつく。「あの二人を庇ったんでしょう？　若造が二人でトリックプレーをしかけたなんて話が広まったら、相手チームに狙われますからね」

「俺は試合に出てないから、ぶつけられる心配はないんだ」樋口は肩をすくめた。

ピッチャーが報復のビーンボールを投げるような習慣は日本にはないが、体を狙われることはありうる。あるいは守備で強引なスライディングをしかけられるとか。「監督のサイン」ということにしておけば、二人に対する憎しみは半減するだろう。

さて、あとは有原をフォローしておかないと。

囲み取材を終えた後、樋口はすぐに監督室に有原を呼んだ。アイシングしているので、右肩から腕にかけてだけが、アメフトの選手のように膨れ上がっている。この姿を見る度に、樋口の胸は痛む。一試合投げると、ピッチャーの腕の毛細血管はずたずたになる。筋肉も極度の緊張を強いられる。

「ご苦労さん。初完投だな」

「はい」有原はあまり嬉しそうではなかった。

「スターズ・パークでの投げ方を身につけ始めたみたいじゃないか」

「あの……ブルペンのマウンド、まだあのままですよね」

「頼んでいるんだが、今シーズンは難しそうだ」

「……そうですか」

「心配するな。お前はもう十分、あのマウンドにアジャストしてる。将来大リーグへ行くための練習にもなるんじゃないか？」

「そういうつもりはないんですが」有原の顔に戸惑いが浮かぶ。

「そうなのか？　お前ぐらいの力があれば、大リーグを考えてもおかしくないだろう」

「いや……オフに結婚しますし」

「それは聞いてる。嫁さんが反対でもしてるのか？」

「そもそも、そんな話は出てませんよ」

「そうか」

樋口はうなずいた。会話が途切れ、有原が一礼して監督室を出て行く。

ようやく白星が先行しても、完投しても、どこか不満げ……あいつは、変化に慣れないタイプの選手だ。自分の得意技を磨き上げ、徹底してそれで勝負したい、職人タイプ。それ故、今年は迷い、困っているのだ。

しかし、変わらない選手は長続きしない。どうせなら、一日でも長くプレーして、たっぷり金を稼いで欲しいではないか。俺と違って、有原には有り余る才能があるのだから。

〈沢崎とXの会話　七月二十日〉

「どうも。久しぶり」沢崎は笑みを浮かべた。本当に久しぶりだ……同じ業界にいながら、タイミングが合わなければ何年も会わないこともある。とはいえ、連絡はずっと取り合っている。電話ではしばしば話すし、長いメールのやり取りをすることもあった。

「ヘッドコーチの仕事はどうだい」

「ま、監督の愚痴の相手だな」

「あの人は心配性だからな」相手が軽く笑う。昔と変わらぬ、人を馬鹿にしたような笑い方だった。

沢崎はシートの中で姿勢を正した。どうにも窮屈……アストンマーティンは確かに世界最高のスポーツカーの一台だろうが、致命的な欠点がある。自分たちのように体の大きな人間には居心地が悪いのだ。

会おうと誘った時、相手は「ちょっとドライブしよう」と言ってきた。そして「遠征用の荷物は持って来いよ」とつけ加える。

まさかと思ったが、相手はスターズ・パークの近くで沢崎を拾うと、そのまま首都高から東名高速に乗った。

「まさか、名古屋まで行くつもりか？」

「朝四時ぐらいには着く。お前は先にホテルで一休みしてればいいだろう」

「滅茶苦茶だな」

本当はまずい。名古屋でのセネターズ戦に向けての移動は、明日の午前中だ。当然、チーム全員が新幹線で移動する。事故を避けるために、二組に分かれての移動だが……ヘッドコーチが勝手に先乗りしたらまずいだろう。後でマネージャーに連絡しておかないと。

しかし……まあ、いいか。名古屋まで四時間から五時間。その間、ゆっくりと話ができる。

「そっちも仕事なのか？」

「ああ、三連戦ともCSの解説だ」

「移動、いつも車なのか？」

「名古屋まではな」

言うなり、相手がアクセルをぐんと踏みこむ。あっという間にスピードが乗り、深夜の高速道路の光景が溶け始めた。おいおい……両足に力を入れてフロアに突っ張りながら、スピードメーターをちらりと見る。液晶メーターには「１４０」の数字が浮かんでいた。アナログのメーターと違い、何キロまで刻んであるかは分からないが、その気になればトップスピードは三百キロ超だろう。四人乗りで、内装は派手なホワイトと青。まだ真新しい匂いがするこの車は二千万円——いや、三千万円クラスかもしれない。こんな車を買う金を、どこから捻り出しているのだろうか。

沢崎は、できるだけリラックスしようとした。走りは安定している——アメリカへ行って驚いたのは、道路が日本よりもずっと荒れていることで、それに比べれば東名など、凹凸のないガラスのようなものだ。とはいえ、百四十キロで走られては、心穏やかではいられない。向こうはまったく気にしていない様子で鼻歌を歌っていたが……何の曲かさっぱり分からない。そういえばとんでもない音痴だったな、と思い出す。

「例の話だけど、筆頭ゲストは井本だったそうだ」

「やっぱりそうか」予想していたことではあった。「あいつは特に目をかけられてるみたいだからな。ノルマを課されたって聞いてる」

「どこまで本気かは分からないけどな。いきなり四十本、四十五本と言われても、無理だろう。去年が単なるフロックだった可能性もある。最低二年続けていい成績を残さないと、本物になったかどうかは分からないからな。俺は、去年の成績は偶然だと思ってる」

「ああ。しかし、オーナーはマジなんじゃないか？」

「三十五本打った人間が、去年より三割多く努力したら、簡単に五本上積みできる――そんなのは、素人の考えだ」相手が指先でハンドルを叩く。苛ついている時の癖だ。

「野球選手は機械じゃないんだから」

「ああ……つまり、食事会では叱咤《しった》激励《げきれい》されたわけか？」それならどうでもいい――もちろん、オーナーが直に選手を褒めたり叱ったりというのは、避けて欲しいことだが……他の選手から見れば依怙《えこ》贔屓とも感じられる。

「むしろ、オーナーが愚痴を聞いていたようだ」

「――起用法に関する愚痴か？」

「ああ。井本はやっぱり図に乗ってるんだよ。しかも看板にこだわっている。四番の座が、この世で一番大事なものぐらいに考えてるんだろう。それが今は、五番に下げられている――我慢できないぐらいの屈辱だろうな。俺には理解できないけど」

それはそうだろう。ハンドルを握っているこの男は、とにかくこだわりがないのだ。こういう淡々とした性格で、よくあれだけの成績を残せたものだと思う。一般的にスポーツ選手は、欲が深いほど成功すると言われているのに。欲が深いイコール、求める目標がはるか遠くにあることで、実現するためにいくらでも努力ができるからだ。自分がまさにそうだった。意識して目標を口にし、自分を追いこみ——意識過剰だったと思う。それに対して、今ハンドルを握るこの男は「無意識過剰」だ。何も考えずに、平然とライバルを蹴落としてきた。

「オーナーも、井本の愚痴を真面目に聞いていたとか」

「選手直結のオーナーか……本業の方、大丈夫なのかね」

「さあね」相手がハンドルを握ったまま、器用に肩をすくめる。「IT系の仕事はよく分からん」

ちらりと外を見ると、アストンマーティンは海老名ジャンクションを通り過ぎるところだった。そういえば、圏央道と東名が接続したのは、自分がアメリカに行ってからだっただろうか……日本に帰って来た時に、道路の様子が結構変わっていたので驚いた。これ以上開発できないような首都圏にも、まだいじるスペースがあったわけだ。

「他の参加メンバーは？」

「石井」

「ああ」石井も割りを食った一人と言っていいだろう。ある意味、井本よりも……井本は一応試合に出続けているが、石井は高山と橋本の抜擢でラインナップから外れた。

「で、オーナーは何か言ったのか？　まさか、二人の待遇を保証したとか、そんなことはないだろうな」

「そこまでは分からない。現場に盗聴器をしかけてたわけじゃないからな」

「そうか……そういう会合、今回が初めてなのかな」

「ある程度の人数が集まるのは、今シーズン初めてだと思うけど、オーナーと選手の直接の接触はよくあるらしいよ。何だか変なチームになっちまったよな……お前もやりにくくないか？」

「俺はそうでもないけど……樋口さんは相当プレッシャーを受けてる。昔に比べればだいぶ面の皮が厚くなったと思うけど、常に胃薬を持ってるからな」

「何というか、ギャフンと言わせて欲しいんだよなあ」

「オーナーを？」

「ああ。オーナーは、チームの成績はどうでもいいみたいに考えてるようだけど、冗談じゃない。樋口さんを胴上げしてやれよ」

「とはいっても、まだ四位だぜ」

「チャンスはあるだろう。首位のイーグルスまで、五ゲーム差しかないじゃないか。それぐらい、十分逆転できる。久しぶりのリーグ優勝、目指さないか？」

「目指すにしても、樋口さんははっきりと選手の尻を叩かないだろうな。あの人、そういうタイプじゃないから」

「言うか言わないかなんて、どうでもいいんだよ。とにかく勝ってくれれば——その時にオーナーがどんな顔をするか、見るのが楽しみでしょうがないんだ。ちょっとでも苛ついた表情を見せたら、俺はその瞬間を写真に撮って拡散してやるよ」

こいつならやりかねない。野球よりも、悪戯《いたずら》や人をからかうことが大好きだったぐらいだから。それが今も変わっていないとしたら、まだまだガキである。

普通に金を稼いで生きていけるのが不思議なぐらいの人間だ。自分とはまさに北極と南極の関係——水と油でもあるのだが、それでも今は、一緒にいて不快ではない。人間関係は、野球と同じぐらい奥が深く、謎が多いものだ。

4

チーム全体で波をキャッチできる時がある。一度もそういうことがないまま終わってしまうシーズンもあるのだが、今年のスターズは、八月の頭にとうとうその波を摑まえた。

九連勝——ここまでの連勝は十年ぶりだった。しかも九連勝のうち、六勝がホームでの試合。樋口が目指したスターズらしい野球が、ようやく形になってきたのだ。

この九連勝で、スターズは一時だが首位に立った。十連勝を賭《か》けた試合で二位のイーグルスとの直接対決に負け、一試合だけで首位を明け渡したものの、並走している感覚が強くなる。夏場、イーグルス打線は調子を落としており、春先のような絶対的な破壊力は感じられなくなった。首位を争った三連戦、ここまで二十九本のホームランを放っている四番のゴードンはノーヒットに終わった。三番の萩本もヒット二本だけで、打点はゼロ。強力打線の中核としてイーグルスを引っ張って来た二人が、突如として同時に調子を落とす——野球では時にこういうことがある。負のケミストリーだ。「新人王最有力」の勢いで打ちまくっていたドラフト一位の長岡が、オールスター後に怪我で戦列を離れたのも痛い。

二連敗の後に一矢を報い、一ゲーム差で二位……三位、四位のチームもまだ背中に迫っているが、一度でも首位に立った実績は選手にいい影響を与えるはずだ、と樋口は少しだけ満足していた。

福岡に遠征してのイーグルスとの首位決戦が一勝二敗に終わった後、樋口は気分転換で街へ出ることにした。

イーグルスとの試合で楽しみなのは「食」だ。福岡はとにかく、美味いものが多い。選手の中でも、札幌と福岡の二都市は、遠征先として特に人気だ。

とはいえ、自由に街に繰り出すのは難しい。地元ではイーグルスが絶大な人気を誇っており、街を歩く時にもひやひやする。試合の後にまで敵チームのファンから野次を浴びせられるのは、精神的になかなかきつい。

それだけイーグルス一色の街であっても、へそ曲がりな人間はいる。飲食店の店主にも他のチームのファンがいて、そういう場所は迫害される地元ファン、さらには遠征してくる選手たちの溜まり場になっている。博多では「玄界灘《げんかいなだ》」というこの店がそうだった。居心地がいいのもありがたいし、海の幸を中心に福岡の名物がほぼ全て楽しめる。

何となく一人になりたかったのだが、監督は決して一人にしてはもらえない。今日も、専属マネージャーの斉藤《さいとう》がついて来た。この男は信用できる——元々スターズの選手で、二十五歳で戦力外になってから十年以上、球団職員としてずっとチームを支えているベテランだ。前回監督を務めた時のマネージャーで、今回も指名して面倒を見てもらうことにした。自分より十歳年下なのだが、何かと気も合う。

「お久しぶりですねえ」個室に案内しながら、店主が上機嫌に言った。確かに……この店に来るのも五年ぶりになる。しかし、記憶にある通りだった。四畳半の個室の壁は、スターズ選手のサインや、店主と一緒に撮影した写真で埋まっている。迫害されている福岡のスターズファンの間では、「神殿」と呼ばれているそうだ。

「六年ぶりぐらいですよ」樋口は応じた。

「いよいよ調子が上がってきたじゃない」短い白髪に手ぬぐいを頭に巻いた店主は、上機嫌だった。「久々に優勝を狙えるんじゃないですか？　俺は前から、樋口さんは監督として超優秀だと思ってたんだ」

樋口は苦笑いした。そんな風に評価されるほどの成績は残していない——今年ようやく、チームをここまで引っ張り上げることに成功しただけだ。それに最終的な結果が出るのは、まだ二ヶ月ほど先である。

「今日はどうします？」

「お任せで……それとビールの大瓶を二本」

「あいよ。今日は鯛《たい》のいいのが入ってるけど、刺身と潮蒸しにしようか？」

「お願いします」

ビールで乾杯した後、樋口は思わず溜息をついてしまった。

「勝ちゲームの後らしくないですよ」斉藤が指摘した。

「勝とうが負けようが、疲れるんだよ」

「でも、マジで優勝を狙える感じになってきたんじゃないですか？　ファンの盛り上がりもすごいですよ」

「ネットで盛り上がる分には、こっちには何の影響もないけどな。球場に来てもらわないと」これじゃあ、沖と同じ考えだ……いや、俺はあくまで、「強さ」の結果として球場をファンで埋めたいと思っている。

「勝ちたいですよね……勝ち方というか、勝つ喜びを忘れてますよ」

「お前には分かってるだろう」斉藤は、スターズの黄金時代を知っている。本人はほとんど二軍暮らしだったが、優勝の余波《よは》は二軍にいても十分味わえたはずだ。

「いやあ、昔の話ですからねえ」

「俺もよく覚えてないよ」

低迷が長く続くと、どうしても卑屈になるものか……苦笑しながら樋口はビールを呑んだ。

「長く優勝してない――それが一番問題なんだよ」

「どうしてですか？」

「勝ち方を忘れてしまう。いや、もちろんシーズン中の一試合一試合の戦い方はいつでも同じだけど、そうじゃない特別な試合では経験がものを言うんだ。例えば首位決戦とか、これに勝てば優勝が決まる試合とか。今回の三連戦も危なかった」

一試合目、二試合目は、すっかり引っこんでいたはずのスターズの悪い癖が出た。バティスタと井本がシーズン当初のように振り回してしまい、結果、二試合ともノーヒットに終わったのだ。中軸の二人がブレーキになって、この二試合では1点ずつしか取れなかった。三試合目こそ、いつものスターズらしさが出て、単打のみ八本のヒットを重ねてじわじわと加点し、何とか振り切ったのだが。イーグルスの本拠地もそれほど広いわけではなく、ホームランの出やすい球場だということはデータからもはっきりしている。しかし、そんなに簡単にヒット狙いからホームラン狙いに意識を変えてしまうようでは……今のスターズは、とにかくスモールベースボールでいくしかない。勘違いして振り回したら、相手チームの思う壺だ。

「いざという時に、いつもよりも上手くできる――火事場の馬鹿力なんかないんだ」樋口は言った。「練習でできている以上のことは絶対にできない。野球ってのはそういうスポーツだろう」

「ですね」斉藤が同意してうなずく——しかし、微妙に納得していない表情に見えた。

「何か不満なのか？」試合になれば思いもよらぬ力が出る、とでも信じているのだろうか。

「いや……監督、抑えてませんか？」

「そうかね」

「ミーティングでも、優勝って言わないでしょう？　そろそろ、選手にもそういう意識を植えつけた方がいいんじゃないですか」

「優勝から長く離れているチームは、勝ち方を忘れてる——さっきも言った通りだ。優勝を意識したら、いつも通りのプレーはできなくなる。俺は、スターズはまだ再建途中だと思う。今年はあくまで様子見だ。本格的にチーム作り——優勝を狙うチーム作りに乗り出すのは来年以降だよ」

　もっとも、来年も指揮を執れる保証はないのだが。三年契約といっても、そんなものはオーナーの意思一つで簡単にひっくり返る。

「このチームを強くできるのは、監督だけですよ」

「よせよ」樋口は苦笑した。「そんな風に持ち上げられると、気持ち悪いぜ」

「いやいや……でも本当に、優勝をぶち上げて下さいよ」

「それでチームが一つになれると思うか？」

　樋口の問いかけに、斉藤が黙りこむ。選手たちの間に微妙な溝があることは、二人は何度も話し合っていた。樋口が抜擢した選手と、そのために冷遇されたと思っている選手。そこにオーナーが介入してきて、ロッカールームの雰囲気は最悪だ。殴り合いの喧嘩や罵り合いが起きるわけではないが、雰囲気の重さ、暗さは肌で感じられる。

「あの雰囲気だと、そのうちロッカールームで出入りが始まりそうだな」

「始まったっていいじゃないですか」斉藤が平然とした口調で言った。「勝てば何でもいいですよ。勝つことこそ最高の薬だし、ご褒美なんだから」


東京へ戻り、スターズ・パークにベアーズを迎えての三連戦。これからイーグルスを追走していくために、極めて大事な意味を持つ三連戦だ。三タテして、勢いをつけたい。ところが四位のベアーズ相手に、またしてもスターズはシーズン当初のようなまずい戦い方をした。原因はバティスタと井本。井本はともかく、バティスタは完全に、シーズン当初の振り回すバッティングに戻ってしまっている。まさか、タイトルを気にし始めているのでは……バティスタはここまで、ホームランこそ期待されたほどではないものの、八十打点を挙げている。シーズン百打点も夢ではなく、タイトルも狙えるかもしれない。

このままだと、シーズン当初のチーム状態に逆戻りして、一気に転落してしまいそうだ――樋口は覚悟を決めた。この辺りで、意識を変えてやろう。

試合後、樋口は全選手をミーティングルームに集めた。カッカしている、と自分でも意識する。選手たちはそれを敏感に感じ取ったのか、全員が緊張しきった表情だ。

「今日の試合については、何も言わない。ただ、一つだけ言わせてくれ。俺たちは優勝を狙ってるんだぞ」

ざわつきが消え、選手たちの背筋がピンと伸びた。

「馬鹿馬鹿しいと思うか？　俺が夢を語ってるだけだと思うか？　冗談じゃない。俺は本気で優勝したいんだよ。お前たちがスターズを立て直したんだ。勝てるチームができつつあるんだ。この機会を逃すな。今年勝てたら来年にもつながる。スターズが、全盛期の強さを取り戻すチャンスが来たんだぞ」

樋口は選手たちの顔をざっと見渡した。まだ全員、緊張しきった表情を浮かべている。バティスタも然り……この明るい選手は、野球以外では日本文化に馴染もうとするのが趣味のようで、会話もかなり上達してきた。簡単な会話なら通訳抜きでもこなせるようになってきたし、一人でお立ち台に上がることさえあった。

樋口は井本に視線を据えた。一瞬目が合ったが、井本はすっとうつむいてしまう。

「オーナーも、この球場を満員にしようと、いろいろ努力されている。しかし、俺たちがやるべきなのは勝つことなんだ。優勝して、オーナーを喜ばせてやろうじゃないか。余計なパフォーマンスはいらない。プレーの質だけで観客を唸らせてやれ。そういうプレーが勝利につながるんだから」

さて、この皮肉は効いたかどうか……一部の選手たちが、やらなくていいパフォーマンスをやっているのを、樋口は知っている。バティスタのサムライ・ポーズも派手になってきたし、井本もホームランを打つと——まだ十五本しか打っていないが——大袈裟なガッツポーズを見せるようになった。三振を奪うと、マウンド上で吠《ほ》えるピッチャーもいる。しかし樋口の経験では、こういうのは相手チームを刺激するだけでろくなことにならない。

驚いたのは、先日、高山がプロ初ホームランを放った時に、ダグアウトにいる選手全員が祝福せずに無視を決めこんだことだ。大リーグで「サイレント・トリートメント」と言われる新人歓迎のジョークなのだが、日本では浸透しているわけではない——樋口が見た限り初めてだった。

後で調べると、これは沖の指示だった。何かと大リーグ志向の沖は、プレー以外の部分でも大リーグ的な雰囲気を取り入れようとしている。実際これは話題になり、翌日、一面で大きく写真を掲載して取り上げたスポーツ紙もあった。

沖はほくそ笑んでいたかもしれないが、樋口は苦虫を嚙み潰したような不快さを感じていた。余計なことを——。

気を取り直して選手たちに告げる。

「勝とう。優勝を狙おう。これが、全員が幸せになれる唯一の道だ」

ミーティングが終わった後、沢崎が驚いたように言った。

「ここで優勝を言い出すとは思いませんでしたよ」

「そうか？」

「樋口さん、あんな風に熱く語る人じゃないでしょう」

「覚えておけよ。人間は、五十になっても変われるんだ」


このミーティングが功を奏したかどうかは分からないが、スターズは続く二戦を連勝した。いつものスターズの野球——こつこつヒットを放ち、足で相手にプレッシャーをかけ、ピッチャーは丁寧な投球でゴロを打たせる。相手にすれば、ノックアウトパンチではなく、手数の差で判定負けを宣告されたような感じだろう。深刻なダメージはないように思うかもしれないが、こういうのは後々効いてくる。

試合後の囲み取材で、記者から初めて「優勝」の言葉が出た。これは「しこみ」である。広報部長を使い、こういう質問を出すよう事前に頼みこんだのだ。樋口としては、あくまで記者の質問に答えて、という形にしたかった。どうでもいいような話に思えるかもしれないが、記者が抱く印象は大事である。図々しく、一方的に「優勝します」とぶち上げると、反発する記者もいるのだ。もちろん、シーズン前にはどの監督も「目標は優勝」と掲げるのだが、シーズンも深まってきた今、この件は微妙な問題になる。そして記者が反発すれば、スターズに批判的な記事が出て、沖が激怒する。

余計な刺激は与えたくない。オーナーに対する不満は高まっていたが、生殺与奪の権を握るのはあくまで向こうなのだ。選手や監督がクーデターを起こしても、絶対に勝てない。

「監督、これでまた首位に立ちましたが、優勝も見えてきたんじゃないですか？」

「まだシーズンは先があるから何とも言えないけど、手応えはある」

「優勝の手応え？」

「それに向けて勝っていくノウハウを摑みつつある、ということですよ」これではちょっと弱いか。もう少しはっきり宣言してもいいだろう。「この時点で首位に立って、優勝を意識しないわけがない——そう、優勝を狙っていきましょう」

記者たちが一斉に顔を上げる。視線が突き刺さってきて痛いぐらいだった。そんなにおかしいか？　何十年も優勝から離れているチームが突然勝つことだってある。それに俺は、勝てるチームにするために作戦を組み立ててきたのだ。

この発言で、明日のスポーツ紙の見出しはどうなるだろう。「樋口　優勝宣言」ぐらいか。それを読んだオーナーが何を考えるかは分からない——そう言えば最近、沖は球場に顔を見せていない。シーズン当初は、ホームゲームの時はしばしば足を運んでいたのに……どうせなら、飽きてしまっていたらありがたい。彼が来ると、やはり樋口も緊張してしまうのだ。

明日はまた移動日で名古屋へ向かう。その準備のために、樋口は自宅へ帰った。シーズン初めはどことなく居心地が悪かったマンションだが、最近ではすっかり慣れてしまった。やはり、スターズ・パークの監督室を出てから十分で、自宅のリビングルームで寛げるのが大きい。以前は、車での移動が、考えるための貴重な時間だったのだが、そもそも考えるだけなら自宅のリビングで座っている方がいいようだ。特に、球場を見下ろす窓際に置いたソファ……そこが非常に落ち着くし、いろいろとアイディアも浮かぶ。

球場をぐるりと取り囲む通路を半周し、ホテル棟への入り口に達する。マネージャーの斉藤の「送り」は、いつもここまで。高層階へ行って帰ってとなると、斉藤を解放する時間が遅くなってしまう。

今夜も「おやすみ」を言ってカードキーをセンサーにタッチしようとした瞬間、スマートフォンが鳴った。画面には「オーナー」と浮かんでいる……しばらく直接連絡がなかったので、「来たか」という感じだった。

斉藤が踵《きびす》を返して、首を傾げた。大丈夫ですか……樋口は「オーナーだ」と言ってスマートフォンを振って見せた。

「お前がいなくても処理できるよ」

斉藤は心配そうな表情を浮かべたが、結局一礼して去って行った。彼の背中を見ながら、樋口は電話に出た。

「樋口です」

「ああ、監督……もう自宅にお戻りでしたか？」沖の口調は例によって丁寧だった。

「途中です」

「そうですか？　軽く一杯やりませんか？　明日は移動日ですから、余裕はあるでしょう」

「構いませんが……」こういうことは予期しておくべきだった。そして断る理由も予め考えておくべきだった。後悔したが、「構いません」と言ってしまった以上、引き返せない。それにいい機会だから、オーナーが何を考えているか、探っておきたかった。

「実は『ボール・パーク』にいます」

「ああ……」あそこでファンに囲まれながら観戦していたのだろうか。目立つのが好きな人だから、平気でそういうことをするかもしれない。

「今から大丈夫ですか？」沖が念押しした。

「行きます」

「では、別室の方へ」

別室？　そんな話は初耳だ。あの店は、横に長く開けた窓沿いにある、長大なカウンターが名物なのだ。まさにグラウンドを見下ろしながら酒が呑める……まあ、価格的には高級な店だから、ＶＩＰルームのような部屋があってもおかしくはないのだが。

ここには何度か来ていて、店員とも顔見知りだった。「オーナー、来てる？」と確認すると、すぐに「別室」に案内された。どんなに派手な場所かと思っていたら、むしろどっしりと落ち着いた部屋である。広さは六畳ほどで、壁は黒に近い茶色、そして濃緑色の腰板が張り巡らされている。部屋の中央にあるテーブルは、重厚なマホガニー製だった。六つある丸椅子の座面は暗い緑。壁は、様々な野球のシーンを切り取った写真で埋まっている。

沖は一人だった。目の前には、薄い黄金色の液体が入った背の高いグラス。浮いている小さな緑の葉はミントか何かだろうか。ハイボール？

「何にしますか？」沖が丁寧な口調で訊ねる。

「オーナーは何を？　ハイボールですか？」

「いや、バーボンのジンジャーエール割りです」沖がグラスを持ち上げた。

「じゃあ、同じものを」樋口は振り返り、ドアのところで待機していた店員に告げた。

「こんな部屋があったんですね」樋口は周囲をぐるりと見回した。

「レフティ・オドールをご存じですか？」

「ええ」戦後、サンフランシスコ・シールズを率いて来日した人だ。日本球界とは浅からぬ縁がある。

「彼の名前を冠した店が、サンフランシスコにありましてね。本人は亡くなっていますから、権利関係がどうなっているかは分かりませんが……今はもう、閉店したかもしれません。その店が、こんな感じだったんです。もっと気安い雰囲気ですけど、いかにもアメリカっぽいというか」

「それを日本に移植したわけですか」気安いというより、重厚な内装だが。

「こういう雰囲気が好きでしてね……ところで、優勝を狙えると思いますか？」沖がいきなり切り出した。

「狙わない監督はいませんよ」樋口は無難に答えた。「八月になって最下位でもなければ――最下位でも、混戦でゲーム差が少なければ、勝ちに行きます」

「選手の気合いも入っていますか？」

「負けて嬉しい選手はいませんよ」

ロッカールームでの会話が沖に伝わっている……もちろん、オーナーには知る権利はあるだろう。しかし、誰かがそれを沖に報告していると考えると、どうにも気味が悪い。

「勝つのは大事ですね。新球場初年度で優勝となったら、素晴らしい」

「狙っていきますよ」

「それだけでなく、観客が喜ぶ選手を使って下さい」

来たか、と樋口は身構えた。結局この人は、自分の「お気に入り」を試合に出したいだけなのだ。オーナーは全権を持つが、細かいことには口出ししない――それが日本のプロ野球の暗黙の了解なのに、沖にはそういう考えがないらしい。

「一番コンディションがいい選手を使います」

「樋口さんの野球は……昔の日本の野球ですね」

「そうかもしれません」樋口は認めた。ノーアウトで走者が出たら必ず送りバント、のような。実際にはもう少し積極的であり、ヒットエンドランや盗塁を多用する。一、二番コンビの機動力に絶大な信頼を置いているからだ。

「ああいうスモールベースボールは、今のアメリカでは主流ではないですよ」

「むしろ今は、ビッグボールですね」樋口とて、その辺りは把握している。九〇年代から大リーグを席巻しているセイバーメトリクスの考え方では、送りバントのような戦術は嫌われる。基本は「いかにアウトにならないか」であり、それに従えば、むざむざ相手にアウトを一つ与える送りバントなど、得点のチャンスを減らす行為に過ぎない。

「その方が観客も喜びますよ」

「確かにそうかもしれません。しかし、残念ながら」樋口は少しだけ反論を試みた。

「オーナーが好まれるビッグボールを成功させるためには、手駒が足りません」球場に金をかけ過ぎて、選手獲得に十分な資金を使えなかったからだ。

「今の手駒で何とかするのが監督の手腕では？」

「仰る通りですが、今泉に3ランホームランは期待できません」

　今泉は不動のショートだが、ホームランは年平均して五本ほどである。通算打率も二割五分程度。それに目をつぶっても使い続けているのは、守備だけで金が取れる選手だからだ。

「井本もバティスタもいるでしょう。それなのに、バティスタには大物打ちをしないように指導しているんですね？」

「彼は本来、中距離バッターです」

「井本の打順を下げたのも、どうかと思いますよ」沖の口調は、だんだん遠慮がなく

――厳しくなってきた。「井本は、スターズ生え抜きの長距離砲です。これから日本を代表するバッターに育つ可能性もある。今年は四十本台を期待していたんですよ。打順を下げることで、彼はプライドを傷つけられて打てなくなったんじゃないですか?」

「その程度のメンタルでは、プロの四番は務まりません」樋口は思わず反論した。実際、井本は、メンタルが弱過ぎる。打順を下げられたり、先発から外されたりしても、チャンスではきっちり結果を出すのが、メンタルの強い選手なのだ。

「ただ走り回って引っ掻き回しているのは、どうも……ダイナミックさに欠けますね」

「高山と橋本のことですか?」自分が見出して抜擢した選手が貶《おとし》められる――自分に対する屈辱と一緒だ。ついきつい口調で訊ねた瞬間、樋口は「落ち着け」と自分に言い聞かせた。ここで激怒して沖と衝突したら、シーズン終了を待たずに俺の首は飛ぶだろう。

「スターズ・パークでは、ダイナミックな野球を期待していたんですけどね。それは、新球場のコンセプトを発表した時点から強調していました」

「そうでしたね」「ガワ」だけ造って中身がない感じだが……沖のやることは全てがずれている。

「コンセプトは、揺るがせてはいけないんです。そこを忘れず、選手を起用して下さいよ」

「監督の仕事は」言葉を切って、樋口はすっと息を呑んだ。「今ある戦力で何とかすることです。ベストの選手を選び、最高のパフォーマンスを発揮させる」

「レッドソックスは歴史的に『打』のチームです。狭いグラウンドを自家薬籠《やくろう》中の物にしている」

「長い歴史があってのことです。スターズ・パークでどういう野球をやったらいいかは、まだ試行錯誤の最中ですよ」

「シーズンの半分はここでやるんですよ」沖が呆れたように言った。「もう十分、球場の特性は分かっているでしょう。それに合わせて選手を使わないと」

「できるだけご期待に添えるようにします」丁寧に頭は下げたが、決して言質は与えない。監督も二回目になると、いくつもの仮面を用意して人に会うことになるのだ。

「監督には監督の理想の野球があるんでしょうが」

「ないですよ」

樋口はあっさりした口調で言った。驚いたように、沖が目を見開く。

「野球は変わります。例えば私がこの世界に入った時は、まだピッチャーは先発完投型が理想でした。その頃に、現在のような分業制が普通になると予想できていた人は、多くはなかったはずです。そしてこういうのは、誰かが明確なビジョンを持って、計画的に流行らせるものではないんです。たまたま取り上げた作戦が上手く行って、それを他のチームが真似て主流になる――スポーツの世界なんて、そういうものです」

「それが現場の意見ですか」

「ええ」樋口はうなずく。「もちろん、こういう野球がやりたい、と理想を持つのはいいことだと思います。そのために各チームのエースやホームランバッターを集めることもあっていいと思います。オーナーも、打ち勝つチームを作りたいなら、それなりに――スターズ・パークに合った選手を集めることを考えていただきたいんですが」

「そこに金は使いたくないんです」沖がはっきり言い切った。

「例えば、今年のドラフトの目玉……北洋《ほくよう》学園の西村《にしむら》を取りにいかないんですか？　仮に抽選で勝っても、金を惜しんだら取れませんよ」

西村は、今年の夏の甲子園を沸かせたスラッガーだ。高校通算本塁打九十五本。しかも練習試合では必ず木製バットを使ってこの成績である。

「それは仮定の話ですね。もしも西村が取れなくても、バティスタも井本もいる。二人に本来のバッティングをさせて下さい」

「今のうちの野球には、ホームランは合いません」

「監督……」沖がグラスを脇にどけた。「観客動員数が落ちてきているのは聞いていますね？」

「……ええ」

「チームが勝っているのは喜ばしいことです。しかしね、バティスタがヒット狙いのバッティングを始めて、井本の打順が下がってから、観客動員数は落ちているんですよ。これはつまり、この二人の三、四番コンビがどんどん打つ野球を観客が期待している証明じゃないですか」

これは……樋口としては答えようがないことだ。特定の選手がどんなプレーをするかが、客足に関係あるのだろうか。調べても結果は出ないような気がする。

「監督、プロ野球は球場に客を呼んでこそですよ」

「仰る通りです」

「観客が観たい選手を出してこそ、客は集まるんじゃないですか」

樋口は口をつぐんだ。この件については、すぐには「イエス」と言えない。間違いないというデータを示してもらわなくては――そんなことは、やはり無理だ。

「勝ちに行きますので」しばし無言の時間が続いた後、樋口は宣言した。「優勝が決まる試合では、特別席まで含めて、満員にしてみせますよ」

「そうですか」沖が一瞬、まじまじと樋口の顔を見詰めた。「では、健闘を期待します」

部屋を出た時、樋口は背中にびっしりと汗をかいていた。

5

「東京ダービー」であるベアーズとの三連戦。敵地で三連敗を食らい、樋口は頭を抱えた。特に問題だったのは三試合目である。ここまで十五勝を挙げてきた大島が、シーズン通しての好調ぶりが嘘のように打ちこまれた。四回での降板は、今シーズン最短である。

打線も振るわず、ベアーズの三人の投手リレーで完封された。特に気になるのは、高山、橋本の一、二番コンビで、この三連戦、二人ともヒットは一本だけだった。実際、調子は急降下しており、二人とも打率は三割を切ってしまった。「足にスランプはない」とは言うものの、出塁できなくては、得意の足を活かす機会もない。

スターズの強さは本物ではない。

使える選手を何とか見つけて、辛うじてスモールベースボールのスタイルを実践してきただけである。決して地力が底上げされたわけではない。

この連敗が致命傷になるかもしれない、と樋口は恐れた。いわば「パッチを当てた」だけの状態のチームは、波に乗っている時にはそれなりの強さを発揮するが、一度コケたらそのまま立ち上がれない可能性が高い。ずるずると優勝戦線から後退する確率は……七割超、と樋口は予想した。

移動日なしで、スターズ・パークに五位のセネターズを迎えての三連戦が始まる。この試合、樋口はコーチ陣を三十分早く集合させた。ここが正念場――連敗を食い止めて優勝戦線に踏みとどまるか、ずるずる後退してしまうかは、この三連戦にかかっている。現在、まだ二位に位置しているとはいえ、首位を走るイーグルスとのゲーム差は「五」に開いてしまっている。残りゲームは、イーグルスが二十二、スターズが二十三。イーグルスは圧倒的な優位に立っているが、決して緩んでいないだろう。強いチームの選手は、とにかく意識が高いのだ。負けたショックを長引かせず、勝っても舞い上がらない。

樋口が現役の頃のスターズがまさにそうだった。

ミーティングルームに顔を揃えたコーチ陣の表情は硬かった。特に投手コーチの秦。昨日の大島のノックアウトを、自分の責任だと痛感している様子である。樋口はすかさず声をかけた。

「大島のことは気にするな。調子が落ちてきているのは分かっていたんだから」

ピッチャーが駄目になるきっかけは様々だ。怪我もある。大島の場合は勤続疲労だろう。シーズン開幕当初から絶好調だったので、本人は投げたがるし、秦も絶対にローテーションを崩さなかった。キャリアハイ――五年前の十七勝――の成績も見えてきて、大島ほどのベテランでも、必要以上に力が入ってしまったに違いない。ここ五試合、打ちこまれる場面も目立ち、一勝三敗と一時の勢いはなくなっていた。

「一度ローテーションを外して、二軍で調整がてら休ませる手はありますが」秦が遠慮がちに切り出す。

「本人はどう言ってる？」

「やれる、とは言っています」

樋口は、チーフトレーナーの矢野に視線を向けた。自分より五歳年上のこの男は、何百人ものスターズ選手の体をケアしてきた。

「矢野さん、怪我は大丈夫ですね？」

「心配ない。ただ、体は張ってるし、回復が遅くなってるのも事実だ」

「分かりました」秦に視線を戻す。「登録は抹消しない。ただし、ローテーションをいじろう。中六日から中七日へ――それでもまだ、この後四回は登板機会がある」

「そうなりますね」秦がうなずく。

「一度、ローテーション全体を組み替えよう。大島を十分休ませて、肝心なポイントで登板させる――組み替え、頼む」

「分かりました」

「これからは有原を軸に考えればいい。あいつにはきちんとローテーションを守って投げさせろ」

今日の先発予定は、その有原だ。ここまで十勝十一敗。勝ち星こそ去年と並んだものの、貯金が作れていないのが痛い。これから最後の追いこみで、エースらしい活躍を見せてもらわないと。

「野手も、故障はないな？」

打撃コーチの藤井《ふじい》が無言でうなずく。やはり、単なる疲労――その結果調子が落ちているだけか。

「高山と橋本もそのまま使う。打順はいじらない」

コーチ陣が一斉にうなずく。このコンビが、しばらく前までは猛威を振るってスターズ上昇のきっかけを作った――その記憶は未だに鮮明だろう。

「来年以降、このチームがどうなるかは分からない。ま、俺がどうなるか分からないという意味だけど」

かすかなざわめき。秦と沢崎がさっと視線を交わし合った。自虐的に聞こえないように気をつけようと意識しながら、樋口は続けた。

「大砲が揃ったチームを作れれば楽かもしれないけど、今、うちには足を使える若手が増えている。こういう連中に経験を積ませて、来年にもつなげたいんだ」

返事はない……それはそうだろう。馘を覚悟したような監督の台詞に反応できるわけもない。話の持っていき方を失敗したな、と樋口は悔いた。

「連戦は続くし、選手たちは確かにきついと思う。久々の首位争いで、精神的にも疲れてるだろう。でも、これが普通の状態――スターズは優勝を狙っているチームだと意識してもらわないとな。以上だ。打線はいじらずに、いけるところまでいく」

ミーティングを終え、樋口はホッと一息ついた。選手とのミーティングの前に、コーヒーが一杯欲しい。監督室に戻るとすぐ、ノックの音に邪魔された。「はい」と怒鳴ると、沢崎が入ってくる。先ほどのミーティングの続きかと思ったら、沢崎はまったく関係ない話を切り出してきた。

「ちょっと考えたんですが」

「何だ?」樋口は彼の分もコーヒーを注いで差し出してやった。

「フェンスの問題なんですけどね」

「おいおい、ずいぶんこだわるんだな」

樋口は思わず苦笑してしまったが、沢崎の表情は一貫して真剣なままだった。

「監督、勝ちたいんじゃないですか？　オーナーを黙らせたいんでしょう？」

沢崎の真剣な口調に、樋口は気圧《けお》された。反射的に「分かった」と答えてしまう。

「で、いったい何を思いついたんだ？」

「岡本の体が空くのを待っていたら、フェンス問題は来シーズンに持ち越しになります。それより、球場の設計者か施工業者に話を聞いてみたらどうでしょう？　どんな構造になっているか、どういう素材を使っているか知るには、それが一番早いでしょう」

「ああ、そうか」樋口はうなずいた。「そういう人は野球のプロじゃないかもしれないが、話を聞けば、俺たちにも理解できるかもしれない」

「でしょう？」沢崎の表情がようやく崩れた。「じゃあ、早速頼んでみていいですか？」

「どこにどう当たればいいのか、分かるのか？」

「広報にでも聞いてみますよ。こういうことなら、別にオーナーも邪魔しないでしょうし」

「いや」樋口の頭の中で、瞬時に嫌な想像が生じた。「できるだけ隠密にやってくれ」

「どうしてですか？」

「もしも構造が特殊だったら、オーナーは宣伝に利用するかもしれない。スターズ・パークはこんなに変わった球場です、とか」

「ああ」沢崎が眉をひそめた。「分かりました。万が一、こっちが有利になることが分かったら、みすみす敵に知らせることはありませんからね」

「そういうことだ」樋口はうなずいた。「俺たちは勝つためにやっている。オーナーは、話題になって球場に客がくればそれでいいと思ってる。この考え方は、絶対に交わらないだろうな」


〈スターズ経営会議（九月一日）〉


決断は早く。そして一度決めたら迷わない。沖はその方針でビジネスに取り組んできた。学生時代にネット広告会社を起業してから二十年、失敗もあったが、この方針は概ね成功してきたと言える。だからこれからも変えるつもりはない。

決断——条件次第で、樋口の来年の契約は破棄する。何故なら樋口は、俺が目指す野球とは別の方向へスターズを導こうとしているからだ。

沖はいつものように窓辺に立ち、グラウンドを見下ろした。ホームゲームに備えて、スターズの練習が始まっている。選手一人一人の顔までは分からないが、豆粒のよう……とまでは言えない。超急勾配のヤンキー・スタジアム最上部のシートから見下ろすとこんな感じだ。

「入場者数ですが」広報部長の富川が切り出した。「八月の入場者数は一試合平均三万六千百十五人です。満席率は八二パーセント、特別席に限れば七三パーセントに落ちます」

「原因は」

沖が冷たい口調で訊ねると、富川が黙りこんだ。

「GM、どうですか」

話を振られた松下が無言で肩をすくめる。クソ、どいつもこいつも……危機的状況なんだぞ？　打開策を見つけるためにも、原因ぐらい分析しておけ。

「正直、原因は分かりません」富川が、恐る恐る言った。「チームは好調ですし——」

「つまり、勝とうが負けようが、動員には関係ないわけだ」

沖はばっさり切り捨てた。富川の顔が引き攣る。沖の顔を見たまま、ペットボトルを引き寄せようとしたが、手が滑ってボトルは倒れてしまった。

「球場自体に関する評判は？」

「観客のアンケートでは、満足度は九〇パーセントを超えています。シート、売店、アメニティ、全てにおいて、リーグの他チームを上回っています」

沖はうなずいたが、このアンケートがそれほど意味を持っていないことは分かっている。今は各球団とも定期的に観客へのアンケートを実施しているが、調査項目が統一されているわけでもなく、「満足度」を他チームと単純に比較するわけにはいかない。

「特別席は？」

「多少観にくいという回答はありますが、致命的ではないかと……開幕前から、特別席ビューをウェブで公開していましたし、初めて来る人もそれを承知していると思います」

「ネットの方ですが、プラスマイナス調査で、プラス八二パーセント、マイナス一〇パーセント、分析不能八パーセントとなっています」

ＴＫジャパンのマーケティング部長、押原《おしはら》が淡々と報告し、「社長にご報告するまでもないと思いますが、八二パーセントのプラス評価というのは、他の様々なジャンルの調査に比べても極めて高い数字です」とつけ加えた。

「ああ、それは分かってる」沖は苛立ちを隠そうともせずに言った。マーケティング部門では、ネット上での評判を独自調査でまとめている。「ＰＭ調査」と呼ばれるこの方式は信憑性《しんぴょうせい》が高いという評価を得ており、調査・分析業務はＴＫジャパンのビジネスの柱の一つにもなっている。

「営業部長、打つ手は？」

「取り敢えず……優勝戦線に踏み止まってもらうしかないですね」スターズ営業部長の柏田《かしわだ》が、体をもじもじさせながら答えた。

まったく、この男は……柏田は数少ないスターズプロパーの一人である。沖から見れば、鈍重な男であるに過ぎない。そもそもプロ野球チームの営業部は努力が足りないのだ。この男も来年は——いや、できるだけ早く交代だな、と決めた。

「チームの調子だけに賭けるのは危険だ。何か、もっと積極的な手を打ち出して欲しい。

初年度なんだから、この程度の入りでは合格とは言えない。全試合、満員を達成するぐらいでいって欲しかった……このまま優勝争いを続けていったら、観客数は上向くか？」

「保証はできませんが……これまでの経験から考えるとそうなりますね」柏田が自信なさげに言った。

「だったら、樋口監督に頑張ってもらうしかないですね」沖は全員の顔を見渡した。

「彼は、勝てば観客は集まるという単純な持論の持ち主だ。私はそうは思わない。人を呼ぶのは球場の魅力なんだ。チームが優勝して、その時にどれだけ観客が増えているかで、樋口監督の持論が正しいかどうかは証明されるだろう。ただ、優勝できなければ……証明は不可能だ。その場合は、彼には来年の指揮を執る権利はないと思うが、どうかな？」

答えはない。沖は全員の顔を見回して立ち上がった。これから東経新聞の取材を受けなければならない。

面倒な話だが……仕方がない。宣伝は宣伝だ。


〈東経の記事〉

今年開場したスターズの本拠地、「スターズ・パーク」が予想以上の経済効果を挙げている。「街と球場が一体化した」コンセプトの今について、スターズの沖真也オーナーに聞いた。

スターズ・パークは、西新宿地区の再開発に伴い、今年3月に開場した。収容人員4万1千人。3つのビルに組みこまれた特異な形状が特徴で、ファンからは「ザ・ウォール」と呼ばれ、これまでの球場にはない様々な「しかけ」が目を引く。

ビルにはそれぞれ特別観覧席が組みこまれ、球場に足を踏み入れずとも観戦できるようになっている。この席は格安で提供され、毎試合ほぼ満員の賑わいだ。

外野にはショップ街が組みこまれ、球場と街が一体化した光景を演出している。球場オープンの影響で、新宿西駅の1日辺りの乗降客数は12万人を超えた。これは四ツ谷や秋葉原並みで、新球場の効果は明らかだ。

「観客数は順調に推移している。最終的には220万人を超えるだろう」と沖は胸を張る。併設するレストランやショップ、グッズの売り上げも予想以上だという。

それよりも沖が注目するのは、観客層の変化だという。東京スタジアム時代は、昔からのスターズファンが集結し、圧倒的に年齢層が高く男性も多かった。しかしスターズ・パークには女性ファンの姿が目立ち、実際、入場者数は女性が4割を超えているという。

「周囲のショッピング街も含めて、経済効果は今後10年で800億円に上る」というのが沖の試算だ。開場前は700億円という数字をぶち上げていたが、わずか半年で上方修正した形になる。

6

馘にするつもりか——この話が出たのは、今シーズン二回目だ。

馘という言い方が悪ければ、契約破棄。三年契約の残り二年をなかったことにする——沖は、金を払わずに済む理由をあれやこれやと考えてくるだろう。契約書には、「正当な理由なくして途中で契約解除の場合、報酬全額の残余部分を一括して支払う」とある。「一括して」というのが肝で、一種の退職金扱いだ。ただし「理由なくして」というのが曲者である。つまり、何か理由があれば、残りの金を支払う必要はない。沖の性格から言って、「お疲れ様でした」の言葉と一緒に、二年分の報酬を差し出すとは思えなかった。

この件を伝えてきた松下は、申し訳なさそうだった。

「俺は反対したんだけどね」

本当だろうか……松下は、GM本来の仕事——選手の獲得などに関しては抜群の能力を発揮するが、沖の前では牙《きば》を抜かれてしまっているように見える。まるで、借りてきた猫だ。

「優勝すれば、首がつながる可能性もあるんですね」

監督室でコーヒーをカップに注ぎながら、樋口は手が震えているのに気づいた。クソ、こんな理不尽なことが――仮に優勝できなくても、去年の最下位から大きくジャンプアップするのは間違いない。それが正当に評価されないのか？

沖がいい加減だとは思わない。むしろ姿勢は一貫している。ただそれが自分と合わないだけ……いい弁護士でも見つけて、相談しておいた方がいいかもしれない。馘になった監督が、解雇無効を主張してチームを訴えたら、オフシーズンの格好の話題になるだろう。無名より悪名ですよ、オーナー。

「勝ちに行けよ」松下が唐突に言った。「優勝すれば、いくら何でも馘にはできないだろう。そんなことをすればファンはそっぽを向いて、来年の観客動員に致命的な悪影響を与えるからな。オーナーも、そんなことは分かっているはずだ」

「松下さん……」

樋口は言葉を失っていた。シーズン中、GMののらりくらりした、あるいはオーナーへの忖度《そんたく》しか感じられない態度に苛つき、すっかり骨抜きになってしまったのだろうかと呆れていたのだが、やはりまだ俺たちのことを一番に考えてくれているようだ。

「あのな、俺には、チームの成績によってインセンティブ契約があるんだよ」松下が唐突に訴える。

そういうことか、と樋口はがっくりきた。Aクラス入りなら年俸の一〇パーセント、優勝なら二〇パーセントのボーナスがつく、というような契約はよくある。樋口も提示されたものの断っていた——金のためだけに優勝を目指すのは、何となく性に合わなかった。

「俺もいろいろと金が必要な歳でね」松下は平然としていた。さも当たり前のような感じ……もしかしたらこの人も、オーナーの影響でいつの間にかアメリカかぶれしてしまったのだろうか。まず金、そのための契約が何より大事——。「モチベーションはいろいろだろうが、お前の場合は何だ？　どうして勝ちたい？」

急に、松下が挑みかかるように訊ねた。樋口はその目を、正面から見ざるを得なかった。

「負けたくないからですよ」

「そいつは単純過ぎないか？」松下が失笑した。

「前回、負けて終わってますからね。あの悔しさは、人生で経験したことがなかったですよ」

「だろうな」

「そして馘になったわけで——負けて馘になるのは、ダブルショックでした。オーナーは俺のことが気にくわないようですけど……」

「そうだな」松下があっさり認めた。「お前とは、野球——プロ野球に関する価値観が違う」

「そんなことは、雇う前に分かってるはずですけどね……仮に俺のことが気にくわなくて辞めさせるにしても、勝った方がいいですよね。勝って馘になるのも面白いでしょう」

その時は、メディアが味方をしてくれるだろう、という計算もあった。そうなったら沖の間抜けぶりをぶちまけてやる。

「お前、そういうキャラだったかね」松下が首を捻った。「もっと地味なタイプだろう」

「選手時代はそうだったかもしれませんけど……野球人生の後半戦は、派手にやってもいいでしょう。失うものがあるわけじゃないし」


相手は、警戒まではしていなかったが、戸惑っていた。それはそうだろう、と樋口は納得した。いきなりスターズのヘッドコーチに呼び出され、「話を聞きたい」と持ちかけられても、何のことだと思うだろう。

何を言われるか分からないので、オーナーに知られるわけにはいかなかった。球場には常に人がいるから、誰が何をしているか、何を話しているか、案外簡単に外に漏れてしまう。そもそもチームの中にオーナーのスパイがいる——沢崎は、選手の名前を何人か挙げていた。オールスター中にオーナーと会食した連中の前では、危険な動きはできない。

——いや、むしろ堂々といくか。ホームゲームの集合時間の三十分前に知り合いを呼んで球場を案内している体を装えばいい。監督のところには訪問者が多いから、こういう風に案内することも珍しくない。

沢崎が接触したのは、スターズ・パークの施工会社である東電《とうでん》建設の担当者、桑原《くわばら》という男だった。年齢は四十歳ぐらい。グラウンドに出る前に軽く話してみたのだが、入社以来ずっと、スポーツ施設の建設を担当してきたのだという。最新作はスターズ・パークだが、それ以前にもサッカー用のスタジアム、陸上競技場、屋内スポーツをメーンにした多目的アリーナなど、多くのプロジェクトに関与していた。

「ここは大変だったんじゃないですか」監督室の脇にあるドアに手をかけながら、樋口は訊ねた。「普通の球場とは構造が違うでしょう」

「ええ、かなり難易度の高いプロジェクトでした。最初に球場ありき、ではなかったわけで……一種の街づくりで、その一環としてビル群の中に球場を埋めこむ、というコンセプトですからね。こういうのは初めてでした」

「ビルの間に、球場を埋めこむ――」

「そんな球場、世界中どこにもありませんよ」

樋口がドアを押し開けた。九月の陽射しはまだ強く、一瞬視界が真っ白になる。かすかな土の香りが鼻先に漂い、樋口はつい表情を緩めてしまった。ナイター中心だが、この球場ではやはり、デーゲームがいい……。

「ああ、いいですねえ」

ちらりと横を見ると、桑原も笑みを浮かべていた。

「ここへは久しぶりですか？」

「いや、試合は何回か観に来ましたよ。私、スターズファンなので」

「それはどうも」

「でも、グラウンドレベルに立つのは久しぶりですよ。完工の確認の時からですから――二月以来です。結構、傷みましたねえ」

「まだ半年しか使ってませんよ」樋口の感覚ではまだ「新品」だ。

「半年経てば、新品ではないです」

二人は、一塁側のファウルラインに沿って歩き始めた。桑原はやけに緊張して、遠慮がちにうなだれている。

「どうかしました？」

「いや、革靴は失敗だったかな、と。高校の時とか、革靴で学校のグラウンドに入ると怒られました」

「ああ、ご心配なく」樋口はすかさず言った。「そういう決まりはありません。そもそも私も革靴ですよ」

ホームゲームの時も、球場の行き来はスーツ――その原則はずっと変えていない。当然、足元は綺麗に磨き上げた革靴だ。

「ここの土はかなり固いそうですね」

「元々地盤も固いので、それに合わせた感じですね」

「どこから土を持ってきて、どんな固さにするか決めたのもそちらですか?」

「いえ、球場側の希望優先です」

「なるほど……」

話しているうちに、ライトポール側のフェンスに達した。そこでは沢崎が待っている。彼もいつも通り――グレーのTシャツにジーンズというラフな格好で、サングラスを跳ね上げて頭に載せていた。桑原に軽く黙礼すると、組んでいた腕を解く。

「どうも、わざわざおいでいただいて」

「わざわざというほどではないですよ」

そうだった、と樋口は苦笑した。施工業者の東電建設も、「一壁」のオフィスビルに本社を移転させたのだった――残業のふりをして、ホームゲームを観ていたかもしれない。

「電話で相談した件なんですけどね」と沢崎。

「はい、どこまでお話しできるかは分かりませんが、ここでいいですか?」

「ええ、現場の方がありがたいです」

「それではちょっと……」

桑原がバッグから図面を取り出した。三人はウォーニングトラックのところにいたのだが、何となくそこでは説明しにくそう……桑原は芝が生えているところまで歩いて行って、「ここの中に革靴で入っていいですか?」と樋口に確認した。

「大丈夫ですよ」

うなずき、桑原が一歩だけ芝生に足を踏み入れた。蹲踞《そんきょ》の姿勢を取って、芝の上に図面を広げる。球場の外野部分を描いたものだと分かった。

スーツ姿なので腰を下ろすわけにもいかず、樋口は膝に手をついて図面の上に屈みこんだ。図は線が細く、少し見にくい。下を向いていると、強い陽射しで後頭部が焼かれるようだった。沢崎はジーンズなので、平然と芝の上に胡座《あぐら》をかく。

「フェンスの話でしたよね」

「ええ」樋口はうなずいた。

「何か、問題でもありましたでしょうか」桑原が慎重に切り出した。

「いや、問題はないんです。状況を知りたいだけですから……それから先は、我々の問題になります」

「はあ」事情がよく分からない様子で、桑原の答えは曖昧《あいまい》だった。

「このフェンス全体の構造について教えて下さい」

「分かりました」

桑原の説明には専門用語が多く、話は何度もストップした。それでも樋口は必死で食らいついて、フェンスの現況を理解しようと努めた。

沢崎はすぐに状況を把握したようだった。桑原の説明を遮り、「その箇所は、確実に特定できるんですね？」と念押しした。

「ちゃんと記録していますよ」

「これは、工事の都合――技術的な問題だったんですね」

「もちろんです」

「ふうん……」沢崎が腕組みをした。彼の体で、図面に影が落ちる。一点を指差して、「この図面だと、ちょっと分かりにくいですね」と指摘した。

桑原が苦笑して、「設計図ですから、建築の知識がない人には分かりにくいかもしれません」と言い訳する。

「もう少し分かりやすい図面を用意してもらうことはできますか？」樋口も分かりにくさを感じて頼んだ。「何というか、こう……イラストみたいな感じでいいんです。あるいは、フェンス全体を写したパノラマ写真――それで、ポイントを教えてもらえると助かります」

「ああ――できないでもないですけど」桑原は腰が引けた様子だった。「ちょっと時間がかかりますよ」

「構いません。今シーズンの試合もまだ残っています。いつ必要になるか分からない――我々は、この球場の全てを知りたいんですよ」

「今シーズン中に、ですか？」

桑原が体を真っ直ぐ起こし、腕組みする。かなり面倒な仕事かもしれない、と樋口は想像した。

「優勝を狙えるところまで来てますから」樋口は宣言した。この話がいつ、うちに有利に働くか分からない。「施工業者として、ぜひ面倒を見てくれませんか？」

「球場に出入りしないといけませんが……」

「もちろん、フリーのパスを出します。何人で来ていただいても構いませんし、うちのチームの人間を使ってもいいですよ」

「そこまで重要なことなんですか？」桑原が目を見開く。

「もちろんです。我々は、この球場のことを、まだ全部知らないんですから」

「別に、隠れたポイントがあるわけじゃないですよ。ボタン一つで屋根が閉まるとか、その手のギミックはありません」

樋口と沢崎に真顔で見られているのに気づき、桑原が咳払いした。耳が赤くなっている。

「この件を上手くやってもらえたら、来年の内野席年間シートをプレゼントしますよ」

「本当ですか？」桑原が目を見開く。「内野の年間シートって、百万円近くするんじゃないですか？」

「あなたが毎試合来てくれれば、シートが確実に一つ埋まりますから――どうですか？大至急でやっていただけます？」

桑原は落ちた。年間シートで落ちないファンなどいない。本物のサインボールとチケットは、野球の世界における法定貨幣だ。

監督室に戻り、樋口は両手で顔を擦った。背中にじっとりと汗をかいて、シャツが張りついている。夏の名残が強く残る球場は、とにかく暑い。そんなことはないはずだが、陽光を集中的に集めてしまうようなのだ。すり鉢型の構造のせいだろうか……桑原は、シートを濃緑色で統一しているのは、陽光の反射を抑えるためだと言っていたが。

Tシャツ姿の沢崎は平然としている。樋口はネクタイを外し、ワイシャツのボタンを二つ外して襟を引っ張った。エアコンの冷気がシャツの内側を洗っていく。

「ようやく謎が解けたな」樋口は言った。

「ええ」沢崎は釈然としない様子だった。

「何か不満でも？」

「不満じゃないですけど、うちに有利になるかどうかは分からないじゃないですか。とにかく、きちんとした図をもらいましょう。それで何かできるのかできないのか、考えますか」

「そうしよう」

沢崎が、椅子を引いてテーブルについた。タブレットをテーブルに置いて、いじり始める。樋口は監督用のデスクに尻を引っかけ、腕を組んだ。

「ローテーションは組み直しでしたね？」

「ああ。ミーティングでも言ったけど、大島は中七日で無理はさせない。とにかくある程度、ゲームを作ってくれればいいんだ。その分、有原に頑張ってもらう。打線は基本的には今のままだ。高山と橋本のコンビは、他のチームに嫌がられている」

「二人とも疲れてますけどね」

「そこは頑張りどころだ。目の前に優勝という人参《にんじん》がぶら下がっているんだから」

「若い二人にはピンとこないかもしれませんが……」

「若いうちに、きつい戦いを経験しておいた方がいいんだ。お前もそうだっただろう?」

沢崎在籍時のスターズは、最後の黄金時代を享受していた。というより、沢崎が大リーグに去った後で、チームは長期低迷期に入ったと言っていい。それほど、沢崎という選手は大きな存在だったのだ。

「負けたらどうします?」沢崎が唐突に切り出した。「オーナーは、絶対にちょっかいを出してきますよね」

「だろうな。だけど、今からそんなことを心配してもしょうがない。負けることを考えて試合をする奴はいないんだから」

「監督の方から辞表を叩きつける——なんてことは考えてませんよね」

「俺の方から辞める理由はないよ」オーナーと気が合わないから、などというのは理由にならない。オーナーと監督が上手くいっていないチームなど、いくらでもあるのだ。むしろ、一枚岩のチームの方が少ないと言っていいだろう。プロ野球にかかわる人間は、現場の選手からオーナーまで、我の強い人間ばかりなのだ。それ故、蜜月状態から翌日には不倶戴天《ふぐたいてん》の敵に変わっていることも珍しくない。

「それならいいですけど……もしもオーナーが監督を辞めさせたら、俺も辞めますよ」

「馬鹿言うな」樋口はデスクから体を離した。「俺につき合う必要はない。お前にだって生活があるんだから」

「それが、今年のスターズでは結構稼がせてもらいましてね」沢崎がにやりと笑う。「グッズのインセンティブは馬鹿になりませんね。まさかTシャツ長者になるとは」

「そんなに儲かったのか？」樋口は目を見開いた。当然かもしれないが、樋口の背番号「87」が入ったTシャツは、まったく売れていない。選手としても無名だったし、監督としてもろくな結果を出していないのだから当然か……しかし露骨に言われると、彼我の差に唖然とする。Tシャツ長者って何なんだよ。

「俺が辞めるって言えば、オーナーのメンツも潰れるんじゃないですか？　嫌そうな顔をするのを見てみたいでしょう」

「どうかな。お前を引っ張るように頼んだのは俺だ。オーナーの希望じゃない。二人同時に厄介払いできると思って、かえって喜ぶかもしれないぞ」

沢崎が息を吐いた。呆れたような表情を浮かべている。

「何というか……あの人、本当に野球が好きなんですかねえ」

それは謎だ。大きな謎だった。大リーグのことはよく知っているし、理想にもしている。スターズを五年間保持し続けて、日本の球界の常識やマナーも学んだだろう。野球について語る時は熱くもなる——ただしそれは、必ず金の話と結びついてしまうのだ。結局、野球は金儲けの手段と考えているのか。だとしたら、何となく悲しい。

金だけでは測れないのが野球というスポーツなのだが……。プレーヤーとファン。その意識の差は、どこまで行っても縮まらないのかもしれない。沖は、こと野球に関しては、プロの経営者になっていないのかもしれない。

第四部　決戦の秋

1

さあ、きたぞ。

樋口はグラウンドに出ると、大きく息を吸って胸を張った。久々に満員になったスターズ・パーク。各ビルの特別席も埋まっているのではないだろうか。

このシチュエーション――残り二試合で一勝すればリーグ優勝が決まるという状況は、勝手に転がりこんできた。九月に入ってイーグルスが失速したために、スターズは優勝争いにしがみつき続けることができたのだ。そしてシーズン最後は両者の一騎打ちによる三連戦と、これ以上ないほどの舞台になった。

スターズは初戦を1点差で競り勝ち、イーグルスに二ゲーム差をつけた。あと一勝すれば優勝は決まるが、二連敗して同率首位でレギュラーシーズンが終わる可能性も考慮しておかねばならない。その場合、日本シリーズ出場を賭けたワンゲームプレーオフが行われる予定になっている。日本では、レギュラーシーズンの優勝争いがここまでもつれることは少ないのだが、大リーグではさほど珍しくない。大リーグファンの沖はさぞ喜んでいるだろう、と樋口は皮肉に思った。

　しかし、今日はやりにくい。

　優勝がかかった試合ということもあって、家族が球場で観ているのもプレッシャーだった。自分がプレーするわけでなくとも、スタンドに家族がいると考えると、どうしても緊張する。

　大輝は、普通の客席ではなく記者席にいる。無事に「東日スポーツ」への採用が決まり、今日は「研修」として記者席で試合を観て、その後の取材にも参加するようにと指示を受けているという。もちろん、記事を書いても明日の紙面に載るわけではないのだが……東日スポーツ側も、大輝の父親が俺だということは当然分かっていて、何かやらせようとしているのかもしれない。入社後は、本当にスターズ担当にするとか。

　それが嫌で俺が辞表を提出したらどうなるだろう、と樋口は馬鹿なことを考えた。

　一方尚美は、友人たちを誘って一塁側内野席のかなり前の方に陣取っている。自分の頭の上で声を張り上げられたら困るな……尚美は、今日は「接待」で球場に来ている。きっかけは、高山・橋本の一、二番コンビの活躍だ。樋口は純粋に戦力的な意味合いでこの二人を抜擢したのだが、幸いにと言うべきか、二人とも今風のすっきりしたイケメンである。スポーツ紙もネットニュースも二人を「タカハシコンビ」として積極的に取り上げ、球団営業部によると「人気は急上昇」だった。球団ホームページ内の二人のページには、試合後などに本人からのメッセージが載り、アクセス数は全選手中一、二位を占めている。Tシャツなどのグッズ売り上げもバティスタを抜いてほぼ同率でトップ——いや、トップはずっと沢崎なのだが。ちなみに、夏過ぎに新発売された「バティちゃんTシャツ」——二頭身のバティスタのイラスト入り——の売り上げが、この三人を急追している。

二人に熱狂しているのは、若い女性ばかりではない。尚美の友だち——お姉様方も、球場で直に二人を観たがっているわけだ。

まあ、どうでもいい。二人は頑張っているし、プロなのだから、人気が出るのはいいことだ。

「いよいよきましたねえ」沢崎が横に立った。十月六日土曜日、午後〇時十五分。最後の二試合は週末にかかり、どちらもデーゲームで行われる。プレーボールは午後一時だ。

「ああ」

樋口は上の空だった。目を奪われている——スターズ・パークの美しさは格別だ、と認めざるを得なかった。

スタンドは満員。夏の名残のように陽射しが強いので白い服を着ている人が多く、濃緑色と黒を中心にした球場の重厚な色合いに、綺麗なコントラストをつけている。ライトスタンドに揃いのユニフォームで陣取った「Bガールズ」は今日はひときわ人数が多い。その一角だけ、やけに華やかな空間になっていた。

「因縁ですね」横に立った沢崎がぽつりと言った。

「何が」

「俺が五打席連続ホームランを打ち損ねたのも、イーグルス戦でした」

「ああ」

はっきり覚えている。日本を離れる一年前、三冠王を目指して打ちまくっていた沢崎は、最終戦で四打席連続のホームランを放ったのだ。五打席目に打った打球は、スタンド最前列で身を乗り出していたファンにキャッチされ、二塁打と判定された。そのファンは、興奮した他の観客にボコボコにされ、重傷を負った——日本プロ野球史上に残る暴力事件である。

樋口はその試合を、控え捕手としてダグアウトで見守っていた。

「うちとイーグルスの因縁は長いしな」

「だいぶ差がつきましたけどね。この十年は、イーグルスの十年でしたよ」

確かに。過去十年で、イーグルスはリーグ優勝五回、日本シリーズ優勝三回を記録している。一度たりともBクラスに落ちたことはない。戦力の移動が活発になり、情報戦の精度も増している現代のプロ野球において、これほど長く上位に居続けるのは奇跡と言っていい——イーグルスは、二十一世紀の伝統を新たに築きつつあるのだ。

「ところで、一つ聞きたいことがあるんだが」

「何ですか」

「お前、選手とオーナーたちの食事会のこととか、よく聞き出してきたよな」参加した選手の名前も全部分かっているが、樋口は敢えて手を打たなかった。スパイになっている選手だけを外すわけにもいかないし、オーナーがどんな嫌がらせをしようがどうでもいい、という気分でもあった。試合の最中、一つ一つのプレーにまでは口出しできないのだから。

「そうですね」

「誰がネタ元だったんだ?」

「ああ……」

沢崎が人差し指を立てながら、体をゆっくりと回転させた。最終的に人差し指が向いたのは——バックネット裏、はるか上にある放送席。

「まさか……お前、神宮寺とは仲が悪いのかと思ってた」

「親友ではないですよ」沢崎が苦笑した。「でも、まあ……お互いに引退してずいぶん経ちますし、一時はチームメートだったのは間違いないですから」

「大丈夫なのか? あいつ、相変わらずこっちの方で問題あるんじゃないか?」樋口は密かに右手の小指を立てて見せた。

「最近は、金の使い先を女から車に変えたようですよ。女は裏切るけど車は裏切らない、なんて言ってました」

「ようやく学習したわけか」

「それに、女性問題は別に関係ないでしょう。情報が正しければそれでいいんだし、スターズを愛する気持ちに変わりはないですよ。あいつの感情を『愛』なんて言っていいかどうか、分からないけど」

それはそうだ。プロ野球界随一の変わり者。あれだけの実力がなかったら、人間性に問題ありとされて、さっさとこの世界から蹴り出されていただろう。

そういう人間が今、俺たちをはるか高みから見下ろして、試合が始まるのを待っているわけだ。

見守ってくれている、と言うべきだろうか？


〈テレビ放送席の神宮寺〉


神宮寺は思い切りくしゃみをした。危なかった……間もなく放送開始なのだ。

「風邪でも引きました？」今日、隣で相棒を務めるアナウンサーの大屋《おおや》が、気を遣って声をかけた。

「いやいや、誰か噂でもしてるんじゃないか？　俺の悪口を言いたい人はたくさんいるだろうし」

「そんなこともないでしょう」大屋が苦笑する。今年二十九歳、スポーツアナウンサーとしてはまだ若手だが、若さ故のテンションの高さが人気だ。

「準備、お願いします」ディレクターの小野田《おのだ》が背後から声をかけてきた。

さて、いよいよ始まりか……神宮寺はヘッドフォンをつけて座り直した。放送ブースはバックネット裏のかなり高い位置にあり、実際にはここからグラウンドを見下ろしても、一つ一つの細かいプレーは分からない。それは目の前に置かれたモニター——球場カメラが一球ずつの動きを追う——で確認するしかないのだ。

ヘッドフォンから番組テーマ曲が流れ始める。小野田のキューに従って、大屋が第一声を発した。

「十年ぶりのリーグ優勝にあと一勝と王手をかけたスターズが迎えたイーグルス戦、戦いの火蓋が間もなく切られます！　ここ、スターズ・パークから、お馴染み神宮寺さんを解説に迎えてお送りします。神宮寺さん、よろしくお願いします」

「はい、よろしくお願いします」神宮寺は意識して、普段よりも少しだけ声を張り上げた。いい気分だ——神宮寺が人生で一番驚いたのは、自分が解説の仕事を楽しんでいることだった。現役時代は、メディアでの仕事などできるわけがないと思っていた。だいたい、口が悪いことは自覚していたから、解説に呼ばれても暴言を吐いてすぐに馘になると予想していたのだが……予想は外れた。実際に解説者席に座って話してみると、実にスムーズなのだ。業界受けも視聴者の評判もいい。というより、「あの神宮寺がまともに喋れるのか」と驚かれているようだが。

大屋が淡々と前振りを続ける。

「ここまでの状況を整理しておきましょう。スターズは昨日勝って、イーグルスに二ゲーム差をつけています。スターズが今日勝てば優勝、しかし負けると一ゲーム差で明日の最終戦を迎えることになります。もしも、イーグルスが今日明日と二連勝して同率首位に並ぶと、一ゲームだけのプレーオフが行われることになります。異例の事態ですね、神宮寺さん」

「そうです。お互い、これは避けたいでしょうね」

「やはり、プレッシャーが大変ですか」

「日本シリーズよりも大変かもしれません。日本シリーズは七戦まで戦えますから、捨て試合も作れます。しかしプレーオフは一試合だけです……取り敢えず現段階では、スターズ有利と言っていいと思います。今日か明日、どちらかで勝てばいいわけですが、イーグルスは二連勝しなければプレーオフに持ちこめませんから。逆に、今日イーグルスが勝てば、スターズは追いこまれるでしょう」

「今日優勝を決めたいスターズ、先発には今シーズン十一勝を挙げている酒井《さかい》を持ってきました。神宮寺さん、この先発はどうご覧になりますか」

「本来は勝ち頭の大島を投げさせたいところでしょうが、調子は下り坂です。有原は二日前に八回投げていますし、酒井の先発は妥当ですね。樋口監督は、プレーオフまでもつれこむ可能性を想定しているのかもしれません。今日負けても明日は大島、明日の試合を落としても、プレーオフには休養十分な有原を先発させられます」

「一方、イーグルスはエースの近田を立ててきました。今シーズンここまで十八勝、既に三年連続最多勝のタイトルをほぼ手中にして、今日、キャリアハイの十九勝に挑むことになります」

「難敵ですね。今年の近田は、これ以上ないというピッチングを続けています。スターズも三敗を喫していますから、苦手意識もあるはずです」

「その近田をどう攻めていくか——まずはイーグルスの先攻で、間もなくプレーボール！」

2

スターズ先発の酒井は、今年五年目で初めて二桁勝利を記録したものの、負けも十を数え、勝ったり負けたりのシーズンだった。安定感に欠け、シーズンを通してクオリティ・スタートは七回だけ。防御率も限りなく五点台に近い四点台で、酒井が投げる試合ではたまたま打線が奮起して「勝たせてもらって」いた。

今日は、初回の投球練習の時から明らかに緊張していた。ボールが上ずり、変化球のキレも悪い。表情が硬くなるのを意識しながら、樋口は秦に声をかけた。

「ブルペンは？」

「準備してます……少なくとも五回ぐらいまでは、酒井に頑張って欲しいですけどね」

「替え時の判断は任せるよ」

イーグルスの一番、坂口が初球をいきなり強振し、レフトスタンド最前列に叩きこんだ。レフトのバティスタが必死に追ったが、無駄に終わった。

やばいな……その一球でさらにガチガチになった酒井は、二番の水木をストレートのフォアボールで歩かせてしまった。三番の萩本がライト前に弾き返して、ノーアウト一、三塁。四番のゴードンはフルカウントまで粘った末、浅い左中間にホームランを打ちこんだ——アウト一つも取れずに、いきなり4失点。

「替えますか?」秦が訊ねた。さすがに声に元気がない。

「いや」樋口は否定した。「せめてこの回ぐらいは締めてもらおう。ピッチャーを無駄遣いしたくない」

しかし酒井は既にフラフラだった。五番の田村《たむら》こそサードへのファウルフライに切って取ったものの——橋本がスタンドに上半身を突っこんで辛うじてキャッチした——六番カスティーヨ、七番池田が連続で二塁打を放ち、イーグルスはさらに1点を追加した。

さらなる追加点を阻止したのは高山だった。八番の本庄が右中間にヒットを放つ。ワンアウトだが、二塁走者の池田は迷わずホームへ突っこむ。高山は、投げにくい姿勢で打球をキャッチすると、体を一回転させ、中継なしでホームへ返球した。低い軌道で飛んだ返球は、マウンド横でワンバウンドし、仲本のキャッチャーミットに飛びこむ。しかも、滑りこんでくる池田にタッチしようと待ち構えるミットの位置、まさにそこに。

静まり返っていたスタンドがどっと沸き、拍手が渦巻いた。ライトスタンドからは「高山！」コールが湧き上がる——歓声の半分は女性という感じだ。高山自身は、どこか照れたように背中を丸め、右手を挙げて人差し指と小指を立てた。ツーアウト。

酒井は、九番に入ったピッチャーの近田を三振に切って取り、何とかこの回のイーグルスの攻撃を終わらせた。

樋口は立ったまま、ダグアウトに戻って来る酒井を出迎えた。顔は汗だく、まるでシャワーでも浴びてきたような感じである。こいつはもう持たないな……初回で下ろそうかとも思ったが、まだ目は死んでいない。

「もう少し踏ん張れるか？」

「頑張ります」

その声は明らかに上ずっていた。やはり無理か……判断が難しいところだ。ここでさっさとピッチャーを替えて、試合を立て直すのも手だ。スターズは、救援陣はしっかりしているので、短いイニングをつないでいけば何とかなるかもしれない。最近は、大差からの逆転劇も珍しくないのだ。

この試合は捨てるべきか？　捨てて明日に賭ける……そのためには、選手を無駄に使わない方がいい。

どうするかは俺の気持ち一つだ。投手交代はずっと秦に任せてきたが、やはりこの二試合は特別だ。監督が全てを決め、責任を取るべきだろう。

一回裏の攻撃が終わった時点で、樋口はさらに迷った。力み過ぎているのか、期待していた高山と橋本が連続して三振に倒れ、攻撃の起点を作れなかったのだ。篠田は右中間を綺麗に抜いて二塁に達した――これで今年は三割キープを確実にした――が、続くバティスタが三球三振で無得点。攻撃時間、わずか五分だった。これではイーグルスを――近田を完全にリズムに乗せてしまう。

迷ったまま、樋口は酒井を二回のマウンドへ送り出した。味方の攻撃中にダグアウト前で少し投げこんだ酒井は、ようやく落ち着きを取り戻したようで、一番から始まるイーグルス二回の攻撃を三者凡退で終わらせた。よしよし……これなら何とかなるかもしれない。酒井が立ち直れば、味方打線が奮起する可能性もある。

酒井は三回も三人で抑えきり、完全にリズムに乗ったように見えた。ところが四回、それが樋口の勘違いだったことが証明された。


〈テレビ放送席の神宮寺〉

「イーグルスは5点をリードして、四回表の攻撃に入ります。神宮寺さん、酒井は初回にいきなり5点を失いましたが、二回、三回と三者凡退に抑えて四回に入りました。今日のピッチングをどうご覧になりますか？」

「何とも分かりにくいですねえ」神宮寺は皮肉に言った。「初回と二回以降では、完全に別人です。やはり、初回は緊張していたのでしょう」

「今後の酒井のポイントは何でしょうか？」

「ベンチとしては、まず五回までは何とか投げきってもらいたいでしょうね。これ以上失点して降板すると、来季にまで悪いイメージを持ち越しますし、この試合も完全に崩壊してしまいます」

「その酒井、イーグルスの七番池田に第一球……おっと、おっと！　頭だ！　池田のヘルメットを直撃！　倒れた池田、立ち上がれません！」

やっちまったな……よりによって、このタイミングでぶつけなくても。神宮寺は内心舌打ちしながら喋った。

「ストレートが上ずりましたね」

「イーグルスのトレーナー、それに菊川《きくかわ》監督が、倒れた池田の周りに集まっています。立ち上がれるか……おっと、今、上体を起こしました。頭を振っています」

「意識ははっきりしているようですね」

「とはいえ、かなりの衝撃……これは現在の映像ですが、ヘルメットの破片がご覧いただけますでしょうか」

耳当ての部分が割れて、打席の外に散らばっている。神宮寺は内心ぞっとしていた。頭に向かって来るボールの怖さはよく知っている。どんなに逃げているつもりでも、何故かボールが加速して迫ってくる感じなのだ。

「おっと、池田、立ち上がりました。今、トレーナーに支えられて、ダグアウトへ歩き出します。主審はマウンド上の酒井に危険球で退場を宣告——酒井投手は既にマウンドを降りています」

嫌なブランクの時間だ。狙ったわけではないことは、球場にいる誰もが分かっている。それでも、ざわざわした空気が流れ始めた。神宮寺の目の前でビールを呑みながら盛り上がっていた若者の一団も、今は沈黙を守ったまま、グラウンドを見守っている。

マウンドには二番手の石神《いしがみ》が上がり、池田の代走には若手の花島《はなじま》が入った。一塁塁上に立った花島は、妙に緊張した面持ちで、ヘルメットを被り直している。まるで、牽制球が頭を直撃するのではと恐れているようだった。

「神宮寺さん、今のはスターズにとっても痛かったですね」

「酒井にとっても、まさかの一球だったと思います。逆にイーグルスは、ここをきっかけに追加点が欲しいところです」

石神は本来、勝ち試合の七回、八回に出てくるリリーフ投手だ。四回などという浅いイニングに投げることは滅多にない。

樋口さんよ、こいつはきついぜ……リリーフ陣を早いタイミングで注ぎこんでしまったから、明日以降も心配だ。

どうしますか？　勝てないと、オーナーの思う壺ですよ？

野球は思うようにいかない。偶然を排除すれば、ある程度は試合の流れをコントロールできるのだが、こういうアクシデントはどうしようもない。

二回、三回と三者凡退が続いたので、樋口は酒井をできるだけ引っ張るつもりになっていた。それがいきなりの危険球退場である。結果、もう少し後ろで投げさせたかった石神を、浅い回から投入せざるを得なくなった。秦はブルペンとの直通電話に齧《かじ》りついたまま、次のピッチャーの手配に大わらわだ。

樋口はベンチに浅く腰かけて足を組んだ。暑いな……東電建設の桑原は、最短時間でこちらが欲しい情報を手に入れてくれた。なかなかいい奴——しかし最近、少しだけむかついていることがある。デーゲームでは、一塁側ダグアウトに強烈な陽射しが差しこむのだ。春先にはこんなことはなかった——ちょうどビルが日除《ひよ》けになってくれたのだ——が、これぐらいはあらかじめ計算できるのではないか。座っているだけでも汗が吹き出し、タオルは既にぐっしょりと濡れていた。いや、施工業者に腹をたてるのは筋違いか。これは設計者——確かイシムラ・システムズという会社だった——の責任だろう。

ノーアウト一塁、5点差。送ってくる、と樋口は読んだ。イーグルスの監督・菊川は、とにかく慎重なタイプでもある。勝てる試合は確実に取りに行く——だからここはバントだ。それも、八番の本庄には自由に打たせた後、ピッチャーの近田に送らせるのではないか。本庄にヒットが出る、あるいは四球を選ぶ可能性はあるから、送りバントは先送りにした方がチャンスが広がる。

一応、内野陣に警戒の指示を送る。守っている方は、あらゆる状況を警戒して中間守備——本庄が初球、いきなりセーフティバントを試みた。

本庄は石神と相性が悪かった。確か今年は、一本もヒットを打っていない。どうせ打てないなら、自分も生きる可能性があるセーフティバント——読んでいて然るべきだった。

勢いが完全に死んだ打球は、絶妙な位置に転がった。本塁と三塁のほぼ中間地点で止まってしまい、橋本がスタートダッシュ鋭く飛び出しても間に合わない。
一、二塁か……ここで予想通り、近田は送ってきた。少し勢いが強過ぎ、弱いサードゴロぐらいの打球になる。素早い反応で飛び出した橋本がボールを摑み、セカンドに目をやった。間に合うかもしれないタイミング——しかし橋本は冒険しなかった。一塁へ送球し、全力疾走していなかった近田を確実にアウトにする。それでいい……橋本は今年、一度も悪送球をしていないが、この状況では何が起きるか分からない。確実にアウトを稼ぐのが正しい選択肢だ。
一死二、三塁、打順は一番に戻って坂口。点が入りやすい状況だ。マウンド上の石神の表情が険しくなる。左の石神に対して、右の坂口は相性がいい。長打は一本もないものの、今季は四割を超える打率を残している。

右打席に入った坂口が、わずかにクラウチングした格好で構える。このせいだ……左腕の石神は、右打者の外角低めに流れ落ちるシンカー、ツーシームを得意にしているが、低く構えるタイプのバッターは、そういうボールをよく見極める。石神は初球、シンカーから入った。坂口が簡単にカットする。ふらふらと上がったファウルフライをファーストの篠田が追いかけるが、スタンドに入ってしまった。他の球場だったらアウトだ……こちらに有利な点は、敵チームにも有利になる。シンカーをもう一球、これも坂口は簡単にカットした。

石神は二球で坂口をツーストライクまで追いこんだものの、マウンド上では依然として苦しそうな表情を浮かべている。外に二球見せておいて、この後は内角を攻めるのがセオリーだが……内角にスライダー。坂口がわずかに体を開き、膝元に食いこむボールに手を出した。高い——ジャストミート。打球は三塁線に飛んだ。橋本が反応よく、体を投げ出す。あいつなら押さえられるはず——樋口は身を乗り出したが、打球はグラブのほんの数センチ先を抜けていった。

芝のせいだ。

さらに短く刈りこんだ芝のせいで、打球が死ななかった。もちろんそんなことは橋本は百も承知だろうが、分かっていてもできることには限度がある。諸刃の剣——鋭い刃先はスターズに向けられた。

打球はレフトのファウルエリアを転々として、大きく張り出したフェンスにまで達する。バティスタが追いついたが、内野に返球した時には、二塁走者も既にホームを駆け抜けていた。

クソ、ここで2点は痛い。

樋口はスコアボードを見上げた。イーグルスに7点――絶望的な数字に見えた。

〈スターズ・パーク　オーナー室〉

「采配ミスだな」

沖はあっさり断言した。スターズは七回にようやく1点を返したものの、イーグルスは八回に1点を追加し、結局8対1で大勝した。これで一ゲーム差……明日負ければ、スターズは圧倒的に不利な状態でワンゲームプレーオフを迎える。

「だいたい、今日も有原を先発させるべきだったんだ。この前のピッチングは完璧だったじゃないか」沖は乱暴に吐き捨てた。

「しかし、八回投げた後で中二日というのは……」富川がやんわりと反発する。

「非常時だよ？　優勝がかかった試合にエースが投げるのは当然だろう。監督には伝えてくれたんだろうな？」

「伝えましたが……」

「無視されたわけだ。それは大問題だな」

オーナー室の窓からは、ダグアウトで意気消沈する選手たちの姿もよく見える。まったくこいつらは、精神的に弱過ぎる。まだ一ゲーム差で首位に立っているのに、まるでもうシーズンが終わったような様子ではないか。

樋口は、選手を鼓舞するのが下手なのではないか？　いい監督というのは、選手を「乗せる」能力に長けているはずだ。プロのレベルに達した選手が、技術的に大きな欠点を持っているはずがない。だったら監督の仕事は、精神的な指導者になることではないのか。時に気合いを入れ、時に怒鳴りつけ、時には優しい言葉をかける——樋口は常に淡々としていて、ガッツがあるようには見えない。所詮一軍半の選手だったから、こんなものかもしれないが。

「選手たちに話をしよう」

沖は立ち上がった。富川も立ち上がり、さっとドアを開ける。監督室を挟んで、ロッカールームはオーナー室のすぐ近く。話をするならミーティングルームを使うべきだろうが、鉄は熱いうちに打て、だ。

ロッカールームに入ると、選手たちがダグアウトから三々五々引き上げてくるところだった。一様にうつむき、足取りが重い。沖に気づくとはっと顔を上げて一礼はするものの、すぐにまた床を見つめてしまう。葬式じゃないんだぞ……。

全員が戻って来るのを待つのも面倒だ。沖はすぐに声を張り上げた。

「どうした、まだ終わってないぞ！　明日勝てばいいだけの話じゃないか。こんなところで立ち止まっているわけにはいかない！　ここまで来たら優勝を——」

「オーナー」

低い声がした方を見ると、樋口が暗い表情でこちらを見ている。

「何ですか、監督」

「これからミーティングがあります。選手だけに話したいので、外していただけますか」

「そのミーティングで、明日勝てるのか？」

「勝つためのミーティングです」樋口が淡々と答える。

「今日の試合は、勝とうとして戦っているようには見えなかった」

「勝ちたくない野球人はいませんよ」

「その言葉を、明日は現実にして見せて下さいよ」

人の話を邪魔するとは……たかが監督の分際でどういうつもりだ。俺はもっと高い見地からスターズを見ている。スターズだけではない。プロ野球全体を、もっと豪華なエンタテインメントに仕上げるのだ。

その設計図の中に、樋口の姿は見えない。

樋口はミーティングルームを使わず、ロッカールームで話を始めた。腹の中は沖に対する怒りで煮えたぎっていたが、何とか顔に出さずに低い声で話し出す。

「オーナーの言ったことは忘れてくれ。お前たちが全力でやっているのは分かっている。

今の俺たちに足りないのは経験――勝つ経験だけだ。力では絶対にイーグルスに負けていない。今さらスターズの野球がどうこう言うつもりはない。どういうスタイルがこの球場に合っているかは、もう分かっているはずだ」樋口は一度言葉を切った。何人かの選手の顔に視線を向ける。「この中で、オーナーと特に親しくしている選手がいることは分かっている。それ自体については、俺は何も言わない。ただ、勘違いしないでくれ。君たちは全員、俺の指揮下にある。オーナーは試合の指揮を執ることはできない。明日一日、俺に体を預けてくれ。明日は絶対に勝ちにいく！」

〈スターズ・パーク　駐車場〉

大島は車の前に立ち、ゆっくりと左肩を回した。重いな……正直、今年は前半で飛ばし過ぎた。それだけ快調だったのだが、疲れが溜まった夏以降、腕の振りが鈍くなってきた。立ち投げ故、下半身にはそれほどダメージはないものの、最近は上半身を中心に、試合後のマッサージに時間がかかるようになってきた。

そして、勝てない。

明日は今年最後の先発、しかも優勝がかかった一戦だ。十年以上も投げてきて、緊張する場面には嫌というほど遭遇してきたのだが、これほどの状況は初めてである。

ま、やるしかないよな。樋口に恩返しもしたい。樋口がこのチームに呼んでくれたからこそ環境が変わり、キャリアハイに近い成績を挙げることができたのだ。それに何より、優勝したい……。

　駐車場に有原が入って来るのが見えた。ふと、ちょっと話してみようという気になる。

「よう」

　ベンツのドアに手をかけていた有原が、びくりと身を震わせて振り向く。そんなにビビらなくてもいいじゃないか。この辺りが、あいつの弱さなんだよな。

「あ……どうもです」有原がひょこりと頭を下げる。

「どうだ？」

「どうって言われましても」

「一年投げてると疲れるよなあ」

「……明日、先発ですよね」

「ああ。お前も準備しておけよ」

「俺すか？」有原が自分の鼻を指差した。「俺はないと思いますけど」

「総力戦だぞ。本当はお前が先発でもいいんだよ」

「俺が決めることじゃないんで」有原は困惑して逃げ腰だった。

「あのな……」大島は大きな違和感を抱いていた。こいつは、この状況になっても発奮しないのか？　監督もあれだけ発破をかけたのに。いや、仕方ないかもしれない。有原は、弱いスターズしか知らないのだ。「何とも思わないか？　優勝がかかってるんだぞ」

「そうですけど……」

有原がわずかにうつむき、大島の目線を外す。大島は有原の愛車、Gクラスのボンネットに手を置き、体を少し斜めにした。

「少しはベテランの言うことを聞けよ。俺のことを嫌いなのは分かるけど」

「別に、嫌ってるわけじゃ……」有原がうつむく。

「気持ちは分かる」大島がうなずいた。「俺も同じようなことがあった。五年目だったかな……二年連続で二桁勝って、いよいよ俺の時代かと思ってたら、セネターズから火《ひ》村《むら》さんがトレードで入ってきた」

当時のことを思い出すと、まだ少し胸がざわつく。火村は当時三十二歳のベテラン左腕で、大島とよく似たスタイルのピッチャーだった。落ちる球をコントロールよくストライクゾーンの四隅に投げこみ、ゴロを打たせるタイプ。先発に、同じようなタイプのピッチャーが二人いても仕方ないのに。

「FAなら分かるよ？　本人の希望だから。でも、火村さんをトレードで引っ張ってきたのは、当時のパイレーツの監督だった。あれにはむかついたね。同じようなタイプのピッチャーをわざわざトレードで獲得するということは、こっちは用なしかと思うだろう？　そのせいかどうか、次のシーズンには七勝しかできなかった」

「俺は……大島さんとは全然タイプが違うでしょう」

「エースのプライドは同じだろう」大島は小さく笑みを浮かべた。「まあ、人間ってそんなもんだよな。他の仕事でも同じだろう。自分が主役だと思ってるのに、新しい人が入ってくると、自分はいらなくなったのかと思う。でもそういうのは、些細《ささい》なことなんだよ」

「そうですか？」有原の頬が引き攣る。

「だって、優勝する以上にいいことはないからな。たとえ二百勝しても、一度も優勝したことがないピッチャーは不幸だと思う。とにかく、明日は勝とうぜ。勝てばお前の人生も変わるから。そのために何をするか——何ができるか、考えて準備しておいた方がいい」

有原は何も言わなかった。しかし、ゆっくりと顔を上げる。目に少しだけ光が感じられた。

「負けるより勝つ方がいいだろう」大島はうなずきながら言った。「このチーム、いろいろあるんだろうけど、勝ったら全部帳消しになる。お前なら、優勝に貢献できるよ。スターズ・パークのマウンドは、完全にお前のものになってるんだから」

大島はボンネットから手を離した。ぴかぴかに磨き上げられたボンネットに、掌の跡がついている。おっと、申し訳ないことをした……しかし拭うのもおかしいので、そのまま立ち去る。

自分の車に乗りこみ、バックミラーを覗くと、有原はまだベンツの横に佇んでいた。考えている……考えてどうなるものでもないが、考えないよりはましだ、と大島は一人うなずいた。

考えないピッチャーは、長続きしない。


〈有原の自宅〉


「あ、お帰り」

「うん……」生返事してしまい、有原は慌てて顔を上げた。美菜が、少しだけむっとした表情を浮かべて立っている。

いつもこうなんだよな、と有原は少しだけ慌てた。美菜は常に、はっきり物を言う。相手にもそれを強いる。高校時代からそうだった……何だか、彼女が監督みたいだ。

ダイニングテーブルにつき、遅い夕飯を食べ始める。美菜はとうに食べ終えており――彼女は普通の勤め人の生活ペースを崩さない――有原の前に座って、彼が食べるのを見守っている。美菜は会社勤めをしながら料理の勉強を続けてきて、たまに家で料理を作ってくれる。栄養バランス的には完璧な食事を用意してくれるのだが……味はイマイチだ。もっと濃い方が有原の好みに合う。もっとも、そんな不満を言ったら殺されるだろうが。

「大変な状況になったわね」

「そうだな」

「なによ、その他人事みたいな言い方」美菜が目を見開いた。「スターズが優勝したら、大騒ぎよ」

「そうかもしれないけど……」

「ちょっと、大丈夫？」美菜が目を細めた。「あなたのチームの話なのよ？」

「そうだけどさ」

どうしてもピンとこない。今年は満足のいくシーズンを送れなかったからだと思う。新しい球場に馴染めず、試行錯誤しながらの半年だった。来年以降はどうなるのだろうと、早くも先のことが心配になっている。

「明日、投げたくないの？」

「何言ってるんだよ。この前投げたばかりだぜ」有原は首を傾げた。登板後に特有の強い筋肉の張りが、ようやく解《ほぐ》れてきたばかりである。

「高校野球だったら、連投も当たり前でしょう」

「これは高校野球じゃないよ」

「そんな、普通の仕事みたいに言われても」美菜が苦笑する。「自分がどれだけ特別な立場にいるか、分かってないの？　明日の試合は、日本中の人が注目してるのよ」

「そうかなあ」有原はお茶を一口飲んだ。

「もしかして、ビビってる？」美菜が指摘した。

「ビビってるって……」有原はつい目を伏せてしまった。彼女の前で隠し事はできない。

何しろ高校時代から自分をよく知っているのだ。いい時も悪い時も、彼女は自分を見守ってくれた。

「ビビってるわ」美菜が断言した。「あなた、いつもそうじゃない。すぐ緊張するんだから……大きな試合になると、いつも舞い上がって」

「よせよ」嫌な想い出がどんどんリアルになる。

「高校二年の夏とかね。県大会の決勝は、完全に舞い上がってたわよね。自分で試合を作って、自分で壊して……ノーヒットノーランの時もそうでしょう。自分でやってることなのに、勝手にあたふたしてたんだから」

「もういいから」有原は顔の前で手を振った。初先発でのノーヒットノーランは快挙なのに、美菜がその話題を口にすると、3点差を一気にひっくり返される逆転満塁サヨナラホームランを打たれたような気分になる。

「自分から先発を志願してもいいぐらいじゃない。大島さん、調子が落ちてるんだし」

「無理だって」素人はこれだから……いや、素人と言い切るには無理があるか。高校時代に野球部のマネージャーだった美菜は、間違いなく「観るプロ」である。彼女の分析には、有原でも唸らされることがあるぐらいだった。ただ、結婚したら毎日野球の話題ばかりになるのかと思うと、多少うんざりする。俺にとって野球は仕事なんだから……家に帰って来てまで仕事の話はしたくない。

「男気、ないわね」美菜が鼻を鳴らす。「そういうのが、あなたの物足りないところなのよ」

「別に男気で投げるわけじゃないよ」

「最後は根性でしょう」美菜が拳をぐっと有原の顔の前に突き出した。「非科学的かもしれないけど、勝とうという気持ちが強い方が勝つんだから」

有原は美菜の顔を凝視した。根性か……定量化できない精神的な要素に頼っていては、確実なピッチングはできないはずだ。淡々と、仕事として投げるからこそ、長続きするのではないだろうか。

「ノーヒットノーランの時のこと、思い出して」美菜が真剣な表情で言った。「最後の一球――三振で締めくくった一球の時、どう思った？　何を考えて投げてた？　絶対に江戸《えど》さんをねじ伏せようと思ったでしょう？　技術も何もなかったわよね。あの一球は、あの試合で一番気持ちがこもっていた。気持ちがこもったボールは強いのよ。『速い』じゃなくて『強い』。そういう気持ちでマウンドに立ったら、相手を圧倒できるんじゃないかしら。それで勝てたら、プロとして最高じゃない？」

最高、か。

たぶん俺は、まだ最高を知らない。知るべきなのか？　これからもスターズのエースとして君臨するために？

3

「ここまで来て、改めて言うことはない」樋口は全員の顔を見回した。ミーティングルームではなくロッカールーム。今季のホームゲームで初めて、試合前のミーティングをロッカールームで行うことにした。東京スタジアム時代と同じ……より戦いの場に近いところで話した方が、選手の心に響くはずだ。モダンで居心地のいいミーティングルームは、選手の闘争心を削いでしまう気がする。

「特に変わったことはしない。いつも通りのうちの野球——足を積極的に使っていこう。イーグルスの先発は谷《たに》だ。今年、うちには勝っていないし、ここ二試合続けて五回で降板していて、調子は下り坂だ。分かっているとは思うが、こういう時は先制攻撃が大事だ。初回に一気に攻めて、試合の流れを決めてしまおう」

　こういう指示は、その気になれば永遠に喋れる——言葉は無限に出てきそうだったが、あまり効果がないことを樋口は経験で知っていた。言葉は大事だが、喋れば喋るほど、一つ一つの印象が薄れてしまう。樋口が現役時代、長く監督を務めていた木元は、一言で選手を鼓舞するのが得意だった。

「今日は、勝つ！　勝ってスターズ復活の狼煙《のろし》を上げるぞ！」

　締めの言葉としてはイマイチか……しかし、やり直すことはできないので、樋口は

「以上」と言って口をつぐんだ。この「以上」も余計だったか。

その後はコーチ陣による細かい指示が続いたが、選手がどことなく浮き足だっているのを樋口は感じていた。そう、ここにいる多くの選手は、優勝のプレッシャーがかかる試合を経験していない。何にでも初めてはあるものだが、この状況は明らかにスターズにとっては不利――イーグルスの最大のアドバンテージは、「勝ち慣れて」いることだ。プレッシャーのいなし方、逆にそれを自分たちの力にする方法も知っている。

ミーティングが終わると、富川がすっと近づいて来る。

「今日も、オーナーは試合開始からご覧になる予定ですから」

「ああ、そう」

「試合途中で何かあったら――」

樋口は瞬時に顔から血の気が引くのを感じた。富川に詰め寄ると、彼の顔も白くなる。樋口は歩みを止めず、富川の背中が壁にくっつくまで間合いを詰めた。選手たちの視線が突き刺さるのが分かる。

「このチームはオーナーのものかもしれないが、試合は俺たちのものだ。オーナーが余計な口出しをしたら、代わりにお前をボコボコにしてやる」

「ボコボコ、ねえ」沢崎は笑いを堪えきれない様子で、表情は不自然に歪んでいた。

「他に言いようがないだろう。ああやって釘を刺しておかないと、試合中にオーナーがダグアウトに入って来かねない」樋口は顔をしかめて言い訳した。

「ま、そうですね」

二人はダグアウトの前に立ち、試合開始前の空気を味わっていた。レギュラーシーズンは今日で終わり。空気には既に秋の気配が色濃く、芝の上を渡る風に熱さはない。しかし球場に降り注ぐ陽射しは、まだ真夏のそれだった。予想最高気温は二十八度。野球が似合う陽気だ。

「観客の存在って、何なんですかね」沢崎がぽつりと言った。

「何だよ、いきなり」

「いや……観客の声援が励みになるって、嘘だと思うんですよね。騒がれると集中力が切れるし、自分が見世物だと意識させられるのは、何だか嫌な気分です」

「お前は、そういうのに慣れてると思ったよ」スターズの最後の黄金時代にレギュラーとして活躍し、その後は大リーグ——満員のスタジアムでプレーするのが当たり前だと思っていた。

「大リーグの球場はそうでもないんですよ。平日の試合なんか、半分ぐらいしか入っていないこともよくありました。俺は、その方が気楽でよかったな。今日は……」沢崎が顔を上げ、スタンドを見回した。「よく入ってますね。鳴り物が許可されていたら、コンサート会場みたいになるでしょうね」

「ああ」

「ま、プレーするのは俺じゃないんで——応援がある方が活躍できる選手も多いでしょう」

今はまだ静か——しかし、ホワイトノイズのような音が既に満ちていた。選手たちがグラウンドに飛び出す前で、観客は声援を送ることもなく、静かに話し合っているぐらいだ。球場に流れるBGMも控えめ。ライトスタンドの「Bガールズ」は、今日はひときわ人数が多いようだ。東京スタジアム時代は、あそこにはやたらと柄の悪い一団が陣取っていたのに……スターズ・パークは、清潔・安全な球場に育った。

「お前には迷惑かけたな」ふいに、沢崎に対して申し訳ない、という思いがこみ上げてくる。「愚痴にばかりつき合ってもらって、悪かった」

「それがヘッドコーチの仕事だって、最初に言ったでしょう」沢崎が苦笑した。「ま、樋口さんは予想していたより愚痴が少なかったですけどね」

「俺は何でも腹にしまいこんで、ぐっと我慢する方だから」それで胃が悪くなるのだ。

「今日ぐらい、ぶちまけてもいいんじゃないですか？　間違いなく、特別な試合ですよ」

まったくその通りだ——しかし樋口は、感情のぶちまけ方をよく知らないのだった。


〈テレビ放送席の神宮寺〉

いやいや、こういうことがあるから野球は面白い――昨日スターズが大敗した後、神宮寺の顔にはずっと笑みが張りついたままだった。自分が籍を置いていたチームが負けたことにはむかつくが、優勝の行方がシーズン最終戦に持ち越されることなど、ほとんどない。自分がその実況に参加しているのは名誉でもあった。

いや、名誉じゃないか――ただただ面白いのだ。

今日も相棒は大屋だ。若いアナウンサーは、初回から昨日にも増してテンションが高い。

「大一番とは、まさにこういう試合のためにある言葉です」いきなり芝居がかった台詞から実況を始める。「シーズン最終戦、長く優勝から見放されていたスターズが優勝に王手をかけています。しかし、王者・イーグルスが必死の追い上げ――わずか一ゲーム差でスターズと激突します。今日の試合、スターズが勝てば優勝、イーグルスが勝てばワンゲームプレーオフ。両チームの意地を賭けた戦いが始まります。今日も解説はお馴染み、神宮寺さんでお届けします――神宮寺さん、今日の試合のポイントを一言でまとめるとどうなりますでしょうか」

「根性です」

「根性、ですか」大屋が少し呆れた口調で言った。

「両チームとも、ここまでそれぞれのチームカラーを出して、これぞプロという戦いぶりを見せてくれました。この試合では、勝とうという意志が強い方が絶対に勝ちます」

「スターズの先発は、今シーズンここまで十六勝を挙げて見事に復活した大島、イーグルスは谷。谷は今シーズン、スターズに対して勝ち星はありませんが、十三勝を挙げています。中六日、休養十分で満を持しての登板になります」

ＣＭが入る。大屋が、ふっと息を吐いて肩を上下させた。

「さすがに今日は緊張しますね」

「お前が緊張してどうするんだよ。試合してるわけじゃないんだから」

「そうですけど、優勝がかかった試合の中継は初めてなんですよ」

「どんなことでも初めてはある——たっぷり味わっておけよ。『初めて』は二度はないんだから」

からかいながら、神宮寺は自分も緊張していることに気づいた。胃の中に、重く固い塊を呑みこんだような感覚がある。

スターズは、自分にとっても特別なチームなのだ。沢崎と三、四番コンビを組み、競い合って打ちまくった一年。終盤で右手を骨折し、それが原因で選手生命が一気に短くなった——あれがなければ、もっと長く現役生活を続けて、多くの打撃部門で通算記録を破っていたかもしれない。

しかし、後悔はない。スターズにいたことは、間違いなく自分の財産になっている。沢崎という男が持つ独特の雰囲気——自分はあれに引かれていたとも思う。だからこそ、引退した後にはよく会うようになったのだ。今季、ヘッドコーチに就任してもそれは変わらず、陰ながら助けてきたつもりである。自分には球界内に様々なコネがある。それを活かしての情報収集──沢崎たちを悩ませていたオーナーの動きを探っていた。

それにしても、と思い出す。二人で名古屋までドライブしたのは面白かった。もちろん、沢崎にオーナーの情報を話すための「密室」として車を選んだのだが、名古屋に着くまでの数時間、話が尽きることはなかった。この歳になって、まだ普通に友だちづき合いができる相手がいるのは、悪くない。

「十秒前です」

ディレクターの小野田が小声で指示を出す。神宮寺はヘッドフォンを被り直して備えた。

「──マウンド上には大島。今、投球練習を終えて、イーグルスの先頭打者、坂口に対します。初球──外角低め」

「いつも通り、慎重に入りましたね」

「短い間合いから二球目──三塁線！」

打球の勢いは鋭かったが、橋本にとっては守備範囲内だった。バックハンドで軽快にキャッチすると、一塁へノーバウンドで送球。反応スピードの速さが評価されがちな橋本だが、実は鉄砲肩でもある。神宮寺は、むしろショート向きではないかと思っているのだが、スターズには不動のショートストップ、今泉がいる。セカンドの島田とのコンビは球界最高で、オーダーをいじりまくった樋口も、休養以外でこの二人を外すことはなかった。

「大島、二球でワンアウトを取りました。神宮寺さん、今日の大島をどうご覧になりますか？」

「いい立ち上がりですね。二球目はスライダーだったと思いますが、スピードが乗っていました。今日はあのスライダーが厄介になるかもしれません。イーグルスは、絞って打ちにいかないといけませんね」

「調子がいい」ではなく、絶好調ではないか、と神宮寺は思った。八月以降、終盤になると打ちこまれることが多くなった大島だが、今日は崩れる気配がない。そういうのは、初球を見た感じで分かるのだ。

実際、大島は危なげなくイーグルス打線を三者凡退に打ち取った。スライダー、ツーシームを低めに集め、アウトは全て内野ゴロ。この球場では、狭いファウルエリアを意識して、臭い球は全てカットしてピッチャーに多く投げさせるのが定番の作戦なのだが、今日の大島はバッターの一枚上を行っている。バッターが手を出さざるを得ない球で、しかもフェアゾーンで野手が待つところへ打たせる――これこそベテランのピッチングだ。

「先制点が欲しいスターズですが、神宮寺さん、ポイントはどの辺りになるでしょう」

「まず、一、二番コンビの頑張りに期待したいですね。この二人が足で引っかき回せば、スターズは有利になります」

「一番の高山が左打席に入りました。今シーズン、ここまで打率二割九分五厘、盗塁は二十五を記録しています。新人王の有力候補、この打席ではどんなバッティングを見せるか――打った！　右中間！」

打球は右中間の真ん中を割った。バウンドしたもののスピードは衰えず、一気にフェンスまで達する。高山は躊躇せず一塁を蹴り、二塁へ向かった。余裕でスタンディング・ダブル……神宮寺は右手でヘッドフォンを押さえつけた。この放送ブースでは、大きな窓を通して観客の声援が飛びこんでくるので、自分の声さえ聞こえなくなってしまうことがある。

「初球をいきなりツーベース！　球場内は割れんばかりの拍手と歓声です！」観客に負けまいというのか、大屋の声もトーンが一気に上がった。

「高山」コールが上がる。しかし二塁上の高山はいつも通り――少し困ったような表情を浮かべ、静かに佇んでいる。まるで、寝起きでいきなり見知らぬ世界に放りこまれてしまったような感じ。こいつはまだまだプロの世界に慣れていないのだな、と神宮寺は思った。どんな選手に育っていくのだろう。

「スターズ、先制のチャンスです。今、二番の橋本がゆっくりとバッターボックスに向かいます。神宮寺さん、ここはどう出ますか？」

「普通なら送りバントですね。今日は、先制点の意味が普段にも増して大きいですから」

「確実に1点を取りに行く——そういう作戦ですね」

「今日は特別な試合です。1点が物を言うかもしれません」

こんな試合でなければ、まず走らせるところだろう。高山の盗塁成功率は八割を超えている。走ればまず成功——しかし失敗の確率は二割ある。送りバントの方が、無事に三塁にランナーを進められる確率は高い。

右打席に入った橋本が、ダグアウトをちらりと見る。サインは……送りバントだろう、と神宮寺は確信を強めた。実際、橋本は早くもバントの構えを見せた。屈みこみ、バットを寝かせ——しかし谷が投じた初球、橋本はずっと打つ体勢に戻り、バットを出した。強振——流し打った打球は、猛烈なライナーになる。ファーストの萩本のほぼ正面だったが、打球が芝の切れ目で大きくバウンドした。低く構えていた萩本が慌てて飛び上がったが、ボールはグラブの上部に当たり、勢いが削がれてファウルエリアへ——萩本がボールを押さえた時には、橋本はもう一塁を駆け抜けていた。

高山は三塁を回りかけて、ベースコーチの須永に止められていた。もう少しボールが転がっていたら、間違いなく本塁に突入していただろう。

「強攻策でした！」大屋が叫ぶ。「ヒット！　ヒット！　神宮寺さん、積極的な攻撃でしたね」

「危ないところでした。バウンドが変わったのはラッキーでしたよ。スターズ側にはつきもあります」

冷静に話しながら、神宮寺は内心驚いていた。樋口さん、あなたはこんなに積極的な人じゃないでしょう。特別な試合だからって、よそ行きのプレーをやらせてるんですか？

それじゃ勝てないよ。

いつも通りのプレーをする——根性は大事だが、それがあらぬ方向へ空回りすると、ろくなことにはならない。そこに生じるのは、単なる「力み」だ。

樋口さん、この試合、どう進めていくつもりですか？

「篠田」樋口は、ネクストバッターズサークルを出かけた篠田を呼び戻した。肩を抱いてダグアウトの方を向かせ、「1点が欲しい。どうしても」と強い口調で告げた。

「まさか、スクイズですか？」表情は変わらないものの、篠田の口調は低く、明らかにむっとしていた。長い選手生活の中で、バントしたことなどほとんどないはずだ。

「どうしても1点欲しいんだ」樋口は繰り返した。「ヒットじゃなくてもいい。今日の谷は、ボールが走っていない」

「外野フライでも？」

「大歓迎だ」

樋口は篠田の背中をぽん、と叩いて送り出した。スタンドの声援は騒音レベルにまで高まり、耐え難いほどになっている。これで集中できる選手たちの精神力には、つくづく感服してしまう。

「監督」

沢崎が声をかけてきたので振り返る。

「座りましょう」

「どうして」

「こういう時こそ、いつも通りで」

沢崎の指示通り、ベンチに腰を下ろした。今日は一番の高山が打席に入った時からずっと、立ったままだった……これでは駄目だ。現役時代、監督がどっしりと座っている方が落ち着けた。

「選手には、いつも通りの力を出してもらいたいですよね。だから我々も、平常運行でいきましょう」

「……分かった」

左打席に入った篠田は、いつもと変わらず淡々としていた。派手なパフォーマンスはなし。どんな状況でも自分のペースを崩さない。谷の投球を二回続けてカットする。そうやってリズムを合わせているのだ。三球目は外角高めに外れるボール。四球目をきっちり合わせにいった――注文通り、打点を望めるライトフライ。少し浅い――定位置よりも少し前に出てライトの坂口がキャッチし、バックホームする。坂口は強肩で知られた選手で、こういう状況で何度も走者を刺してきた。貴重なランナーを大事にすべきだろうが——突っこめ、と樋口は心の中で叫んだ。ここは絶対に1点が欲しい。イーグルスにプレッシャーをかけるのだ。

高山は、惚れ惚れするようなスタートダッシュを見せた。頭を下げ、一目散にホームを目指す。ベストの返球——イーグルスのキャッチャー、本庄がボールをキャッチすると同時に、高山が足から滑りこむ。クソ——土埃が舞い上がり、二人の姿が一瞬見えなくなる。

「セーフだ！」沢崎がいち早く叫ぶ。ボールはキャッチャーミットから零れて、一塁側に転がっていた。

審判が両手を大きく広げる。抜け目なくタッチアップして二塁に達していた橋本が、両手を突き上げた。一方、絶妙のスライディングで先制点を上げた高山は相変わらず淡々としたまま——ジョギングのスピードで戻って来る途中、ネクストバッターズサークルにいるバティスタと軽く手を合わせただけだった。バティスタは明らかに、うずうずしている。本来は、こういうシチュエーションでは、相手の手を破壊せんばかりの勢いでハイファイブをしたいタイプなのだ。しかし、高山がそういうオーバーアクションに乗ってこないのはよく知っている。

ダグアウトは沸き立った。さすがに高山も笑みを零し、選手たちと手を合わせている。喉から手が出るほど欲しかった先制点だ。樋口はホッと一息ついて腰を浮かし、尻ポケットに胃薬が入っているのを確かめた。今年はどれだけこいつのお世話になったか……シーズンが終わったら、速攻で胃カメラだな。

樋口はグラウンドに意識を戻した。ワンアウト二塁。もう1点入るシチュエーションだ。バティスタは打つ気満々。左打席に入ってサムライ・ポーズを見せると、普段にも増してスタンドが盛り上がる。今日のバティスタはいつも以上にやる気満々——明らかに一発を欲しがっている。

こういう時のバティスタは駄目だ。いい具合に力が抜けていれば、大リーグでもオールスター級のバッティングを見せる。滑らかというかスムーズで、力強さを感じさせないものの、ギャップゾーンに軽々と打球を飛ばす。

「まずいな」樋口はつぶやいた。

「ここは期待できないですね」沢崎も応じた。「力が入り過ぎてる」

案の定、初球から手を出したバティスタはガチガチだった。スウィングがぎこちなく、外角の沈むボールに無理に手を出し、ボテボテの当たりになってしまう。樋口は思わず腰を浮かした。これは……むしろ結果的に上手いバントになるのではないか。バティスタが「しまった」という表情を浮かべて全力疾走に入る。ひどい当たりでも走塁に手を抜かないのはバティスタのいいところだ。

打球は一塁線上に飛ぶ。ボテボテの当たりのはずが、意外に球足が速い。見ると、橋本は二塁を少し離れたところで立ち止まったまま——スタートしようとしない。

「あの野郎！」沢崎が短く叫ぶ。

「いや、いい」

樋口は低い声で言った。ファーストの萩本が反応良く飛び出し、ボールをキャッチする。バティスタは一塁のかなり手前でアウトになった。それを見届けた橋本がゆっくり二塁に戻る。

「奴の足でも無理だったか」

「……ですね」沢崎が恥ずかしそうに言った。「芝を短くしていたのを忘れてました」

芝は今シーズン一番の短さに刈りこまれ、特に打球が速くなるように調整している。芝が長い球場なら、橋本は間違いなくスタートを切って、三塁でセーフになっていただろう。あいつらしい、クレバーな判断だ。

ツーアウト二塁。まだチャンスはある。

打席には井本。結局今年は、調子が上がらぬままだった。五番に据えたらプレッシャーもなくなって打ち始めるのではないかと思ったが、本人の中では「下げられた」というマイナスの感覚の方が大きかったのかもしれない。ここまでホームランは二十三本と去年を大きく下回り、打率も二割五分台をうろついている。

右打席に入った井本の顔色はよくない。何度か素振りを繰り返したものの、いつものパワーは感じられなかった。

初球、外角低めのストレートをあっさり見送る。今のは手を出しておくべきだった

——今日は調子が今一つの谷を打ち崩すなら、今しかない。早い段階でマウンドから引きずり下ろせば、試合はスターズ有利で進む。

二球目、中途半端にバットを振り出す。打球は一塁側へふらふらと上がり、イーグルスの萩本が必死に追いかけた。フェンスに手をかけ、キャッチする体勢に入って右手を思い切り伸ばす——しかし打球は風に流され、彼のファーストミットの先をかすめるようにスタンドに落ちた。

樋口はゆっくりと息を吐いた。他の球場だったら間違いなくアウトだ。命拾いしたな……。

谷は勝負を急いだ。一球外すべきところで、ストライクゾーンに速球を投げこんでしまう。外角低めの厳しいコースだったが、井本は上手く反応した。ぐっと踏みこみ、力強いスウィングを見せる。ジャストミート——強烈なプルヒッターの井本にしては珍しく、流し打ちになる。打球はライトポールぎりぎりに……定位置より少し深く守っていた坂口が下がり、早くもフェンスに張りついた。上空を見ている。ぎりぎりか？　坂口が右手をフェンスの上部にかけ、背伸びするようにグラブを差し出す。

しかし打球は、思い切り跳ねた。入ったのか？　それともフェンスの上部か？

井本は二塁に達する直前で、初めて打球の行方を見た。橋本はとっくにホームインし、万歳したまま井本を出迎えようとしている。井本は、打球が大きく跳ねたのを確認してからスピードを落とした。三塁ベースコーチと手を合わせ、スタンドを回る拍手を凱旋の行進曲にするように、ゆっくりとホームへ向かった。最後は歩くように、慎重にホームプレートを踏む。

上空では、巨大なホシオが三体、風に揺れていた。毎回不思議なのだが、ホシオのアドバルーンはスターズの選手がホームランを打った瞬間にビルの屋上から一気に立ち上がる。どれほど浮力が強いのだろう。

よし、いきなり3点——これは大きい。期待以上だ。樋口は右手を拳に握ったが、その時、視界の片隅で、イーグルスベンチから出て来る菊川の姿を捉えた。ウィンドブレーカーのポケットに両手を突っこんだまま、うつむいて主審の方へ歩み寄る。ビデオ判定の要求か……確かに難しい打球だ。フェンスを越えたのか、フェンスの上部に当たったのか——樋口のいる場所からは、打球がどこに当たったのか、はっきりとは見て取れなかった。

菊川の意図を察したのか、スタンドではブーイングが起こり始める。

「入ってないですね、たぶん」沢崎がつぶやく。

「フェンスの上か?」

「確認しましょう」

沢崎が素早くダグアウトから消える。ダグアウトの隣には、スターズのスタッフが詰める小部屋があり、いつでもプレーバックで確かめられる。

樋口は足を組み、バックネット裏に集まって協議する審判団を見守った。あそこに小さなモニターがあって、プレーの中断を最短にして確認できるようになっているのだ。

協議は長くは続かなかった。主審がすぐに戻って来て、ホームプレートの近くで腰に両手を当てて立っている井本に向かい、二塁へ戻るように指示した。スタンドは、殺気立ったブーイングと野次で埋め尽くされる。井本が主審に詰め寄り、必死の形相で何か訴える。まずい……こんなところで暴言でも吐いて退場処分を食らったら、この先の戦いが厳しくなる。しかし、一塁コーチスボックスからいち早く飛び出して来た繁本《しげもと》が、後ろから抱えるようにして井本を止めた。

危なかった——樋口はまた息を吐いたが、主審の顔つきを見る限り、井本の抗議はそれほど激しいものではなかったようだ。戻って来た沢崎が「やっぱり、フェンスの最上部でしたね」と告げた。

「もったいなかったな。一本出ていたら、井本も乗るんだけど」

「しょうがないでしょう。二塁打は二塁打です」

スターズ・パークのローカルルールで、フェンス上部で跳ね返ってスタンドに入った打球は二塁打、と決められている。あと十センチ伸びていたら、フェンスを越えていたのに……。

井本がゆっくりと二塁に戻る。樋口はすかさず両手でメガフォンを作り、大声で「井本！」と呼びかけた。ヘルメットを被り直した井本が気づいて、びくりと身を震わせる。樋口はぐっと右の拳を突き出してやった。いい当たりだった、気にするな——それで怒りが抜けたのか、井本が二塁ベース上で小さくうなずく。

危ないところだった……今季不調の井本は、精神的に脆くなっている。普段は放置しておくのだが、今日は特別な一戦だ。少しでもいい気分でプレーを続けて欲しい。

三つのビルの屋上では、まだホシオが揺れていた。おいおい、さっさと戻せよ……派手な金色の星《スター》が何となく虚しい。

六番の島田、七番今泉が連続三振に倒れ、初回の攻撃は終わった。畳みかけ、さらに得点を重ねるチャンスはあったが、この際贅沢は言わないようにしよう。

樋口は、グラブを摑んでダグアウトを出る橋本を呼び止めた。

「ナイス判断だったな」

「オス」何のことかすぐにピンときたようで——この男は勘がいい——橋本が一瞬ニヤリと笑う。

「守備も気をつけろよ」

「今日は打球が滑ります」

そんなはずはない——芝が濡れているわけでもないのだから。しかし橋本の感覚は樋口には理解できた。

「うちの芝は諸刃の剣だからな」

「分かってます」

橋本が元気よく飛び出して行った。春先の骨折の影響は、もう微塵《みじん》も感じられない。

橋本が飛び出してきたお陰で、スターズの内野陣は完成した。この先数年は、橋本―今泉―島田の三人が鉄壁の守備を見せてくれるだろう。

スターズは、上り坂に入れるかもしれない。それもこれも、今日勝てるかどうかにかかっている。

〈スターズ・パーク　オーナー室〉

沖は足を組み、背中を丸めて拳に顎を載せた。五感のうち、試合の雰囲気を捉えているのは視覚のみ――窓から見える光景だけだ。部屋にあるモニターの音声は消している。スタンドの声援はくぐもって耳に届くが、意識の集中を妨げるものではない。

沖は顔を上げ、部屋の傍らで控えていた富川に視線をやった。蒼い顔をした富川が、すっと近づいて来る。

「今のは何で抗議しなかった？　ホームランだろう」

「ビデオで確認していますので……」

「そういう問題じゃない！」沖は声を張り上げた。「あそこで抗議しないと、選手の士気が下がるじゃないか！　際どいプレーで何も言ってくれない監督を、選手が信頼するか？」

「いや、しかし、井本も納得していたようですし……揉めて試合の流れを切るのは、監督としても本意ではなかったんではないでしょうか」

「君は……何だ？　いつの間にか解説者にでもなったのか？」

瞬時に富川の耳が赤く染まる。「そういうわけでは……」とつぶやき、うつむいてしまった。

「井本も、何でもっと審判に食ってかからないんだ？　あいつはあんなにガッツのない選手なのか？」

「打った本人が一番よく分かるかと……」

「がっかりだな」沖は頭の後ろで両手を組んだ。「あいつには目をかけてやってきた。スターズ生え抜きのホームランバッターとして成長してくれると思ったからだ。それが、今年の成績は何だ？　編成部長を呼べ！」

「今ですか？　試合中ですよ」

「球場に来てるだろう！」こいつはどうしてこんなに愚鈍なんだ？　来月には交代させないと――沖は頭の中でメモ帳に書きこんだ。「井本は出す。来年は別のチームでプレーしてもらう――何だったら、大リーグに行ってもらうか？」

「井本には大リーグ志向はないと思いますが……」

「ポスティングで金が入った方が、チームとしては助かる。あるいは誰か、欲しい選手がいるか？　あの程度の選手だったら、交換トレードで取れる選手のレベルもたかが知れているだろうが……どうだ？」

「私には何とも言えませんが」

　富川が少しだけむっとして答えた。こいつも俺に逆らうのか？　たかが広報部長の立場で？　だいたい、ＴＫジャパンの中でも、それほど優秀な人材ではなかったのだ。

「監督を連れて来なさい」

「いや、それは……」富川の顔が歪む。「試合中ですから」

「今の怠慢は許しがたい。呼んで来ないなら、私がダグアウトに行く」

「呼んできます！」富川が飛び出していった。

　まったく、どいつもこいつも……どうして試合を盛り上げようとしない？　井本は主審に突っかかるべきだったし、樋口もそれに呼応してすぐにダグアウトを飛び出すべきだった。それでこそスタンドは一層盛り上がり、スターズは「戦う集団」だとファンに印象づけられたのに。スマートに勝っても面白くない。ファンと一緒に、燃えるような盛り上がりを作らないと。そのために、乱闘ぐらいあってもいいだろう。

　富川はすぐに戻って来た。一人。

「監督は？」

「試合中だ、と」

「そんなことは分かってる！」沖は立ち上がった。「俺はオーナーだぞ！　このチームの全責任を負ってるんだ。監督がだらしないから、俺がきちんと言ってやる。向こうが来ないならこっちから行くまでだ」

富川が、唐突に両手を広げた。沖は眉を釣り上げ、「何の真似だ」と低い声で訊ねた。

「……私がボコボコにされますので」

「何の話だ？　樋口に脅されたのか？」

富川が無言でうなずく。沖は頭に血が昇り、顔が真っ赤になるのを意識した。

「俺のチームでそんな野蛮な行為は許さない！　いったいどうなってるんだ？　GMを呼べ！」

「ちなみに」富川がドアノブに手をかけながら言った。「先ほどの打球は、間違いなくフェンスの上でバウンドしていました。ダグアウト裏でもビデオで確認しています」

クソ……ポーズでもいいから激しく抗議すべきだったんだ。沖は音を立てて椅子に腰を下ろした。グラウンドに目をやると、大島が涼しい顔で投球練習をしている。


〈テレビ放送席の神宮寺〉


「スターズ、初回に見事に2点を先制しました。神宮寺さん、最高の形でのスタートになりましたね」

「それにしても、井本の当たりは惜しいことをしましたねえ。あれが入っていれば、谷は一気に崩れていたかもしれません」

「その場面をもう一度リプレーでご覧下さい。井本の打球……ここです」

神宮寺もモニターを凝視した。現役時代は目の良さには自信があったのだが、さすがに最近は視力が衰えており、放送ブースから直接は打球の行方を追えなかった。しかしモニターで確認すると、確かに打球はフェンス最上部に当たっている。

「……さあ、2点をもらっての大島のピッチングに注目です。初回はイーグルス打線を三者凡退に退けています」

「これで気分はぐっと楽になりましたね」神宮寺はコメントを追加した。大島は、シチュエーションに左右されることなどないベテランだが、さすがにこの試合ではそういうわけにはいくまい。実際、球場の空気も異様だ。構造的な問題なのか、スターズ・パークでの声援は拡散しがちで、一塊になってぶつかってこないのだが、今日ばかりは違う。球場全体に異様な熱気が籠り、気温さえ上がっているようだった。

「二回のイーグルスの攻撃は、四番のゴードンから。大島としては、この回も早めに終わらせてリズムに乗りたいところです。第一球、打ったー！　センターバック、バック、なおもバック！　取ったか？　高山、転倒！　一回転して転倒！　取ったか？　取った、取った！　左手を高々と掲げています」

「いや、よく走りましたね」

高山はウォーニングトラックの手前で倒れていた。自分の頭上を越す勢いの打球に飛びつき、グラブの先に打球を引っかけたのだ。あの守備は、相手チームにとっては脅威だ——神宮寺は一人うなずいた。それに今の思い切ったプレーは、間違いなくスターズナインを勇気づける。

「マウンド上の大島も高山に拍手を送っています。ファインプレーでしたね、神宮寺さん」

「高山らしいプレーでした。これは、大島にとっては大きいですよ」

事実、大島は調子に乗った。五番の田村をセカンドゴロに打ち取り、六番カスティーヨを打席に迎える。大島はいつものようにセットポジションからのクイック投法で、たちまちツーストライクと追いこんだ。

「大島、テンポのいい投球が続いています」

「今日は時に、低めの変化球が活きていますね。最近、不調が続いていましたが、今日は気合いが入っています」

「ノーボール、ツーストライク。追いこんで大島、三球目――おっと、打った！　打球はレフトへ！　バティスタが追う！　フェンス際――フェンスに手をかけました。ジャンプ！　取ったか？　入ったか？　入った、入った！　カスティーヨ、ホームラン！　イーグルス、1点を返しました！」

クソ、出会い頭か。マウンド上の大島はスパイクで静かに土を均しているが、今の一発にショックを受けているのは間違いない。悠々とダイヤモンドを一周したカスティーヨは、ダグアウトに戻ってナインとハイタッチを交わした。

放送ブースの直前に陣取った女性ファンが何人か泣いている。まるで葬式で故人の噂を囁くように、絶望の言葉を交わし合っているようだ。君たち、諦めるのはまだ早い。野球は九回まであるんだ……苦々しく思いながら、神宮寺は声を張り上げた。

「ベテランの力はここからですよ！」

窓を通してまで聞こえたのか、ブースの前にいる女性ファンが一斉に振り向く。神宮寺は彼女らに人差し指を向け、パン、と撥ね上げた。必死で応援しないと、本当に撃ち殺してやるぞ。

4

まずいな……樋口は素早く、秦と目配せし合った。一見快調に投げているように見える大島だが、油断はできない。本来のスピードではなく、変化球のキレもイマイチだ。イーグルス打線はそれを見抜いているものの、大島の投球術――生命線のコントロールに翻弄されている。

コントロールは全てに優先する。ピッチャーが最後に頼るのもコントロールだ。しかし、百球投げて全てが意図したところへ行くわけではないし、狙い通りのコースに投げても力負けすることもある。今の一打は後者だった。右打者の内角膝元に食いこむいいボールだったが、カスティーヨが上手くすくい上げた。あの一球をジャストミートされたら、ピッチャーとしては黙って頭を下げるしかない。

秦がブルペン直通の電話を取り上げる。今日はスクランブル体制で、何人でもピッチャーを注ぎこむ予定だった。仮に負けると、ワンゲームプレーオフは一日おいて明後日——有原を先発させて、任せるしかない。

いや、そこまでもつれこむ前に、今日で決めてしまいたい。

大島は、急に汗をかき始めたようだった。キャップを取って、左腕で額を拭う。青空を仰いで、ふっと息をついた。打席には七番の池田。気が抜けない——池田は今季好調で、打率は三割を超えていた。そういう選手がこの打順に座っていることが、イーグルス打線の層の厚さを物語る。

池田は大島の初球をライト前に弾き返した。ホームランで動揺したところで、一気に勝負を賭けて潰しにかかる——実際、今の一球は少し高めに入った。常に低め、低めで勝負する大島にしては、明らかに失投だった。

打席には八番の本庄。二死なので、自由に打つしかない。バッテリーとしては、どうしてもここで切っておきたいところだった。本庄で終われば、三回表はピッチャーの谷から。この回谷まで回ってしまうと、一番の坂口が先頭打者になって、やりにくくなる。

本庄はじっくりファウルで粘った。スターズ・パークでは定番の、ピッチャーを苦しめる作戦。フルカウントまで持ちこんでから、さらに二球連続ファウルで粘る。大島は決して苛ついた様子を見せなかったが、それでも勝負に行ったスクリューボールが少し甘いコースに入ってしまった。左打ちの本庄が綺麗に流し打ちし、打球は三塁線を襲う。

抜かれる――しかしあらかじめ打球が来ることが分かっていたように、橋本が横っ飛びしてボールを掴んだ。一瞬ではね起きると、膝立ちの状態で二塁へ送球する。ボールをキャッチしてベースを踏んだセカンドの島田が、スライディングを避けて軽やかにジャンプする。

樋口はそっと息を吐いた。この回は、結局高山と橋本に助けられた。あいつらは、守備でもこのチームの軸に育った。

ダグアウトに戻って来た橋本が、手荒い祝福を受ける。ユニフォームは真っ黒だが、これはいつものこと――彼が常に体を張ってプレーしている証拠だ。

「命拾いしたな」

声がした方を振り向くと、GMの松下が立っていた。試合中にダグアウトに入って来るのは珍しい。

「松下さん」

「橋本はいいねえ。俺は、守備で金を取れる選手が大好きだ」

「だったら来年、あいつの年俸はぐっと上げてやって下さいよ」球場以外のことではケチな沖が、橋本の守備をどれぐらい正当に評価してくれるかは分からないが。

「沖さんに呼ばれてるから、ちょっとオーナー室に行って来る」松下が急に真顔になって言った。

まずい――先ほど、富川がオーナー室に来いと言ってきた時には、一喝して引き下がらせた。それで、代わりに松下が呼ばれたのだろう。松下がどちらの味方なのか――オーナーの犬なのか、選手のことを第一に考えているのかは未だに読めなかったが、自分の代わりに壁になってくれるというなら、ここは感謝しておこう。

「怪我しないようにして下さいよ」

「ま、オーナーも、試合中に一緒にビールを呑む相手がいないとつまらないだろう」

松下が低く笑った。オーナーも災難ではないか……沖はそれほど酒は強くない。一方松下は、選手時代から「ザル」「鉄の肝臓」と言われて、球界一の酒呑みとして知られていた。現役を引退して長いのに、未だに酒量は衰えていない。

「ちゃんと勝てよ」一言言い残して、松下はダグアウトから出て行った。

「GM、どうしたんですか」沢崎が心配そうに訊ねた。

「人身御供になりに行くそうだ」

「オーナーですか?」沢崎が眉をひそめる。「これからずっと一緒に観戦だとしたら、拷問ですすね」

「しょうがない。オーナーに口出しされたら、収拾がつかなくなる。松下さんに止めてもらわないと」

樋口は立ち上がり、両手を二回、叩き合わせた。

「さあ、追加点を狙っていけよ！　さっさと谷をマウンドから引きずり下ろせ！」

しかし、この檄《げき》の効果も薄かった。八番仲本はピッチャーフライ、九番の大島は三振に倒れる。高山は四球を選んだものの、橋本の一、二塁間の当たりは、セカンド池田の素早い動きでアウトにされた。あまりにも淡々としている——谷は立ち直りかけているものの、まだまだ不安定である。なるべく多く投げさせねばならないのに……スターズ打線にも焦りが見える。

三回、イーグルス打線が大島に襲いかかった。というより、大島が自滅しかかった。先頭の九番、谷にレフト前ヒットを許すと、マウンド上の大島が苦しそうな表情を浮かべる。二回に粘られて球数が増えたせいか、早くもスタミナ切れの様相だ。十月、グラウンドには時折涼しい風が吹き抜ける。ピッチャーにはありがたい陽気だろうが、大島にはあまりいい影響がないようだった。

秦はしきりにブルペンに電話を入れ、中継ぎ陣の仕上げを急《せ》かしていた。昨日の大敗でピッチャーを使い過ぎて、今日投げられる選手は限られている……継投は基本的に秦の責任なのだが、昨日は樋口も口を出した。優勝がかかった一戦だったから、どうしても監督として責任を取らねばならないと思ったのだが、それが裏目に出た格好である。昨日は捨て試合にしてもよかった——しかし、「勝てば優勝」という試合を途中で投げるのは難しい。一縷《いちる》の望みに賭けて完全に失敗した。

「大島は、もう持ちませんよ」沢崎がぽつりとつぶやく。実際、投球の間合いが延びていた。本来は、ほとんどノーサインのように素早く投げこみ、バッターに考える隙を与えないのが持ち味なのだが。

「何も言うな」樋口は低い声で沢崎に釘を刺した。不安を口にすることで、悪いことが起きそうだった。

一番の坂口が、送りバントの構えを見せた。大島が投げる。坂口がバットを引く。二球目では構え直してカットした。三球目、四球目もファウル。五球目――スライダーが曲がり過ぎた。大島のスライダーは、本来変化が小さい代わりにストレートとあまりスピードが変わらず、打者のタイミングを外すボールなのだが、何故かこの時だけは変化が大きかった。右打者の内角低め――坂口が思わず足を引いてよけるようなボールで、しかもワンバウンドしてしまった。仲本が体で止めようとしたが、タイミングが合わない。不規則なバウンドだったのか、ボールは仲本の股間をすり抜けてバックネットの方へ転がってしまう。ちらりと後ろを見た坂口は、サヨナラのホームを狙うランナーに指示する三塁コーチのように、右腕をぐるぐると回した。

実際には、一塁走者の谷は余裕で二塁に達していた。ワンボールツーストライクと追いこまれていた坂口は、ここできっちり送りバントを決めて、谷を三塁へ送る。

一死三塁――何をやっても点が入りやすい状況だ。二番の水木が左打席に入って構える。初回は簡単にアウトにしたものの、大島は妙に投げにくそうにしている。セットに入って、一度投球動作をやめた。左ピッチャーには見にくい三塁走者をしきりに気にしている。状況的に、谷が無理に走ることはあり得ないのだが。

樋口は中間守備を指示した。水木は器用だが、パワーはない。ここは三振、あるいは内野ゴロかフライで抑えたいところだ。外野でも浅いフライなら、谷は無理に突っこまないだろう。

しかし、大島の初球は少しだけ甘く入った。外角低めへの変化球が、やや高めに浮く。水木は迷わずバットを出した。綺麗な流し打ち。打球は大きな当たりになって、レフトのポール際に飛び、樋口は開幕戦の悪夢を思い出した。バティスタがアシストしてしまったホームラン――。

滞空時間が長いので、バティスタは余裕でフェンスにまで達した。助走をつけてフェンスの最上部に手をかけ、ぐっと左腕を突き上げる。ああ、開幕戦とまったく同じ――樋口は思わず目をつぶりそうになったが、レフトポール際の出来事を何とか己の目で確認しようと、無理に目を開き続けた。

バティスタが着地する。グラブは高く掲げたまま――キャッチした！　二度目は失敗しなかった！　アウトをアピールすると同時に、レフト最深部からバックホームする。ショートの今泉が中継に入ったが、三塁走者の谷はタッチアップから余裕で本塁を陥れていた。

アウトは一つ稼いだが、同点。この一球は、大島にとっても痛過ぎた。コントロールミスで1点を失うなど、自分を許せないに違いない。

二番の水木をセンターフライ、三番萩本を三振に打ち取り、大島はゆっくりとダグアウトに戻って来た。足取りに力はないように見える――しかし目はまだ死んでいなかった。しっかり顔を上げ、スタンドを見ている。一塁側内野席に陣取ったスターズファンは、大島に盛んに声援を送っていた。

いつもの大島ではない。やはり、優勝が決まる一戦での先発は、異常な重圧だろう。ピッチャーというのは、基本的に極めてデリケートな人種である。風の向きが変わっただけで、投げるのを躊躇う。指先の状態を維持するために、異常に時間をかける——大島ほどのベテランでも、この試合では平常心を保つのが難しいのだろう。

しかし、もう少し引っ張りたい。最低でも五回までは踏ん張ってもらって、後をつなぐ——誰に後を任せるかは悩ましいところだが。今年フル回転した中継ぎの榎本《えのもと》、古川《ふるかわ》は、昨日、一昨日と二連投した。二人とも今季は既に六十試合に登板しており、明らかに調子は落ちている。絶対的な抑えの戸田《とだ》には九回一回を確実に任せられるが、そこまでどうつなぐか。

樋口は秦に相談した。

「榎本と古川はどうだ？」

「よくはないですね」秦の顔は暗い。「二人ともかなり疲れています。投げさせるにしても、タイミングが重要ですよ」

「後半に回したいんだな？」

「できればいつも通り——榎本を七回に、古川を八回にしたいんですけどね」

「大島を六回まで引っ張れるか？」

秦は返事しなかった。「無理」が結論だな、と樋口は判断した。しかし今は、ロングリリーフを安心して任せられるピッチャーがいない。

「できるだけ引っ張ろう」

今はこれぐらいしか言えなかった。しかもこれは虚言だ——何百人ものピッチャーの投球を受けてきた樋口は、一度崩れたピッチャーが立ち直ることはまずないと知っている。せいぜい味方打線が爆発して大量援護を貰い、失点をカバーしてもらうのを期待するぐらいである。

打線に頑張ってもらうしかない。この回は三番の篠田から。クリーンナップで1点を確実に奪い取っていかないと。

樋口は思わず、「大島を楽に投げさせるんだ！」と声を張り上げた。普段はやらないこと——そして沢崎の忠告を無視して立ち上がり、ダグアウトの手すりに両手をかけた。

篠田が打席に入る。打つことしか考えていない篠田だが、見た目はやる気満々というタイプではない。涼しい顔でヒットを飛ばす——この打席でも、いかにも篠田らしいヒットを放った。ただ投球に合わせただけのスウィング。しかし打球は、綺麗に三遊間を割った。一塁上に立った篠田は、クリーンヒットにも納得できない様子で、見えないバットを振る動きを繰り返していた。ある意味求道者みたいなものだな、と樋口は苦笑した。

ここでバティスタか……開幕からの不調が嘘のように打ちまくっていた時期もあった

が、夏場過ぎからはまた調子を落としていた。ホームランは二十本——長打を期待された外国人選手としては少々物足りない数字で、肝いりで獲得した沖本人が、「来年は契約しない」と息巻いているらしい。しかし沢崎は、十分合格点と評価していた。実際ここまで、二塁打はリーグトップの四十五本を記録している。打率も二割九分台、打点も百を超えた。樋口としては、来年も是非中軸に置いておきたいバッターだった——来年、自分が指揮を執っていたら、だが。

バティスタはルーティーンを崩さず打席に入った。低い位置から刀を抜くようにしてバットを構える。サムライ・ポーズに、スタンドがわっと沸いた。

初球、思い切り振って引っ張る。ワンバウンドの当たり——ファーストの萩本が見送った。ファウル。二球目、バティスタは続けて打って出た。樋口は「よし!」と声を上げ、手すりをきつく握り締めた。いかにもバティスタらしい打球——流し打って、左中間に飛んでいる。いかにフェンスが浅いとはいえ、一番深いところだ。篠田が迷わず二塁を蹴り、三塁へ向かう。ホームを狙いそうな勢い——しかし三塁コーチの須永は、両手を大きく広げて篠田を止めた。バティスタも、二塁へ滑りこんでぎりぎりセーフ。やはりあそこへ飛ぶと、打者走者は無理はできない。バティスタが上体を起こし、一塁側ダグアウトに向かって両手を広げ、素晴らしい笑みを浮かべた——どうだ、見たかとでも言いたげに。

しかし、惜しかった。あのポイントに飛べば別だが……。

それでも、ノーアウト二、三塁だ。追加点のチャンスで五番の井本。すっかり沖の期待を裏切ってしまったが、今は何を考えているのだろう。

樋口はダグアウトを飛び出した。打席に向かう井本を呼び戻す。井本にダグアウトの方を向かせ、「ここは任せるから」と告げる。こんなことはわざわざ言うまでもないが、どうしても直接告げずにいられなかった。

「お前にはずいぶん助けてもらったよ」

井本が意外そうな表情を浮かべて顔を上げる。自分は期待外れの結果に終わったのではないか――。

「オーナーのプレッシャーによく耐えた。俺たちから見たら、お前の貢献度は抜群だ」

井本は反応しない。しかし、目にかすかに光が宿ったように見えた。

「さっき、ツーベースになった一球の打ち直しだ。決めてこい。うちの本当の四番はお前なんだから」

肩を思い切り叩いて打席に送り出す。何だか臭いことを言ってしまった――しかし井本には、こういうのが意外に効果的かもしれない。何というか、スレていない――純朴なところがあるのだ。上手く乗せれば、実力以上の力を出してくれる。実際、打席に向かう井本の背中には、いい感じで力が入っていた。ああ、申し訳ないことをしたな、と後悔する。オーナーのお気に入りということで、この男を冷遇してしまったのは間違いないのだから。沖のことなど意識せずに使い続けていたら、去年並み――もしかしたら去年以上の成績を残していたかもしれない。

立ち直りかけていた谷は、二連打を浴びて、アップアップの状態になっていた。キャップを脱ぐとしきりに額の汗をぬぐい、ロージンバッグの粉を激しく宙に舞わせる。投げたくないだろうな、と樋口は想像した。こういう時はキャッチャーとしてもリードが難しい。1点覚悟でいいと気楽にさせるのが常道なのだが、今日の谷は、ここで1点取られると、そのまま完全に崩れてしまいそうだ。

井本は慎重に対峙した。際どいボールを見極め、苦手なコースをカットし、フルカウントまで持ちこむ——谷は間合いを取ったが、井本は打席を外さない。集中力は持続したままだった。

「出そうですね」沢崎がポツリと言った。

「そうか?」

「勘ですけど」強打者には、独特の勘がある。他人が打ちそうな気配を敏感に感じ取るものだ。樋口もこれまで、強打者が他の選手のホームランを「予告」するのを何度も耳にしていた。しかし、自分が打てるかどうかは分からないらしい。

その瞬間を見逃した。

一瞬、うつむいた時に、樋口は鋭い打球音を聞いた。選手たちが一斉に立ち上がり、ダグアウトの最前に殺到する。「よし!」「行け!」と声援が飛んだ。

井本は全力疾走——しかし、一塁へ達する前に、既にスピードを落としていた。綺麗な流し打ち。ライトスタンドに陣取るスターズファンは総立ちになっていた。三塁から篠田がゆっくりとホームインする。バティスタは、三塁を回ったところから拍手を続けながらホームへ向かった。ホシオが再び上がる。今度は間違いなし。心なしか、笑っているような……まさか。

一挙に3点。井本はゆっくりとダイヤモンドを一周し、最後は立ち止まってホームプレートを踏んだ。待ち構えていた篠田とバティスタが、ヘルメットを平手で叩いて手荒く祝福する。三人揃ってダグアウトに戻って来ると、優勝が決まったような大騒ぎになった。

問題はこの先なんだ。選手たちが騒げば騒ぐほど、樋口は冷静になった。ここで3点は大きい。しかしこの後、できればさらに追加点が欲しい――今日は間違いなく打撃戦になる。1点でもリードを広げておかないと安心できない。

六番からの打線は沈黙し、攻撃は続かなかった。

〈スターズ・パーク　オーナー室〉

沖は、目の前に置かれたビールを忌々しげに見詰めた。試合中にビールは不謹慎ではないか……。

「ビールなんか呑んでる場合じゃないでしょう」沖は厳しい口調で言った。

「オーナー、以前に仰ってたじゃないですか。リグレー・フィールドの話」GMの松下は軽い笑みを浮かべている。

「ああ……」

古き良き時代の大リーグを象徴する話だ。シカゴのリグレー・フィールドでは、一九八八年までナイターが行われていなかった。オーナーのフィリップ・リグレーの「野球は太陽の下でやるものだ」という信念に基づくもので、リグレー自身、ビール片手にスタンドに陣取って、ファンと一緒に試合を見守ることがよくあったという。夏の午後と外野スタンド、ビールは三位一体の存在と言っていい。

沖も何度か、真似してみたことがある。ファンと語り合いながら試合を観るのはさぞ楽しかろう——すぐに嫌になってやめてしまった。沖自身、見ず知らずの人と気軽に話せる性格ではなかったし、物珍しそうに見られるのも嫌だった。日本人のこと故、露骨に無礼な言動を弄するようなファンは少ないのだが、好奇の目で見られるのは耐えられなかった。最近は球場で試合を観る時は、オーナー室に籠ることが多い。

「オーナー、今日は少し緊張されてるようですな」松下がテーブルにつき、ビールをぐっと一息に呑んだ。「ビールを呑んでリラックスしましょう。今日の試合は、間違いなく長引きますよ」

確かに……打撃戦の様相を見せている試合は、まだ序盤なのに、既に一時間が経過している。

沖はビールに口をつけた。何だかいつものビールより美味い……目を見開いたのを見て、松下がにやりと笑う。

「スターズ・パークのビールは美味いですよね。オーナーがいろいろと調整してくれたおかげですよ」

かすかに甘く、喉越しがいい。一口呑んでから、沖は思い切って、ぐっとビールを呷《あお》った。酔いの回りが早いような気がする……しかし、いい気分だ。こんな穴蔵のようなオーナー室ではなく、スタンドで呑みたい味だな。ましてや今日は、ビール日和のデーゲームだ。

意識が遠のいていく。歓声が少しずつ薄れる。


〈テレビ放送席の神宮寺〉


「3点をリードされたイーグルス、すかさず逆襲です。連続ヒット、それに敬遠四球でノーアウト満塁、打席には七番の池田を迎えています。池田は今日、二回にライト前ヒットを放っています」

「大島は踏ん張りどころですね。一気に勝ち越してもらった次のイニングは、絶対に抑えたいところです」

「大島のピッチング、ここまでいかがですか？」

「いい状態ではありませんね。変化球を上手くコントロールできていない感じです。やはり疲れが残っているのでしょうか……ただそれよりも、イーグルスのそつのない攻撃を褒めたいと思います。無理せず、確実に塁を埋めてきました。やはりイーグルスは試合巧者です。勝ち方を知っていますね」

「大島は絶体絶命のピンチ――池田に対して第一球――見送ってボール」

「ツーシームですね。手を出してもおかしくないボールですが、池田は見切っています。やはり変化球のキレが今一つのようです」

大島……ベテランだったらここで何とかしろよ、と神宮寺は歯嚙みした。これぐらいのピンチ、今まで何十回も経験して乗り越えてきただろう。

しかし大島は、持ちこたえられそうになかった。二球目も簡単に見送られ、ボールが先行する。池田はあくまでじっくり粘り、大島に球数を投げさせる作戦のようだった。

「第三球――大きなカーブ、これでストライクを一つ稼ぎました。しかし依然として、マウンド上では厳しい表情です」

「大島にしては珍しいですね」神宮寺は指摘した。「どんな状況でもポーカーフェイスの選手なのですが」

「ツーボール、ワンストライクとなって依然バッター有利の状況です。ここでスターズのバッテリーはどう攻めるか――池田、打った！　右中間！」

やられた――神宮寺はテーブルの下で両手を拳に握った。ライナーになった打球は一気に右中間を割り、ワンバウンドでフェンスに達する。しかしいち早く反応したセンターの高山が追いついた。フェンスからワンバウンドで跳ね返ったボールをキャッチしようとしたが、一瞬動きが止まる。予想よりも跳ね返りが弱かったのか——一歩前に出てボールを摑むと、急いで身を翻し、内野にボールを返す。しかし池田は既に二塁に滑りこんでおり、三塁走者、二塁走者はホームインしていた。

ノーアウトでなおも二、三塁。

スターズベンチが慌ただしく動いた。投手コーチの秦が駆け足でマウンドに向かう。内野陣も集まって来た。

気づくと、神宮寺は激しく貧乏ゆすりをしていた。落ち着かない。解説者は常にニュートラルな立場で喋るべきだが……今は無理だ。

自分がただのスターズファンだと意識せざるを得なかった。

〈マウンド上の大島〉

クソ、何もかも上手くいかない時だってある。大島は青空を見上げてそっと息を吐いた。唐突に、バックネット裏にそびえるオフィスビル棟が邪魔に感じられた。今までこんな感覚を抱いたことは一度もないのに。

今日、突然邪魔になった。

秦が「まだ行けそうか？」と訊ねた。

「まあ、何とか」大島は静かに答えた。ここで「降ろして下さい」とは絶対に言えない。自分で認めるのは不可能だ。実際今まで、自ら進んでマウンドを降りたことは一度もない。いや、一度だけ——五年目、マウンド上で足が攣った時だけは、「投げられません」とギブアップしたのだが。

「もう少し踏ん張れるな？」

秦が念押しした。ブルペンに何か問題があるのだな、と大島にはすぐに分かった。リリーフ陣の準備ができていないか、調子が悪いのか——。

「何とかします」

「そうか。頼むぞ」

秦の顔にほっとしたような表情が浮かんだ。まったく、もう少ししっかりして欲しい。投手コーチなのだから、替え時ぐらいは分かっているだろう。これではまるで、投げている人間に全責任を押しつけるようなものだ。

「よし、これ以上の点は絶対にやるな」秦が気合いを入れた。「まだリードしてるんだ。萎縮しないで、いつも通りに！」

内野陣が、おう、と気合いの声を上げた。よしよし——このタイムがいい休憩になった。大島はロージンバッグを取り上げ、指先を白く染めた。

「お前のところに打たせるからな」橋本に声をかける。

「マジですか」橋本が大袈裟に目を見開く。

「きちんと押さえろよ。ヘマしたら殺すぞ」

軽い笑いがマウンドに流れる——橋本も笑っていた。鉄壁を誇る内野陣だって、やはり緊張しているのだ、少しでもリラックスしてもらわないと。普通は、連中が俺をリラックスさせるために何かやってくれるものだけどな。

さて、今日は本当に苦しい。実際、足が攣りそうな予感がするぐらいだ。とにかく、生命線である変化球のキレが悪いのが辛い。何とかだましだまし投げてきたが、それもそろそろ限界だろう。イーグルス打線はそれほど甘くない。


〈ダグアウトの有原〉


大島は三塁走者を牽制で刺した。ワンアウト。しかし——

「サード！」

誰かが悲鳴を上げるように叫んだ。有原は思わず、ダグアウトの手すりを飛び越えるところだった。

糸を引くようなライナーが三塁線に飛ぶ。橋本が素早く反応し、横っ飛びしてボールをダイレクトキャッチした。さっと立ち上がると、二塁に矢のような送球を見せる。

ダブルプレー——。

ダグアウトの中が歓声で沸き返る。有原は体から力が抜けてベンチに座りこんでしまった。危ない、危ない……抜けたら一気に逆転されていた。サードが橋本でなければ抜かれていただろう。

全力疾走でダグアウトに戻って来た橋本がもみくちゃにされる。大島はマウンドからゆっくり戻って来た。

一瞬、有原と目が合う。

限界?

大島の目は、「これ以上持たない」と訴えていた。いつも飄々《ひょうひょう》としているその顔には今、明らかに苦悶の表情が浮かんでいる。まるでどこかを痛めたような……普通に歩いてはいるが、肩か肘をやってしまったかもしれない。

違う。投げるのが苦しいのだ。有原が見ても調子が悪いことは明らかで、一気に大量得点を奪われて、とうにマウンドを降りていてもおかしくない出来である。

目が合った。お前、こんなところで何やってるんだ、とでも言いたげな、厳しい目線。直接何か言われたわけではないが、有原は心臓がぎゅっと縮み上がるような感覚に襲われた。

ダグアウトの中は依然として沸き立っていた。今シーズン、一度もなかったこの雰囲気——いや、有原がスターズに入団して以来、こんな一体感は初めてかもしれない。これが、優勝を争うチーム特有の空気感なのか。

ふいに「勝ちたい」という気持ちが膨れ上がる。有原はグラブを摑んでいた。行き先は——ブルペン。試合途中でブルペンに走ることなど、ルーキーイヤー以来初めてだった。

5

イーグルスはピッチャーを替えてきた。三回までで5失点だから当然だが、この交代はイーグルスベンチがまだ試合を諦めていない証拠でもある。この先、細かい継投で試合を立て直そうとするだろう。

マウンドには中継ぎの保科《ほしな》が上がった。右のサイドスローからテンポよく投げこむタイプで、ロングリリーフもこなせる。今日はいい時の保科——バットをへし折るような勢いで、シュート気味のボールが右打者の内角に食いこんでくる。ピッチャーの大島がショートゴロに倒れたのは仕方ないにしても、高山、橋本まであっさり内野ゴロに終わってしまったのはだらしない。粘りがなくなっている——実際、井本がホームランを打って以降、これで六者連続凡退なのだ。まだ1点をリードしているものの、試合の流れはイーグルスに傾きつつある。

五回表、イーグルスは嵩《かさ》にかかって攻めてきた。スターズ打線を三者凡退で抑えた保科をあっさり引っこめ、杉山《すぎやま》を代打で起用する。

大島は依然として苦しいピッチングを続けている。杉山にライト前ヒットを許すと、続く一番の坂口には送りバントを決められる。二番の水木は渋く一、二塁間を抜き、ワンアウトで一、三塁。厳しい状況だ——三番の萩本は絶対に抑えたい。できればダブルプレーに切って取って、この回の攻撃をあっさり終わらせたかった。

バッテリーは内角を厳しく攻める。内野陣もダブルプレー狙いの守備位置だ。この内野陣なら、ゴロになれば必ずアウトにしてくれる——しかし、鉄壁の守備にかすかな綻びが生じた。

サードゴロ。強い打球に反応した橋本が三遊間で摑む。そのまま無理な姿勢で一塁送球——ボールがわずかに逸れる。篠田が体を倒すようにして送球をキャッチしたが、足がベースから離れてしまった。その間に、萩本がベースを駆け抜ける。

このプレーの間に三塁走者が飛び出したのを見た篠田が素早く反応して、バックホームする。しかし三塁走者の杉山は駿足だ——送球が一塁寄りに逸れる。仲本がタッチにいったが、頭から滑りこんだ杉山の指先が、一瞬早くホームプレートに触れた。膝立ちになった杉山が両手を突き上げる。彼の雄叫《おたけ》びは、スターズのダグアウトにまで届いた。スタンドに悲鳴が回った。

今のはしょうがない。樋口は自分に言い聞かせた。普通のサードだったら、キャッチするだけで投げることすらできなかっただろう。どうせ内野安打になっていたのだから、橋本は責められない。

しかし大島は限界だ……誰を送るか……ダグアウトの中を見回すと、いるべき人間が一人いない。

「有原はどうした！」

叫ぶと、誰かが「ブルペンです！」と叫び返した。あいつがブルペンに？　指示していないぞ……自らの意思でブルペンに行ったのか？

確かに、この後を有原に任せられたら安心だ。今年は本領を発揮できなかったが、大島の次に安定しているのは、やはりあいつなのだ。とはいえ、すぐにマウンドに上げるわけにはいかないだろう。それなりに準備も必要だし、この前投げた疲れがまだ残っているはずで、それが心配だった。

樋口はダグアウトから一歩出た。誰かに繋《つな》いで、その後で有原——しかし、マウンドに目をやると、大島が激しく首を横に振っている。交代拒否か？　拒否だ。冗談じゃない——しかしあいつは、責任を果たそうとしているだけだ。もう少しきちんとした状況で、有原にマウンドを託したいのだろう。

「監督」秦が声をかけてきた。「白井《しらい》の準備ができています」

「いや」樋口は短く否定した。「この回だけでも大島に抑えてもらおう」

「しかし——」

「奴はまだ死んでいない」

俺は甘いのだろうか。優勝がかかった試合、持てる戦力を全てぶちこんで勝ちに行くのが監督の仕事ではないのか。

クソ、俺は計算だけで監督をやっているわけじゃないんだ。

この試合で、選手たちの意地を見たい。意地を見せない奴が、本当に強くなれるわけがない。

ワンアウト一、二塁。打席には四番のゴードンが入る。ここはどうしてもダブルプレーが欲しい。樋口はベンチに腰を下ろした。焦るな。いつも通りにいこう。

大島がマウンド上で大きく深呼吸した。キャップを被り直してセットポジションに入る。牽制——萩本が頭から戻ったが、篠田がその指先と一塁ベースの間のわずかな隙間にファーストミットを差し入れた。

やりやがった！　スタンドを回る歓声が、ダグアウトの中にまで降り注ぐ。樋口は両手を拳に握って、腿をぽん、と一回叩いた。これでツーアウト二塁。依然としてイーグルスにとっては勝ち越しの好機だが、チャンスがわずかに萎《しぼ》んだのは間違いない。走者が一人と二人では、マウンド上のピッチャーが受けるプレッシャーはまったく違う。

少し冷たい風がダグアウトに吹きこむ。立ち上がりたい——立って大島に気合いを入れたい。しかし樋口は、何とか自分を抑えた。ここで指示はいらない。監督はどっしり構えている方がいい。選手たち自身に何とかしてもらおう。

大島はゴードンに対して、外角低めに沈むボール球から入った。ゴードンが見極めてあっさり見逃す。二球目は一転して、内角高めに仰け反るようなボール。これでツーボール。無理にストライクを取りにいかない——バッテリーは歩かせるのを覚悟で、臭いところを突いていこうという考えだろう。

三球目は、内角の膝元、ぎりぎりでストライクになった。テンポよく投げこまれた四球目も、三球目とほぼ同じコースでストライク。さらに、大島はキャッチャーの返球を受けると同時にセットに入った。あまりにも短い間隔に、ゴードンが打席を外しかけたが、既に大島はモーションに入ってしまっている。

スローカーブ。

人を馬鹿にしたような大島のスローカーブは、決して決め球ではない。目先を変えるために時々投げるもの——キャッチボールのようなテンポの投球で投じられたスローカーブは、あまりにも遅過ぎた。見送ればストライク。ゴードンは手を出さざるを得なかったが、タイミングは完全にずれていた。高々と上がった打球が、青空の中で小さな点になる。

大島はマウンド上でほぼ動かず、ピッチャーフライを慎重にキャッチした。

〈「ボール・パーク」特別席〉

さすがにここは混んでいる……「ボール・パーク」の特別席は、千円の観戦料を払った客で鈴なりになっていた。カップルが目立つ。スタンドでのデートは敷居が高いと感じている女性も、ここなら安心して観られるのだろう。

この斜め向かい——「一壁」に入る東電建設の社員の桑原は、試合開始からずっと緊張していた。今日の試合は自分にとっても特別なもの——自分で勝手に特別にしているだけなのだが。

隣に座っているのは、長年つき合っている恋人の野沢伶奈《のざわれな》だ。大事な話があって誘ったのだが、今日は切り出せないかもしれない。スターズファンの彼女にとっては、ジェットコースターに乗っているような一夜のはずで、話を聞く余裕はないだろう。敢えてスタンドではなくここに誘ったのは、終わった後でちゃんと話をするためだった。

「すごい試合になったわね」大島がイーグルスの四番・ゴードンをピッチャーフライに切って取ったところで、伶奈が溜息を漏らした。

「まだまだ分からないな」

「勝ってもらわないと困るわ。スターズは、私が高校生の時に優勝したのが最後なんだから」

そうか……俺はその頃もう、東電建設に入ってバリバリ仕事をしていた。そう考えると、二人の年齢差を感じざるを得ない。

これが最後のチャンス。

伶奈は都内では最大規模のアリーナ、「立川スーパードーム」の運営スタッフである。元々は立川市の職員なのだが、運営会社として作られた第三セクターに出向中だ。桑原は、このスーパードームの建設にも関わっており、その過程で伶奈と知り合った。年齢差、十二歳――間もなく四十歳になる桑原は、これが結婚の最後のチャンスだと強く意識していた。つき合って三年。伶奈はあまり結婚を意識していないようだったが、桑原は今日、プロポーズするつもりだった。スターズファンの伶奈が機嫌のいい時――スターズが勝って優勝を決めたタイミングなら、彼女はプロポーズを受け入れてくれるのではないかと予想していたのだ。

しかし、その計画は揺れ動いている。このまま負けたらどうする？　今日のプロポーズは中止か？　しかし、他にどうやってプロポーズするか、代案はない。絶対勝ってくれ、と桑原は祈るような気持ちになった。

「やったー！」伶奈が声を上げて立ち上がる。万歳したまま、隣の見ず知らずの客とハイタッチを交わした。眼下では、三番の篠田が右中間を破る二塁打を放ったところ――その場面を、桑原はカウンターに埋めこまれた小さなモニターで確認した。セカンドはぎりぎりでセーフだったが、それでも勝ち越しのチャンスが生まれたのは間違いない。

篠田の一撃は、左中間のフェンスにワンバウンドで当たっていた。普通なら楽々セーフ――しかし当たりどころが悪かった。設計者の桑原自身は、それほど影響はないだろうと踏んでいたのだが、樋口たちに指摘されて初めて、おかしな「条件」を作ってしまったことに気づいた。実際にプレーする人たちは、そこまで細かいことを気にするのか……。

「危なかったわね」腰を下ろした伶奈が指摘する。

「ああ」

「篠田って、そんなに足が遅いわけじゃないのに」

「プロってさ、一メートル、二メートルの差を活かしたり殺したりするんじゃないか？」

「何の話？」伶奈が鼻に皺を寄せてビールを一口呑んだ。すっかり気が抜けて温くなってしまったのではないだろうか。今日はビールを楽しむ余裕もないほど、試合が激しく動いているのだ。

「もしかしたら、五十センチでも致命傷になったりするよな」

「そうかもしれないけど、どういうこと？」

「いや、深い意味はないけど」

俺はそういう球場を造ってしまったのだ。いいことか悪いことかは分からない。それが球場の個性だと言えばそうかもしれないが……もしもこのことが表沙汰になったら、「欠陥建築」として叩かれるだろうか。しかし、安全に球場を造るためにはこうするしかなかった。

少なくとも現在は、表には出ていない。知っているのはスターズの関係者だけだ。それがスターズ有利に働くとしたら、ホームアドバンテージのようなものだと思っていいのかもしれない。

「よし！」伶奈がまた立ち上がった。伶奈だけではない。「ボール・パーク」にいる客は、自分以外全員が立ち上がって雄叫びを上げている。今日は満員なので、大人数での雄叫びは強烈だった。ここは自分も乗らないと、辛くなる一方かもしれない——。

しかし桑原の視線は、モニターに引きつけられたままだった。たった今「ボール・パーク」を沸かせたプレーが再現されている。四番のバティスタが、初球を狙い撃ちしてライト線に落とすタイムリーを放ったのだ。打球が狭いファウルエリアを転々とするうちに、篠田が勝ち越し点のホームを踏む。

よし、よし！　桑原も立ち上がった。球場の構造なんか、この際どうでもいい。勝ってもらうことが大事なのだ。勝てば堂々とプロポーズできる。テンションが上がりまくった伶奈が、断る訳がない。

「行くのか？」

樋口の問いかけに、大島が無言でうなずく。おいおい、何を考えてるんだ。今日のお前は本調子じゃない。それに、勝ち投手の権利は得たのだから、これで十分じゃないか。自己最多の十七勝に並べば大きな勲章だ。ここまで頑張ってくれたのだから、あと、この試合を仕上げるのは監督である俺の責任だ。

「行かせて下さい」

「限界だ」

「まだ百球も投げてませんよ」

「抑え切る自信、あるのか？」

「やってみせます」

無理だ。無理だと分かってはいても、樋口は強引に大島をマウンドから降ろすことができなかった。大島の目は死んでいない。体力的にはきつくとも、ベテランらしい投球術が健在なのは、前の回のピッチングを見れば明らかではないか。

それに、救援陣が今一つ頼りない。

「この試合、まだ動くぞ」五回を終わってスターズが6対5でリード。打ち合いの展開は、ピッチャーが代わったところで収まるものではあるまい。試合には毎回、「個性」があるのだ。

「この後は締めますよ」

「本当に行けるんだな？」

「もう駄目だと思ったら、マウンド上で介錯して下さい」

その言葉の意味を、樋口は瞬時に把握した。大島は、回の途中で救援投手に後を託すことがほとんどないのだ。スリーアウトを取って、次の回から後続に託すのが先発の役目だと思っている。だから、マウンドで監督に交代を告げられたら切腹しかない――監督としては、こういう強い意識を持っているピッチャーの方が使いやすい。

「分かった。この回まで、何とか頼む」

「俺の後は――任せられるのは一人だけですよ」

「それは俺が決める」

ブルペンからは頻繁に報告が入ってきていた。救援陣も準備は整っている。しかし樋口は、有原の気合いに賭けようという考えに傾き始めていた。

「よし――行け！」

樋口は短く言って大島の尻を叩き、マウンドに送り出した。

「いいんですか？」沢崎が心配そうに訊ねる。

「責任は俺が取るよ」

「オーナーは激怒するかもしれませんよ」

「その心配はいらないぞ」

二人は同時に振り向いた。松下が、ニヤニヤ笑いながら立っている。

「GM、何を――」樋口は心配になって訊ねた。七十歳近くになっても筋骨隆々の松下が、沖の手足を縛ってロッカーにぶちこむ様子が目に浮かぶ。

「心配するな。とにかく、試合が終わるぐらいまではオーナーは口出しをしてこない――お前、KOカクテルって知ってるか？」

「いえ」

「若い頃、女の子に悪さしたりしなかったか？」

「何の話ですか？」

「まあ、いいよ」松下が顔の前で手を振った。「俺の昔の悪行を自慢しても何にもならないからな。とにかく、外野の声は心配するな。お前は指揮に専念しろ」

大島は何とか立ち直ったようだった。とにかく丁寧に——五番田村をセカンドゴロに、六番カスティーヨをライトフライに打ち取り、あっさりツーアウトを稼ぐ。

しかしそこから、苦しいピッチングになった。七番の池田が臭いボールをカットして粘る。十球を費やしたものの、最後は根負けして歩かせてしまった。これでリズムを崩したのか、今日当たっていない八番本庄に、三遊間を抜かれるヒットを許す。ここでイーグルスは、代打に大ベテランの江戸を送ってきた。

嫌なバッターだ……今年三十八歳、ピークはとうに過ぎているのに、未だにここ一番というところでは代打の切り札として結果を残している。

あいつも苦労してきたからな、と樋口はある種の感慨に浸った。元々はスターズ所属で、黄金時代も知る選手だ。怪我が多く、イーグルスにトレードされてからもレギュラーポジションを奪うことはできなかったが、それでも勝負強いバッティングは脅威である。

「有原を……」秦が進言してきた。

「いや、江戸だけは大島に任せよう」

樋口の頭の中にある江戸は、有原がノーヒットノーランを達成した試合の最後のバッターである。こういう重要な試合で最後のバッターになると、それがトラウマになってその後駄目になってしまう選手もいる。しかし江戸は、マイナス要因を発奮材料にして頑張れる選手だった。翌シーズンの代打での打率は三割を超え、ホームランも二桁を記録している。今有原と対決になったら、あの時のリベンジと捉え、普段以上の力を発揮してしまうかもしれない。

大島は投げにくそうにしていた。今シーズン、この二人の対決は二度しかないが、二度とも大島はヒットを打たれている。どちらかというと軟投派の大島の方が、ベテランバッターとしては対応しやすいのだろう。じっくり待って相手の失投を誘う——しかし江戸は待たなかった。初球から打って出る。

「クソ！」樋口は思わず言ってしまった。打球はセンターへ舞い上がる。距離は出ている——まずい。バックスクリーンへ飛びこむかもしれない。

高山が一直線にフェンスを目指す。素晴らしいスピードで、早くもウォーニングトラックに達したが、この付近はフェンスが高く、ジャンプしても打球はもぎ取れない。しかし落下点に入ったと判断したのか、高山がグラブを差し上げたままジャンプした。取れるか——駄目だ。ボールは、グラブの一メートルほど上でフェンスに当たって跳ね返る。

ライトの井本がバックアップに回ってボールを処理したが、同点のランナーは既にホームイン、ファーストランナーの本庄も続けてホームを踏み、逆転。セカンドベース上では、江戸が両手を天に突き上げている。

沈黙。「東京スタジアムの男性客よりうるさい」という評判の「Bガールズ」も静まり返っていた。樋口は、静かな怒りを感じていた。それも自分に対する怒り――替え時を間違えた、と観客全員が考えているだろう。

そう、俺は間違った。やはりこの回の頭からスイッチしておくべきだったのだ。

手遅れかもしれない。しかし、まだ試合は中盤だ。

樋口はダグアウトを出て、主審に交代を告げた。場内に「ピッチャー、大島に代わりまして有原。ピッチャー、有原」

低い歓声がスタンドを回る。それは強い風になって、球場全体を揺らすようだった。


〈マウンドの有原〉


クソ、このタイミングかよ。

普段は感じない緊張で全身が震えた。得点圏に走者を背負った状態でマウンドに上がるなど、リリーフもやっていたデビューの年以来だ。

大島は交代を告げられてもマウンドを降りなかった。ボールを持ったまま、ずっと待っている。有原が走ってマウンドに上がると、ようやくボールを樋口に渡し――渡さない。有原に直接差し出した。樋口も何も言わない。ボールのリレーは監督やコーチの仕事なのだが。

「頼むぞ。今日も低めで勝負だ」

大島が、有原の尻をぽん、と叩いてマウンドを駆け下りた。拍手――声援がわっと湧き上がる中、大島はうつむいたまま小走りでダグアウトに向かった。

「低めで勝負だ」

大島と同じことを言って、樋口もマウンドを降りた。キャッチャーの仲本は、有原を一塁ダグアウトの方へ向かせ――二塁には江戸がいる――耳元で囁いた。

「監督の言う通りだぞ。低くいく――それしかないからな」

「分かってますよ」

「冷静になれよ。お前、こういう状況だとすぐに頭に血が昇るから」

「まさか。素人じゃないんですから」

「そう思ってるのはお前だけじゃないのか――とにかく俺は、これが最後の試合になるかもしれないんだから、恥をかかせるなよ」

「何ですか、それ」

「まあ、いいから」

仲本がゆっくりとホームプレートの方へ戻って行った。何というか、鈍重な動き……年齢を重ねて風格が出てきたというか、体重が増えたせいもあって、とにかく動きは鈍い。しかし、リードは信頼できる。キャッチャーは受けた球の数だけ経験を積み、リードのうまみが増す。

投球練習を始める。ブルペンで肩はできあがっていたが、体は少し重い……登板間隔が短いので、やはり疲れは溜まっているのだ。これは、気合いで何とかなるものではない。大島のようにコントロール重視のタイプだったら、技術で誤魔化せるかもしれないが、自分のような力投派の場合、肉体的な疲れはピッチングにもろに影響する。

しかし、決して悪くはない。ボールは低めにコントロールできているし、指のかかりもいい。なかなかものにならないツーシームも、今日は上手く使えそうだ。うまい具合に沈みながらシュートして、右打者の懐に食いこむ感じになる。もしかしたら、疲れで力が抜けているのがいいのかもしれない。

投球練習を終え、打席には一番の坂口が入る。セットポジションに入る前に、有原は二塁をちらりと見やった。江戸は小さくリードしているだけで、走る気配は一切ない。本来なら、代打の役目を果たして、若い選手が代走に出ているところだろう。イーグルスは、総力戦を予想して戦力を温存するつもりかもしれない。

ツーアウトなんだ。バッターオンリー。江戸の存在は忘れていい——とはいっても、江戸とは浅からぬ因縁があるから、どうしても気になる。ノーヒットノーランを達成した時の最後のバッター。いわば、有原がプロとしてやっていける自信をつけてくれたのがあの人だった。

あれから六年経つのに、未だに現役として頑張っている。

絶対にそこへ釘づけにしますからね。これ以上、点はやらない。

仲本のサインはスライダー。まず外角低めに決めて、ストライクを稼ごうという狙いだ。思い切って内角を攻めたいところだが、ここでは無理はできまい。弱気ではなく、あくまで慎重な攻めだ。

外角低めぎりぎりに決まった。よし、今日はやはり指のかかりがいい。しかしこういう時こそ気をつけないと、変化し過ぎてコントロールが危うくなってしまう。とにかく慎重に……今日はいくら時間をかけてもいい。

坂口は今日、ノーヒットだった。とはいえ、この人、しつこいからな……五月だったか、五球連続でファウルで粘られてうんざりしたのを覚えている。あの時は結局、最後はぶつけて出塁させてしまった。

二球目のサインは内角へのツーシーム。上手く腰を引かせられれば、三球目には外角へ落ちるスライダーで勝負できる。ツーシームか……今日はいい感じだが、やはりストレートを投げたい、という欲求が強い。絶対の自信があるのは、やはりストレートだ。

スターズ・パークの固いマウンドにも慣れてきて、踏ん張りが利くようになってきた。というより、ここでは投げ方を少し変えた。踏み出しを狭くし、角度をつけて投げるようにする——長身の自分がそれをやると、スピードは少し落ちるが、ボールの角度が大きくなってバッターは打ちにくくなるようだった。

いや——ここは仲本のサインに任せよう。掌の中でボールを回し、二本の縫い目に指を添わせるように握る。

膝元へ。しかし、今回は滑った。変化が小さく、ただ少しスピードが落ちたストレートになってしまう。

坂口は迷わず振ってきた。

快音。反射的に有原が左手を頭上に差し出した時には、既に打球は通り過ぎた後だった。鋭い打球が、小さな風を巻き起こしていったようだった。

慌てて振り返りながら、ホームへバックアップに走る。打球は二塁ベースの少し後ろでバウンドし、センターの高山が全力疾走で突っこんでくるところだった。速い――視界の片隅で、江戸が三塁を蹴るのが見えた。足は速くないから、間違いなくクロスプレーになる――高山の動きを確認したかったが、バックアップのためにホームプレートに向かって全力で走らねばならなかった。

仲本の横を走り抜け、バックネット近くまで走って慌てて振り向く。ちょうど、仲本が返球をキャッチしたところだった。内野がカットせずにダイレクトだったな……と分かる。江戸は必死に走ったはずだが、間に合わない。ホームプレートの一メートル手前で立ち止まり、飛び出した仲本がミットで胸にタッチして両手を上げる。

よし――命拾いした。有原は仲本と拳を合わせ、ダグアウトに向かって走り始めた。ダグアウトの入り口に足をかけた樋口が、腕を組んでこちらを睨みつけている。その横には、何故かまだ大島もいる――これは説教されるな、と有原は覚悟した。

6

逆転されたか……樋口はグラウンドを見渡した。球場全体に、不穏な雰囲気が漂っている。先制したものの追いつかれ、勝ち越しても今度は逆転を許す――投手起用の失敗だ。大島にこだわり過ぎた。

その大島は、ダグアウトに居座ったままで、有原に何か説教――指導している。ちらりと振り返ってみると、大島はボールを持ってくるくると回していた。

イーグルスは、小沢《おざわ》をマウンドに送ってきた。本来はローテーション投手で、四日前には先発して六回を投げている。この狙いが樋口には読めなかった。中継ぎとして試合終盤に投げる予定の保科、山瀬《やませ》を先に注ぎこんでしまったので、頼りになるピッチャーは小沢ぐらいなのか……このまま八回まで引っ張れば、最終回は絶対的な抑えのエース、トーレスが待っている。今季二回しか救援に失敗していないトーレスは、当然準備万端でくるだろう。トーレスをマウンドに上げさせないためには、早いタイミングで逆転し、しかも大量リードを奪うしかないのだが、それもなかなか難しそうだ。

こちらも駒が足りない。今のスターズには、信頼できる代打がいないのだ。しかし監督というのは、ベンチにいる選手で勝負するしかない。

小沢は、最近珍しいアンダースローのピッチャーだ。球速は百三十キロ台半ばがマックスなのだが、極端に低い位置からリリースされるストレートは浮き上がるようで、特に右打者にとっては打ちにくいことこの上ない。しかも左右への変化球がまた厄介だ。変化が大きく、打ち返すには向こうの失投を待つしかない。

小沢は疲れも見せずに、今日も安定していた。六回、八番の仲本から始まる打線を、三者連続内野ゴロで仕留める。一番の高山だけは、三遊間の深い位置でのゴロで送球より早く一塁を駆け抜けたかに見えたが、間一髪でアウトになった。ツキもない……七回には二つの四球を選んだものの、攻撃がつながらない。ただ、小沢攻略のチャンスは摑んだような気がする。今日はコントロールが今一つ——ただ、八回からイーグルスは、また別のピッチャーを送りこんでくるだろう。短いイニングでピッチャーを替えて相手の目先を惑わすのは、こういう試合では当然の作戦だ。

有原は、いい時の有原だった。高めの速球が浮くこともなく、低くコントロールされた変化球との組み合わせが効果的で、イーグルス打線につけ入る隙を与えない。代わったばかりでセンター前に打たれたのは、出会い頭のようなものだろう。

シーズンの早い時期からピッチングの改造を続けてきたら、もっと楽な戦いができていたかもしれない。しかし、元々有原は不器用なタイプだ。シーズン最終戦でこれだけのピッチングをしてくれているのだから、よしとしよう。

七回、八回と有原はイーグルス打線を三者凡退に抑えた。まったく危なげないピッチング——八回裏の攻撃が始まる前に、樋口はダグアウト前で選手に円陣を組ませた。今シーズン初めてだった。

「1点差だ。まだいける」こういう時、監督は具体的な指示を与えてはいけない。抽象論でいい――選手の気持ちを一つにできればいいのだ。本当は、監督ではなく選手が自主的に円陣を組んでくれれば一番いいのだが……今年、キャプテンを務めている今泉は、こういう時に積極的に前に出るタイプではない。

「勝つぞ！」突然声を上げたのは仲本だった。「今日は絶対に勝つぞ！　俺は優勝したい！」

悲鳴のような叫び――仲本はこんなに勝ちに飢えていたのだろうか、と樋口は驚いた。強い時代を辛うじて知っているベテランキャッチャー……仲本の声は真剣だった。

「まだ1点差なんだぞ！」仲本がさらに言った。「あと二回ある。俺たちなら何とかできる。優勝がかかった試合で、ホームグラウンドにいるんだからな……こんなに恵まれたことはないぞ」

「よし！」「まず同点だ！」声が上がる。何とか選手が一つになったか……樋口はほっとして、ダグアウトに戻った。防具を外している仲本に声をかける。

「よく言ってくれたな」

「いや……ちょっといいすか」

仲本は立ち上がり、ダグアウトを出て裏に回った。通路もチーム関係者でざわついているが、取り敢えず他の選手には聞かれたくない話なのだろう。

「実は、今年で辞めようと思ってます」

「何だよ、いきなり……このタイミングで言い出す話じゃないだろう」樋口には初耳だった。他の幹部や選手も聞いていないのでは、と想像する。

「言うタイミングがなかったんですよ」

「もう決めたのか？」

「はい」

慰留すべきかもしれない――地味ながら、仲本が十年以上、スターズのホームプレートを守ってきた実績は評価されるべきだ。しかし実際には、打撃成績は年々下降線を辿《たど》り、今年はキャリアで最低の打率になりそうだった。規定打席数に達した選手の中で、下から数えた方が早い。それに試合を休むことも増えた。体力的にはそろそろ限界で、確かに引退のタイミングではある。

「とにかく勝ちたいですね」

「あのな、そういうことは試合前に言ってくれ。一番のベテランのお前が言えば、若い連中も気合いが入ったのに」

「いや、そういうの、キャラじゃないんで」ということは、今のは相当無理をした一言だったわけか。

「キャッチャーは、キャプテンでなくてもチームをまとめないと」

「もう若い連中に任せますよ」仲本が肩をすくめた。

「今日勝って、有終の美を飾りたいよな……で、どうだ？　有原はどこまで引っ張れる？」

「いけますよ。今日は、今季で一番いいです」

「分かった。あとは打つ方で一発、見せてくれ」

「オス」

ダグアウトに戻ると、他の選手の視線が突き刺さってきた。監督とベテランキャッチャーが二人きりでひそひそと……何かろくでもない話をしている、とでも疑っているのだろう。スポーツ選手というのは、基本的に嫉妬深く、疑り深い人種なのだ。

八回裏は、七番の今泉から。河本《こうもと》からトーレスにつなぐのが、イーグルスのピッチャーは河本に代わっている。勝ち試合の八回専門。河本からトーレスにつなぐのが、イーグルスの絶対の勝ちパターンだった。しかも今泉は河本と相性が悪く、今年は一本もヒットを打っていないのだ。

しかし、仲本の懇願が効いたのかどうか、今泉は一発勝負に出た。初球、いきなりセーフティバント――河本はまったく予期していなかったのか、反応が一瞬遅れる。ピッチャー、キャッチャー、サード、誰が摑んでも間に合わない微妙な位置に転がった。結局河本が素手で拾い上げ、体を無理矢理捻って一塁へ送球したが、今泉が一瞬早くベースを駆け抜けていた。

スタンドが沸き返る。鳴り物が許可された球場だったら、ボルテージは最高潮になっているだろう。

仲本が、ネクストバッターズサークルから振り向き、ちらりと樋口を見た。ここは当然、送りバント。仲本も承知しているだろうが、樋口もしっかりサインを出した。

しかし、イーグルス守備陣も送りバントは予想していて、簡単には決めさせない。サードとファーストが猛ダッシュしてプレッシャーをかけ、河本は外角低め、一番バントしにくいコースを徹底して攻め続けた。

フルカウントにまでもつれこむ。仲本がもう一度ダグアウトを見た。サインは変わらず送りバント。仲本も河本とは相性が悪いので、強攻策は考えられない。

サードとファーストが包囲網を狭める中、河本が外角低めにストレートを投げこむ。見送ればストライク、当ててもフェアゾーンに飛びにくいコース——しかし、仲本は食らいついた。体を投げ出すようにしてバント。そして少しだけ、ボールを強く打ち出した。前進して来たファーストとピッチャーのちょうど真ん中を抜く当たりになり、セカンドがダッシュしてボールに迫るが、間に合わない。仲本は無理な姿勢でバントしたのですぐには走り出せなかったが、それでも一塁は余裕でセーフになった。

ノーアウトで一、二塁。バント二本でこのチャンスを作ったわけだ。常道では、ここは絶対に送りバント——しかも打順は九番の有原だ。

有原は初球からバントを試みた。その瞬間、ダグアウトの中に小さな悲鳴と溜息が満ちる。有原のバントは、一塁側への小フライになってしまい、ランナーはそれぞれまったく動けなかった。

こういう時は難しい。シーズン途中の何でもない試合だったら、失敗した選手には「ボケ！」「カス！」と容赦ない罵声が飛ぶだろう。しかし今日は特別な試合――有原を機嫌よく投げさせるためには、余計なことは言えない。ただ一人、大島だけが「ドンマイ！」と声を張り上げたが、有原の顔に血の気が戻ることはなかった。今の失敗の大きさは、有原自身が一番よく分かっているだろう。

一番に戻って、打席は高山。今日は初回に二塁打を打った後は、凡退している。一本出れば同点。しかしここは送って、ツーアウトでも二、三塁としておくべきではないか？　一瞬迷ったが、樋口は自由に打たせることにした。取り敢えず、ツーストライクまで様子を見てから、送りバントに切り替えてもいい。高山はバントも上手いのだ。

高山は、スターズ・パークらしいバッティングに徹した。ファウル、ファウルで河本に球数を多く投げさせる。河本は力投派なだけに、多く投げさせてスタミナを奪う作戦は特に有効だ。

連続三球ファウル。外角に大きく外れるボールを一つ挟んで、さらに四球続けてファウルにした。マウンド上で、河本が間合いを取る。いかにも投げにくそう――高山がもう一球カットしてファウルにした後、タイムをかけた。ネクストバッターズサークルに行ってバットに滑り止めを叩くと、橋本と一言二言会話を交わした。橋本が真剣な表情でうなずく。何を話してる？　ダグアウトにいる樋口には、当然二人の会話は聞こえない。橋本が一度だけ、ちらりとマウンド上の河本を見た。何か特別な癖でも摑んだか？

河本は百五十キロを超えるストレートとツーシーム、カットボールが武器だ——この三種類以外のボールはほとんど投げない。特にカットボールが曲者で、浮き上がるような軌道にはてこずらされる。スターズ打線も、とにかく苦手にしていた。

フルカウントから、高山が強振した。ジャストミート——打球は鋭いライナーになってライト前に飛ぶ。落ちる——同点だ、と樋口は腰を浮かした。しかし、ライトの坂口が勢いよく突っこんで来る。頭から飛びこんでグラブを差し出すと、地面ぎりぎりでキャッチした。ハーフウェイを保っていた二人のランナーが慌てて塁に戻る。

ツーアウト。やはり送らせておくべきだったか、と樋口は悔いた。しかし、ダグアウトに戻って来た高山の表情は暗くはなかった——いや、いつも淡々としている高山にすれば、明るい表情だと言っていいだろう。

「カットボールの癖が分かりました」直接樋口に話しかけることなど滅多にないのに、この時ばかりは積極的だった。

「何だと?」河本のカットボールは、投げ方がストレートとほぼ変わらない。握りをわずかにずらして、リリースの際にボールを「切る」ように投げるだけだから、見極めが難しい——不可能なのだ。選手もコーチ陣もスコアラーも、ビデオ解析で何とかカットボールを投げるタイミングを見極めようとしてきたのだが、まったく成功していない。どこのチームも同じだった。

「間合いです」

「間合い？」

「セットした時、カットボールの時の方が、投げるまでほんの少し長いんです」

「投げ方じゃないのか？」

「投げ方は同じですけど、たぶん、ボールの握りを確認しているんだと思います」

「橋本には言ったか？」

「言いました」

樋口は、ネクストバッターズサークルにいる篠田を呼び戻し、今の情報を伝えた。篠田がもっともな疑問を口にする。

「長いって、何秒だ？」

「〇・五秒ぐらいです」高山が答える。

「〇・五秒の違いが分かるか？」樋口は思わず訊ねた。

「〇・五秒は十分長いですよ」

当たり前のように言って、篠田がダグアウトを出て行く。その間、通訳がバティスタにも同じ情報を与えた。バティスタの顔にパッと笑みが広がる。彼も今年、河本から一本もヒットを打っていない。攻略のチャンスになりそうなことなら、何でもありがたいのだろう。

バッターボックスの橋本は、バットをいつもより短く持っていた。普段もミート中心の打撃だが、今はさらにきちんと当てていこうという意識だろう。

橋本は焦らなかった。じっくり見て、臭いボールはカットする。カウントがツーボールツーストライクになったところで、背筋をすっと伸ばしてダグアウトを見た。サインはない。フリーだ……ツーアウトではサインの出しようもないが。

五球目、橋本が打ちに出た。とはいえ振り切らず、速球——カットボールかもしれないがダグアウトからは違いが分からない——にバットを合わせ、右方向へ打ち返す。一、二塁間に転がる——短い芝のせいで球足は速く、セカンドが飛びついたものの間に合わずに、強い当たりはライト前に達した。ライトの素早い動きを見て、三塁コーチが二塁走者を止める。

満塁。

歓声が一段と大きくなる。ここで迎えるバッターは、一番頼れる篠田だ。

樋口は、少しでも近くでこの場面を見極めようと立ち上がったが、思い直してもう一度ベンチに腰を下ろした。いつもと同じに——監督は、絶対に慌ててはいけない。いや、内心では慌てていても、それを選手たちに悟られてはいけない。

篠田は一球目をあっさり見送った。その後で、今のボールの軌道を確認するようにバットを振る。タイミングは確認できたか？　二球目、今度は振り出した。思い切り引っ張り、打球は一塁線を襲う。ベースの直前でバウンドし、土埃がパッと上がった。打球はそのままベース上を通過して、ファウルグラウンドへ転がる。三塁から今泉が楽々ホームインし、二塁走者の仲本も続けて滑りこんだ。

逆転――「優勝！」とスタンドからコールが始まった。まだまだ……樋口は腕組みをして、グラウンドを凝視した。前を向いたまま、秦を呼ぶ。

「ブルペンは？」

「準備はできています」

「そうか」

あとは九回だけ。本来なら抑えの戸田を送りこんで試合を締めるところだが、今日の有原は絶好調である。このまま投げさせた方が、リスクは少ないのではないか。

考え始めたところで、鋭い打球音が響く。はっと顔を上げると、バティスタが一塁へ走り始めているところだった。打球は――ライトスタンドへ一直線だ。ここで3点が入ればとどめを刺せる。さすがに樋口も、身を乗り出して打球の行方を確認した。ライトの坂口がバックする。走った勢いのままジャンプし、フェンス最上部に手をかけると、差し出したグラブにボールが吸いこまれた。

その瞬間、球場全体に「ああ」と溜息が満ちた。

オーナー、あなたの狙いは当たりましたよ。低いフェンスは外野手の見せ場を作る――スターズだけでなく、相手チームも同じ条件になるとは考えなかったんですか？

〈テレビ放送席の神宮寺〉

野球は、終わるまで終わらない。

この試合、八回裏というタイミングでのスターズの逆転は、極めて大きかった。イーグルスは、1点という差以上の重圧を感じているだろう。一度傾いた試合の流れは呼び戻せない——この試合は二転三転して、何度も「流れ」が変わってきたのだが、それにも限度がある。

「さあ、スターズ、優勝へあと三人、王手です！」

大屋のテンションはさらに上がっていた。今日は初回からエキサイトしていたが、回を追うごとにさらに激しくなる。試合が終わった時には体重が減っているのでは、と神宮寺は想像した。

「八回裏、スターズは篠田のタイムリーで2点を挙げ、逆転に成功しました。逃げ切りか……スターズはマウンドに……おっと、有原がそのままマウンドに向かうようです。神宮寺さん、ここは抑えの戸田かと思いましたが——」

「有原はここまで、ほぼ完璧なピッチングですからね」神宮寺は意識して声を抑えた。「野球には二つの戦い方があります。自分のチームのカラー、戦術を絶対に崩さないパターンと、特別な試合では特別な戦い方をするパターンです。今日のスターズはよそ行きの戦いをしていますが、今のところは上手くはまっていると言っていいでしょう」

どんな戦いをしても、どんな戦い方でもいい。最後に問われるのは結果だけだ。この試合に勝ったか負けたか——スターズは今、九分九厘勝利を手中にしている。マウンド上の有原を見れば明らかだった。リードをもらって、自信を取り戻した感じ。投球練習を見ていても、普段よりフォームが大きく、ボールの切れがよくなっているようだ。最初こそヒットを打たれたものの、その後は六者連続で打ち取っているのだから、リズムにも乗っているだろう。しかもこの回は、八番からの下位打線だ。

実際有原は、八番の本庄を見逃し三振に切って取った。九番の河本には代打が送られたが、こちらもフルカウントから空振り三振。最後のストレートは、マックスに近い百五十五キロを記録した。

「神宮寺さん、ここにきて有原は、今シーズンのベストピッチじゃないですか？」

「そうですね、このまま行けば……」

行かなかった。

イーグルスの一番、坂口が初球を叩く。打球は左中間の浅いところへ飛んだ。フェンスは高いが、高々と打ち上げられた打球は、ゆっくりと……高山とバティスタが、途中で諦めた。打球が落ちたところで、イーグルスファンが自棄《やけ》になったような盛り上がりを見せている。

同点――同点だ。試合はまだ終わらない。

〈マウンドの有原〉

クソ、クソ、何であんなボールを投げてしまったんだ。ストレートでよかったんだ。仲本のサインを拒否し、ストレートを投げていれば……仲本のサインはカーブだった。カーブ？　ここで？　それほど得意な球種でもないのに。仲本としては、タイミングを外そうという狙いだったのだろうが……。

グラブを投げ捨てたかった。自分に対する怒り。この回をきっちり抑えて、試合を終わらせるつもりだったのに。

仲本がタイムをかけてマウンドに走って来た。

「カーブが甘かったな」

「あそこでカーブはないですよ」有原は思わず文句を言った。

「しょうがない。お前、今日はストレートが走ってない」

「いや……」否定できなかった。やはり飛ばし過ぎたのだろうか。ボールに力がなくなっていることは自分でも分かっていた。

「心配するな。次の攻撃で俺が決めてやるから。とにかく、勝ち越しだけは許さないようにしよう」

「あとは全部ストレートで行きますよ」どんなに落ちていても、最後に頼るのはこの球だ。

「分かった」仲本がうなずいた。「最後は後悔しないようにしよう」

だったらさっきも、カーブなど要求しなければよかったのに。このベテランキャッチャーの発想は、イマイチ分からない。

有原は、全力で三球を投げこんだ。百五十五キロ、百五十四キロ、百五十六キロ。今の自分が投げられるベストのストレートを、外角低めに三球。水木はまったく手出しできず、見送り三振に終わった。

最初からこれでいけばよかったんだ。胸を張ってマウンドを降りながら、有原は仲本に対する文句が頭の中で渦巻くのを感じた。これで負けたら、洒落にならないではないか。この回で勝負がつかなかったら、監督は十回以降、俺には投げさせないのではないか……。

試合の行方は、まだまったく分からない。最後まで関わっていたかったが、こればかりは自分では決められない。

投げたい。最後まで自分でマウンドを守りたい――その気持ちがここまで強くなったのは、ノーヒットノーランを達成したあの試合以来だった。

7

野球は、思うようにいかないものだ。

球場に翻弄され、オーナーに引っ掻き回され、混乱してばかりだった今シーズン。この試合は、今シーズンの象徴のようなものではないか。試合が監督の手をすり抜けて、どこか遠くへ行ってしまう。戦っているのはあくまで選手たちで、監督の役割などごく小さいものだと意識させられた。

九回裏の攻撃は、五番の井本から。イーグルスのマウンドには、抑えのトーレスが上がった。常時百五十キロを超える速球を投げこみ、しかも全てが微妙に変化するという厄介なタイプのピッチャーだ。

井本はたちまち、ツーストライクまで追いこまれた。打てる気配がない……しかし井本は、そこからファウルで粘り始めた。三球続けてファウルすると、トーレスは急にコントロールを乱し、ボールが三つ続いてしまう。トーレスは必ずしも冷静なタイプではない。突然四球から自滅するケースが少なからずあった。

フルカウントからの一球を、井本は自信を持って見送った。しかし球審はストライクをコールする。井本が血相を変えて球審に詰め寄ったが、判定は変わらない。一塁のベースコーチが慌てて間に割って入り、井本を抑えた。ここで退場にでもなったら一気にチームの士気が下がってしまう。井本はバットを地面に叩きつけた。折れたバットの上半分が転がり、ボールボーイが慌てて拾いに行く。

これで冷静さを取り戻したのか、トーレスは続く島田も三振に切って取った。「ぶるぶる揺れる」とも言われる速球は、やはり今日も絶好調のようだ。

しかし、七番の今泉が粘った。臭い球はカットし、トーレスに球数を多く投げさせる。またもトーレスが苛立ち始める。ここを抑えきらないと、一シーズン戦ってきた全てが無駄になる——そう考えればどうしても力が入るはずだ。

　今泉は何とか四球を選んだ。最後の一球は外角低めぎりぎりで、低めが好きな審判ならストライクと判定するコースだろう。トーレスが血相を変えてマウンドを降りかけたが、すぐに立ち止まる。胸を大きく膨らませて深呼吸すると、踵を返して大股で戻って行った。

　打席には八番の仲本。今日はまだノーヒット——しかし樋口は、何かが起きる予感を抱いていた。仲本には覚悟がある。だからこそ、こんなタイミングで引退を打ち明けたのだろう。打席に入って構えると、最近感じられなかったオーラが漂い出すのが分かった。

　何か起きる。

「何か」は初球だった。外角高めに入ってきた速球を、フルスウィングで叩き返す。鈍い音——ジャストミートではないようだったが、それでも打球はいい角度で上がった。樋口は思わず身を乗り出し、打球の行方を追った。あそこは——桑原の説明が脳裏に蘇る。フェンスの一部は柔らかい……これは純粋に工法の問題で、プレーに何か影響を与える意図はない……反発係数から計算すると、跳ね返った時の距離が一メートルから二メートルぐらいは違うはず……。

「回せ！」

　隣にいる沢崎が、大声を張り上げた。仲本は既に一塁を蹴っている。今泉は三塁へ

――三塁ベースコーチの須永が、右手を大きく回していた。そうだ、行け！　高々と上がった打球は左中間を割り、高いバウンドでフェンスに当たった。その場所は――スポンサーの広告がいくつか、集中している辺りだ。今泉の足を考えれば、普通なら止めるところだが、そこは――フェンスのラバーが少しだけ薄い。そのため他の部分よりも、跳ね返る距離が短いのだ。

フェンス――ラバーの内側部分だ――を設置する工事の最中、固定強度の問題が生じた。そのため、グラウンドから高さ一メートルほどの一部を横一メートル、縦二メートルほどに浅くくり抜き、支持金具で補強を行った。くり抜いた部分にはウレタンを埋めこみ、最後は他の部分と同じようにラバーで覆ったが、フラットにするために他の部分よりわずかに薄い。そういう補強部分が、左中間から右中間にかけて等間隔に十ヶ所並んでいた。工事の記録に基づき、樋口はその場所に新たに目印として広告を設置させた。

この球場最後のホームアドバンテージ。

センターの田村が、跳ね返る落下地点を予想してスピードを緩める。しかしボールは、彼の予想したであろう位置よりもフェンスの近くに落ちた。慌ててダッシュ、そこから体を捻って返球するためのわずかなロス――今泉が頭を低くして本塁に突入する。


〈オーナー室〉

「——このシーズンを最後に引退します。日本シリーズで燃え尽きます。ご声援、ありがとうございました！」

誰が引退するって？

沖はゆっくりと体を起こした。頭がガンガンする。ここは——オーナー室だ。しかし何故か、自分はソファで寝ている。

「お目覚めですか」

松下がペットボトルを差し出した。これは水だろうな……確か、松下が持ってきたビールを呑んだ直後に意識がなくなり……今、何回だ？

「試合は？」

「終わりました」

「どっちが——」

ノックの音が鳴り響き、「失礼します！」という大声に続いて、返事をしていないのにドアが開いた。樋口が顔を覗かせ、さっと頭を下げる。

「勝ちました。優勝です。ご報告を——」一つ咳払いして続ける。「ダグアウトの方にいらっしゃらなかったので」

「ああ、いや」沖も咳払いした。ビールに何か入れられたのではないかと疑ったが、まさか松下がそんなことをするとは思えない。「勝った？」

「ご覧になってなかったんですか？」

「まあ、その……」沖としては言葉を濁すしかなかった。観ていないものを観たとは言えない。

「サヨナラ勝ちです」

「そうですか」

「オーナーには是非観ていただきたかったですね。悲願の優勝じゃないですか。それとも、優勝はどうでもよかったですか？」

「そういうわけでは……もちろん、大事なことですよ」

「我々現場の人間は、勝つことしか考えていません。オーナーが、アメリカの野球をお好きで、向こうの球場の雰囲気を再現しようとしているのは理解できます。ただ……これだけは分かっていただきたいのですが、アメリカと日本では野球の文化が違います。それぞれの国で、百年以上もかかって独自に発展してきたんですから。ただ、選手の視点で言えば、一つだけ共通点があります。求めているのは勝つことだけ——それはご理解いただけませんか」

「私は——」

「オーナーにはオーナーのお考えがあるでしょう。球団を独立採算制にする——いいことだと思います。そのためには、金に細かくなるのも分かります」樋口が笑みを浮かべる。「その辺は、日本シリーズが終わった後で、『ボール・パーク』で呑みながらじっくり話しませんか？　私が馘にならなければ、ですが……では、失礼します。これからセレモニーがいろいろとありますので」

樋口が出て行く。いつの間にか、松下もいなくなっていた。

一人取り残された沖は、ソファに腰かけ直した。グラウンド上では、ホシオがテンションを高く飛び回っている。これから表彰式があり、選手たちがチャンピオンフラッグを持って場内を一周し、それらが終わった後はホテルの会場でビールかけとセレモニーが続く。球場を中心にしたこの「街」は、今晩ずっと盛り上がり続けるだろう。新宿が、新たな野球の街になる瞬間だ。

それは俺が望んでいたもの――スターズ・パークを軸にした街造りは成功しつつあるはずだ。そしてその成功を呼びこんだのは、間違いなくスターズのスリリングな戦いぶりである。

樋口とは、じっくり話し合う必要があるだろう。そのためには、まだ監督でいてもらわなくてはいけない。沖は低く笑った。小さな勝負に負けたのかもしれない。しかし大きな勝負――本当の勝負はこれからだ。

■文庫化記念スペシャルトーク　堂場瞬一×大林組設計施工ナイン

「まだ見ぬボールパーク」を語り尽くそう！

構成・友清　哲、撮影・山岸靖司

北海道北広島市に建設中の「北海道ボールパークFビレッジ」と新しいスタジアム「エスコンフィールドHOKKAIDO」。〝世界がまだ見ぬボールパーク〟を標榜するこのスタジアムは、まさにスターズ・パークを地で行くものだ。ビッグプロジェクトを進める大林組の面々を、『ザ・ウォール』著者・堂場瞬一が直撃した――!!

総勢一一〇〇人が稼働するビッグプロジェクト

堂場：現状は五割超の完成度とのことですが（※二〇二一年十一月時点）、中をひと通り見学させていただいて、だいぶ全体像のイメージが湧いてきました。率直に、これまでの球場とはまったく異なる形状に度肝を抜かれる思いです。

たとえば可動屋根にしても、これまでのスタジアムでは見たことのない形で、つまり観戦客からすれば、これまで見たことのない空が広がるということですよね。他にも特徴的なガラス壁など、いくつもの呼び物があるのだから魅力的ですよ。完成がますます楽しみになりました。施工は順調に進んでいますか？

竹中：順調、と言いたいところですが、毎日いろいろな出来事が起こりますね（笑）。

建設中のエスコンフィールドHOKKAIDOをバックに、メンバー全員で記念撮影

堂場：現時点で総勢一一〇〇人の方が作業しているビッグプロジェクトですものね。予期せぬ事態も多々あるのだろうと想像しています。やはりコロナの影響も大きいですか？

竹中：コロナこそ最も想定外の要因ですが、そこはしっかり防疫体制を敷いて取り組んでいますので、今のところ大きな影響はありません。

堂場：それは不幸中の幸いですね。それにしても、こうして新しいスタジアムを造る過程を見せてもらえるというのは、本当に貴重です。次から次に造られるものではないですし、おそらくこのチャンスを逃すと、次は神宮球場が建て替えられる時くらいしかないですからね。それも十年後くらいのことですし。

海老原：そう言っていただけると我々も嬉《うれ》

小林 利道さん
（設計本部建築設計部　部長）
＊ボールパーク設計チーム全体の代表者

しいです。

堂場：ちなみに、今回のスタジアムは収容人数三万五〇〇〇人とのことですが、既存のスタジアムと比較するとややコンパクトに思えます。これは何か狙いがあるのでしょうか。

伊藤：これは球団側からの要項書に則《のっと》ったものです。野球興行では平日のナイターで三万人から三万五〇〇〇人の集客が採算ラインと聞いたことがあります。

堂場：あ、そこは意外と実利的というか、生々しい理由なんですね（笑）。

伊藤：収益を重視するならもっと大勢入れるようにすればいいと思われるかもしれませんが、メジャーリーグでも最近は座席を広くし、観戦環境を向上させたり、固定席以外の多様な球場体験を楽しんだり、一人あたりの客単価を上げることを重視するトレンドがあるんです。今回の球場も固定席は三万に抑えていて、残りの五〇〇〇人は温浴施設やキッズエリアなどで楽しみながら観戦していただく、という考え方です。

堂場：なるほど。一人あたりの専有面積も広がって、お客さんからすると快適に野球観戦を楽しめるのかもしれませんね。もっとも、そうなるとチケット代がどの程度に設定されるのか興味深いところですが……。

伊藤：確かにファンの方からすると、そこは気になるポイントでしょうね（笑）。

伊藤 昇さん
（設計本部設計ソリューション部副課長）

堂場：私は本当に球場が大好きですからね。アメリカでもいろんな球場を見て回りましたが、今回のボールパークはそのどれにも似ていないのがいいんですよ。できることならオープン後、一番乗りの観客を狙いたいくらいです。皆さんにとっても、新しい球場をゼロから造るというのは新鮮な体験でしょうね。

小林：そうですね。プロ野球の球団が本拠地として使うスタジアムというのは、日本国内に十二しかありません。というより、十二しか必要ない世界なので、我々としても確かにこれは貴重な経験です。

海老原 浩雄さん
（設計本部建築設計部　課長）

海老原：私は実は、入社の際から「スタジアムをやってみたい」と言っていて、それを周囲が覚えていてくれたおかげで今回声がかかったんです。

堂場：それは引きが強いですね。めったにある様な案件じゃないのに、本当に出番がまわってくるなんて。

海老原：そうなんですよ。しかし、これまで大規模施設の設計には携わってきたものの、最初にこの事業の概要を目にした時には、この見たこともない空間をどう設計したものか、非常に悩みました。避難経路も含め、諸々《もろもろ》の動線を整備しながら球場としての機能を仕上げていくわけですが、合理的にやろうとすると、どうしても普通のつまらない球場になってしまうんです。

小林：実はこのメンバーにはコアなプロ野球ファンがいなくて、それがむしろ良い方向に働いたかもしれません（笑）。

竹中 秀文さん
（北海道BPJV工事事務所所長）

竹中：そうそう、子供のころから野球をやっていたので、当然野球のことはわかっていると思っていたのですが、実際、球場を造るとなると実は知らないことの方が多かったんですよ。

堂場：おかげで変にマニアックにならなくて済んだ、と（笑）。

小林：そう思います。実際、球団の方にもそうお伝えしたら、「それは面白い」と喜んでもらえました。コアなプロ野球ファンの方は観戦しやすい球場があれば来てくれますから、我々が行きたくなるような場所を造れば、自《おの》ずと野球に関心の薄い人たちも集まってくるだろう、ということですね。

エスコンフィールドHOKKAIDO 完成予想図　©H.N.F

堂場：もっとも、その野球ファン以外の層にアピールするのが、難しいのでしょうけどね。

海老原：テナントなど中身の組み立て方について議論する際も、「これは球場ではない」という前提のもとに、では何を入れる箱を造るかと考えました。少なくとも従来のプロ野球の枠組みにとらわれず、自由に発想できたのはよかったと思います。

地域の新たなシンボルに!?
「ガラス壁」が誕生した理由

柏俣 明子さん
（設計本部構造設計部　部長）

堂場：今おっしゃった、「球場ではない」というのが、まさにこのスタジアムを言い表すキーワードだと思うんですよ。私が初めてニュースでこのプロジェクトを知った時も、完成予想図を見て思わず、「ん？」となったのを覚えています。だって完成予想図だと、まるでコンベンションセンターみたいで、球場にはまったく見えなかったですからね。ファイターズはここをどう使うつもりなんだろうと疑問でした。

柏俣：堂場先生にそう思わせた要因のひとつが可動屋根だと思うのですが、これは今回最初に決定した部分なんです。今回のプロジェクトは、メジャーリーグのスタジアム設計に実績のあるＨＫＳという設計事務所と協働しているのですが、「とにかく屋根の形を決めてこい。決めるまで帰ってくるな」という特命を受けて、伊藤と一緒にダラスのオフィスを訪ねました。

堂場：開閉式の屋根とひとくちに言っても、

いろんな手法がありますものね。

柏俣：そうなんです。スライド式に落ち着くまでカメラのシャッターみたいに回転しながら開くパターンとか、様々な案が出ました。

堂場：そもそも、開閉式である必要があるのかという議論もありそうですが。

柏俣：そこは天然芝を使うことにこだわっていたので、成長に必要な日射量の確保をするため、屋根が開かないことには始まらないということがあったんです。そのため、できるだけシンプルで、安全に開閉できる形は何かと、徹底して話し合いました。

堂場：なるほど。その結果として、こうした二枚仕立てで水平にスライドする方式に決まったわけだ。

ちなみに土地柄のことで言えば、融雪対策はどうなっているんですか？

柏俣：雪は、そのまま屋根の上に載せておきます。

堂場：え、溶かしたり落としたりしないんですか？

柏俣：溶かすと逆につららになってしまって危ないので、載せたままにしておくことを考えました。北広島市は、一メートルを超す積雪があるのですが、その重量に耐えられる設計をしています。

堂場：面白いですね。これは雪国ならではの事情だ。

伊藤：今回の事業には最初から、「世界がまだ見ぬボールパーク」という大前提がありましたから、それをこの北広島市でどう体現するかが重要でした。仮に、メジャーの球場をそのまま持ってきたところで、世界で初めてということにはなりませんから、北海道の文化を踏まえながら何ができるかを熟考し、こうした切妻屋根のアイデアにたどり着いたんです。

堂場：北海道の人たちからすると、馴染み深い形でしょうしね。

長屋：ただ、見た目には単に水平に動くだけなんですけど、このサイズの屋根を動かすのはやはり大変なんですよ。一般的な建築物であれば難なくやれることでも、同じロジックでこの大きさと重量の屋根が安全に動くのかどうか、膨大な確認作業が必要でした。

このプロジェクトは、こうした目新しい着想をいかに実現するかという部分の議論に、相当な時間と労力を割いているのが特徴だと個人的に感じています。それだけに、こうして実際に形になりつつある現状に、毎日ワクワクしていますよ。

伊藤：日射量の少ない環境で天然芝を育てられるように、太陽光を取り入れるためのガラス壁が設計されたのもこの土地ならではです。

堂場：そのガラス壁という呼び方だけ、どうにかならないですかね（笑）。せっかくこんなにシンボリックなんだから、何かわかりやすい名前を付けるべきだと思うんですよ。愛称のようなものを。

海老原：ああ、それはそうですね。最初か

らガラス壁と言っていたので、自然に定着してしまいましたが（笑）。

堂場：こういうのは言った者勝ちですからね。ネット上でバズればしめたものですし、ぜひ何か考えてみてください。

愛する家族と離れ、完成へ向けて邁進中

堂場：一方、施工担当の立場からすると、今回のプロジェクトの難しさをどのようなところに感じていらっしゃいますか。

竹中：まず率直に思ったのは、スタジアムの形状がどうといった問題よりも、北海道の厳しい気候の中で、この巨大な建造物をどう造ればいいのか、ということでした。私も含めて、メンバーの大半が全国各地からの赴任者ですから。

堂場：なるほど。まず雪国暮らしに対応することからして大変なわけですね。

嶋田 樹さん
（北海道BPJV工事事務所副所長）

竹中：さらに、「世界がまだ見ぬボールパーク」を求められているわけですから、造る側から、斬新な組織、斬新な運営方法を確立しなければ、二番煎じのものしか造れません。とにかく多彩な知恵が必要になるでしょうから、できるだけ奇抜なメンバーを集めました。その一端が、ここにいるメンバーです（笑）。

嶋田：私はこの中ではあまり奇抜ではない部類だと思いますが……、北海道でこのようなプロジェクトに携われるのは大きなチャンスだと感じました。これほど自治体にも市民にも期待されるプロジェクトは、一

生のうちにそうあるものではないですから。実際、社内でもこのプロジェクトに手を挙げる人は多かったです。

黒田：僕は対照的に、周囲が「ボールパークの案件、受注が決まったらしいよ」と騒いでいた時も、「ふうん」という程度だったんです。自分がそこに参加する可能性は薄いだろうと勝手に思っていたので。

堂場：それはなぜですか？

黒田：北海道に四年も単身赴任することが、当時はあまり現実的に考えられなかったのだと思います。それでもこうして参加が決まったので腹を括《くく》りましたけど。

黒田 陽史さん
（北海道BPJV工事事務所副所長）

堂場：そうか、完成するまで家族と離れ離れになってしまう人も少なくないんだ。

黒田：札幌に旅立つ時なんて、空港まで見送りに来てくれた家族に、「お父さんも頑張ってくるから、お前たちも頑張れよ」って言おうとしたのに、泣いてしまって言葉が出なかったですよ。そのまま飛行機の中でもずっと泣いていました。

堂場：それは涙ぐましいシーンですね……。着任からこの二年半、ご家族には会えていないんですか？

黒田：いえ、二週間に一度は帰ってるんですけどね。

堂場：なんだ、言うほど悲しいエピソードじゃなかった（笑）。

黒田：でも札幌に来たら、我ながら急激に気持ちが切り替わりました。大学時代に空間構造を専攻していたこともあり、いつかその都市のシンボルとなる建物を造りたい

石黒 陽佑さん
（北海道BPJV工事事務所
工事長）

と思っていたので、自然と熱が入りました。着工前の一年はとくに、設計とも施工とも、時に和やかに、時には熱くお互いの意見をぶつけ合いながらたくさん議論しました。

堂場：球場を造ったことのある人なんて、誰もいないわけですものね。それに、建物というのは本来、何か明確な目的があって設計されるわけですけど、「世界がまだ見ぬボールパーク」であり、地域の新しいランドマークでもある建物を造るというのだから、これは大変でしょう。

石黒：それで言うと私は、以前に競技場をやった経験はあるんです。その競技場が丸みを帯びた形状で苦労したので、今回の仕様を見た時には「よかった、直線だ」とまず思ったのを覚えています。もっとも、いざ図面を見ると「どうやればいいんだろう」と頭を抱えるところが非常に多くて、国内のスタジアムを片っ端から見学することから始めました。

海老原：こういうのはやはり、頭で想像しているだけでは難しいんですよ。実際に土地を見て、たとえば現場の高低差を確認してみて、それならコンコースも二段構えで造るべきだな、と発想したり。あるいは、天然芝をきれいに育てるためには、ピッチャーからキャッチャーにかけてのラインを南東に向ける必要があるな、とか。

　決して最初から現在の形がイメージされていたわけではなくて、「世界がまだ見ぬボールパーク」というより、この土地ならではのボールパークを造らなければなりませんでした。

堂場：なるほど。結局、野球というのはこれまで、日本でもアメリカでも都市型のスポーツだったんですよね。だから球場も街中の好立地に造られるため、狭い場所にどうにか押し込まなければならなかったわけで。皆さんがこの土地ならではの球場を目指して尽力された経緯をお聞きしていると、なぜこういう形状の球場に行き着いたのか、様々な疑問が氷解する思いです。

長屋 圭一さん
（設計本部構造設計部　副部長）

竹中：『ザ・ウォール』に登場するスターズ・パークもそうですよね。東京のど真ん中に球場を設けたために、アシンメトリーな形をしているわけで、そこでちゃんとルール的に野球を成立させている、という。その球場がその街ごと活性化させるように機能しているというのは、スポーツ施設として理想的だと思います。こういうのは我々のような造り手側からしても、非常に面白くてやり甲《が》斐《い》があるんですよ。

堂場：専門家の方にそう思っていただけるのは嬉しいです。ちなみに、順当なら二〇二三年三月に開業するこのボールパークですが、もし皆さんが完成後にここを訪れるとしたら、どこを楽しみたいですか？

小林：私はレフトビル横の外野席に、視界が開けたところがあるのでそこがいいですね。タワーとガラス壁が林立する都市的な風景は面白いと思います。

長屋：私は、時間と力を入れて取り組んだ屋根が一番よく見えるところがいいです。

なんなら屋根の上から観戦したいですよ（笑）。

石黒：それなら、大型ビジョンの横あたりで、メンテナンスしているふりをしながら観戦するのがいいかも。ここ、当たり前ですけどめちゃくちゃ抜けのいい景色が見えますからね。

堂場：皆さん、いろんな思いがあることがよくわかりました（笑）。それにしてもあのガラス壁。作家としてはつい、「誰か割ってくれないかな」と考えてしまいます。

伊藤：距離としては一五〇メートルほどで、強度的には直撃弾は想定していませんが、ワンバウンドした球がぶつかる分には耐えられる仕様になっています。なかなか難しいと思いますよ（笑）。

堂場：いやあ、もし大谷翔平が戻ってきたら、あながちなくはないいんじゃないですか？　ともあれ、そうやって想像を膨らませてしまうあたりが、この球場の魅力なのでしょうね。皆さんのご尽力に期待しつつ、開業を心待ちにしています。

（二〇二一年十一月五日　北海道ＢＰＪＶ工事事務所にて）

※写真撮影時のみマスクを外しています。

作品中の「新宿スポーツコンプレックス」については、追手門学院大学社会学部准教授、スポーツファシリティ研究所代表・上林功氏に監修・指導をいただきました。
作品中に掲載した図面作成は、追手門学院大学社会学部上林ゼミの前岡直樹、奥田翔馬、浅野侑也、東海林敬太、谷生海人、大山匠各氏の担当です。

著者

単行本　二〇一九年二月　実業之日本社刊

本作品はフィクションであり、実在の組織や個人とは一切関係ありません。

（編集部）

実業之日本社文庫 と1 17

ザ・ウォール　堂場瞬一《どうばしゅんいち》スポーツ小説《しょうせつ》コレクション

2022年2月15日　初版第1刷発行

著　者　堂場瞬一《どうばしゅんいち》

発行者　岩野裕一
発行所　株式会社実業之日本社
〒107-0062　東京都港区南青山5-4-30
emergence aoyama complex 2F
電話［編集］03(6809)0473［販売］03(6809)0495
ホームページ　https://www.j-n.co.jp/
DTP　ラッシュ
印刷所　大日本印刷株式会社
製本所　大日本印刷株式会社

フォーマットデザイン　鈴木正道（Suzuki Design）

ISBN978-4-408-55714-4（第二文芸）